Erstausgabe 2010

Neu überarbeitete Ausgabe 2020

Herstellung und Verlag: BoD- Books on Demand, Norderstedt

ISBN: 978-3-7519-3465-7

Dieter Ebels

Die Bestie von Juist

Die Bestie von Juist

„Mama, ich muss ganz dringend Pipi."
„Warum musstest du auch so viel trinken? Oben auf der Deichpromenade sind Toiletten. Da kommen wir gleich vorbei."
„Ich muss aber jetzt."
Die sechsjährige Stine und ihre Mutter hatten die Wilhelmshöhe hinter sich gelassen und befanden sich nun auf dem Weg zum Dorf Juist. Der schmale, gepflasterte Pfad durch den sandigen, von sanften Hügeln geprägten Inselteil führte sie vorbei an einem Meer aus Heckenrosen und dicht gewachsenen Holunderbüschen.
„Warum bist du nicht in der Gaststätte noch mal auf die Toilette gegangen?"
Stine blickte kurz zu ihrer Mutter auf und warf dabei ihren langen, blondgelockten Haare in den Nacken.
„Da musste ich noch nicht."
„Dann lass´ uns etwas schneller gehen. Der geplante Abstecher zu den Goldfischteichen fällt dann eben aus."
Die junge Frau und das Mädchen beschleunigten ihre Schritte.
„Mama, ich halt `s nicht mehr aus. Ich mach mir gleich in die Hose."
Stines Mutter deutete nach vorne. Dort lichtete sich das dichte Buschwerk und gab eine Grasfläche frei. „Da vorne führt ein Pfad vom Hauptweg ab. Da kannst du Pipi machen."
„Aber Mama, da kann mich doch jeder sehen."
„Hier ist aber niemand, der dich sehen kann."
„Und wenn jemand kommt?"

„Dann gehst du eben etwas weiter in den Pfad hinein. Der Weg führt zu den Sträuchern dort." Stines Mutter deutete auf die dicht gewachsenen Sanddornbüsche, zwischen denen der schmale Pfad verschwand. „Hinter den Büschen sieht dich kein Mensch."

Die beiden erreichten den sandigen Pfad, der sich durch das kniehohe Gras auf die Sanddornbüsche zuschlängelte.

„Dann mach mal zu, Stine. Ich warte hier auf dich."

Stine zögerte und starrte zu der engen Schneise, die nach einigen Metern einen Knick nach rechts vollzog und dort im uneinsehbaren Dickicht verschwand. Das Mädchen zappelte nervös herum, stampfte von einem Bein auf das andere.

„Was ist denn jetzt schon wieder los, Stine? Warum gehst du nicht?"

„Vielleicht sitzen da Spinnen an den Büschen, Mama. Ich hab doch Angst vor Spinnen."

„Da gibt es keine Spinnen. Jetzt beeil dich, sonst machst du dir doch noch in die Hose."

Mit vorsichtigen Schritten betrat Stine den schmalen Pfad. Dann folgte sie dem Rechtsknick, der in das dichte Gestrüpp hineinführte.

Ihre Mutter verlor sie aus den Augen. Sie lächelte und dachte daran, dass ihre Tochter sich eigentlich niemals schämte. Nur wenn sie auf die Toilette musste, dann durfte sie niemand sehen, dann schickte Stine seit einiger Zeit selbst ihre eigene Mama aus dem Bad.

Die junge Frau blickte sich um. Dass nirgendwo auch nur ein Mensch zu sehen war, kam ihr recht, denn irgendwie hätte es doch blöd ausgesehen, wenn sie als junge Frau alleine in dieser Wildnis stand.

Ihr Blick ging zum wolkenverhangenen Himmel. Bereits seit den Morgenstunden sah es so aus, als würden die bedrohlich dunklen Wolken jeden Moment ihre schwere Last abwerfen. Bisher war aber noch kein einziger Regentropfen gefallen.

Um sie herum herrschte eine beruhigende Stille. Selbst der sonst so frische Seewind, der kontinuierlich über die Insel rauschte, blies heute sanft und leise über die seichte Dünenlandschaft. In der Ferne, irgendwo in den Büschen versteckt, saß ein Buchfink und trällerte beharrlich seine wunderschöne Melodie.

Sie schloss für einen Moment die Augen und zog die würzige Seeluft tief in ihre Nase.

Es war genau die richtige Entscheidung, hier auf Juist den Urlaub zu verbringen, ging es ihr durch den Kopf. *Alles ist so friedlich und still.*

Plötzlich durchbrach ein greller Schrei die Stille. Die junge Frau zuckte erschrocken zusammen.

Es war Stines Stimme.

Ohne auch nur einen Sekundenbruchteil zu zögern hastete die Frau in den Pfad hinein.

Erneut drang ein alles durchdringender Schrei in ihre Ohren. Der Schrei ihrer Tochter wurde zu einem schrillen Gekreische, welches laut über die Insel hallte, ein angsterfülltes Kreischen, welches Ihr durch Mark und Bein ging.

„Stine!", brüllte sie. „Stine, ich komme!" In ihrer Stimme schwang Angst und Panik.

Bereits nach wenigen Schritten kam ihr Stine mit halb heruntergezogener Hose entgegen gestolpert. Das Gesicht des Mädchens wirkte verzerrt.

„Was ist passiert, Stine?"

Ihre Tochter antwortete nicht. Als sie die Mutter erreichte, klammerte sie sich an ihr fest. Stine weinte bitterlich. Das sechsjährige Mädchen zitterte am ganzen Körper.

„Stine, was um alles in der Welt ist passiert?"

Es dauerte noch einen Moment, bis ihre schluchzende Tochter mit zitternder Hand in die Richtung deutete, aus der sie gerade gekommen war.

„Was ist denn da, Stine?" Sie versuchte, etwas zu erkennen, doch egal, was ihre Tochter in eine solche Panik versetzt hatte, sie konnte es nicht wahrnehmen.

„Wir gehen jetzt erst einmal zurück auf den Weg." Ihre Stimme klang betont ruhig. „Dann erzählst du mir, was dich so erschreckt hat."

Sie nahm ihre Tochter an die Hand und führte sie zurück.

„Also, Stine", forderte sie ihre Tochter auf, als die beiden wieder auf dem befestigten Weg standen, „jetzt erzähl mir mal, was dich so erschreckt hat. Was hast du gesehen?"

Sie ging vor Stine in die Hocke und fasste sie an die Schultern. Deutlich spürte sie, dass der Körper ihrer Tochter vor Aufregung regelrecht bebte. Während sie mit der Hand eine blonde Haarsträhne von Stines feuchte Wange nach hinten strich, blickte sie ihre Tochter mit sorgenvollen Blicken fragend an.

Stine brachte immer noch kein Wort heraus. Irgendetwas hatte ihr die Sprache verschlagen.

„Ich werd dir jetzt erst mal die Hose wieder richtig hoch ziehen, mein Schatz."

In dem Moment, in dem sie nach der Hose griff, fühlte sie, wie ihre Hand warm und feucht wurde. Offensichtlich war Stine noch nicht dazu gekommen, ihre Notdurft zu verrichten und nun konnte sie endgültig nicht mehr einhalten.

„Mein Gott, Schatz, was ist denn bloß los? Was ist passiert?"

Sie blickte in Stines angstverzerrtes Gesicht. Erneut liefen dicke Tränen über die geröteten Wangen. In den feuchten Augen spiegelte sich die nackte Angst.

„Da." Stine fand nun schluchzend ihre Stimme wieder. Das Reden fiel ihr schwer. „Da liegt eine Frau. Alles ist voll Blut."

Ihre Mutter schluckte, blickte entsetzt in die Richtung, aus der Stine gerade gekommen war.

„Warte hier, mein Schatz. Ich werde nachsehen."

Sie betrat zögerlich den zugewucherten Pfad. Das mulmige Gefühl in ihrer Magengegend verstärkte sich bei jedem Schritt. Sie spürte, wie die Aufregung das Blut in ihren Schläfen hämmern ließ.

Als sie erkannte, warum ihre Tochter so geschrien hatte, schluckte sie noch einmal.

Vor ihren Füßen lag der Körper einer jungen Frau. Die weit aufgerissenen Augen der Frau waren leer, blickten stumpf in die Ferne. Ihr Kopf lag in einer dunkelroten Lache aus Blut. Die Frau war tot.

Stines Mutter spürte, wie Übelkeit in ihr aufstieg.

„Oh, mein Gott", kam es mit bebender Stimme aus ihrem Mund. „Oh, mein Gott."

*   *   *

Hauptkommissar Günter Wagner stand im Flur seiner Ferienwohnung und starrte unentschlossen auf die Regenjacke an seinem Garderobenhaken.

Draußen scheint die Sonne, ging es ihm durch den Kopf. Der Vermieter hatte ihm gestern Abend mitgeteilt, dass der Wetterdienst Regen angesagt hat. *Jacke oder keine Jacke, das ist jetzt die Frage.*

„Seit drei Tagen sagt der Wetterdienst schon Regen an", murmelte der Einundvierzigjährige vor sich hin. „Hier auf Juist ist noch nicht ein Tropfen gefallen."

Er entschloss sich dazu, die Regenjacke, die er schon zwei Tage lang unnötig mit sich herumgeschleppt hatte, dieses Mal in der Wohnung zu lassen.

Wagners Ferienwohnung lag im Dachgeschoss. Sie war nicht sehr groß, aber für seine Zwecke völlig ausreichend. Am besten gefiel ihm der kleine Balkon. Dieser war in der Dachschräge eingelassen und von außen nicht einsehbar. Gestern, als die Wolken die Sonne für einige Zeit freigegeben hatten, hatte er sich nackt auf den Balkon gesetzt und die Wärme genossen.

Heute wollte er sowieso nur einen Bummel durch das Dorf machen. Er würde sich im Kurpark von Juist auf eine Bank setzten, einfach dasitzen, den Urlaub genießen und anschließend in ein Restaurant einkehren um zu Speisen. Ja, genau das würde er tun und vor allen Dingen nicht einen Gedanken an die Dinge in seinem Leben verschwenden, die ihn in der letzten Zeit immer wieder mental nach unten zogen, die seiner Psyche hart zusetzten. Es waren genau zwei Dinge, die ihm schwer auf der Seele lagen. Zum einen war es die Trennung von seiner Frau Gabi und zum anderen ein schockierendes Erlebnis, welches ihn um ein Haar aus der Bahn katapultiert hätte. Bei einem Einsatz hatte sein Kollege eine Pistolenkugel abbekommen, Bauchschuss, und Wagner musste danebenstehen und hilflos mit ansehen, wie sein Partner innerlich verblutete. Nach diesem Einsatz konnte Wagner lange Zeit nicht mehr arbeiten. Er war in psychiatrischer Behandlung, weil er die grausamen Szenen dieses tragischen Einsatzes nicht mehr aus dem Kopf bekam. Immer wieder spulte sich das gleiche Bild vor seinem geistigen Auge ab, das viele Blut, der Anblick seines sterbenden Kollegen, das war einfach alles zu viel für ihn.

Wagner wollte hier auf Juist alle privaten Probleme und alles, was mit seiner Arbeit zu tun hatte, vergessen. Das hatte er sich fest vor genommen, denn Urlaub ist Urlaub.

Bevor er die Ferienwohnung verließ, warf er noch einen Blick in den Spiegel, drehte sich hin und her.

Das weiße Hemd passt gut zur Jeans, stellte er fest. *Sieht sportlich aus. Hab gestern in der Sonne tatsächlich schon was Farbe im Gesicht bekommen. Das weiße Hemd hebt die Bräune hervor. Junge, du siehst gut aus.*

Trotzdem war er sich aber durchaus bewusst, dass etwas Gesichtsbräune und ein weißes Hemd noch keinen Adonis aus ihm machten.

Wagner strich mit der Hand über seine kurz geschorenen Haare. Von der einst dunkelbraunen Haarpracht war nicht mehr allzu viel zu sehen. Der vordere Kopfbereich war, was die Haare anging, nur noch sehr spärlich ausgestattet. Er selbst versuchte sich immer einzureden, dass er halt eine hohe Denkerstirn sein Eigen nannte.

Günter Wagner trat etwas näher an den Spiegel heran und lächelte.

Du siehst gut aus. Er drehte den Kopf noch einmal hin und her. *Siehst wirklich gut aus.*

Ein kurzes, sarkastisches Lächeln huschte über sein Gesicht. Natürlich war ihm klar, dass die Gedanken über sein gutes Aussehen doch sehr subjektiv waren. Sicher, jeder Mensch besaß einen Funken Eitelkeit, doch was sein Äußeres betraf, wusste er genau, wo er stand, nämlich weit unten. Mit seiner Größe von 1,80 Meter war er für einen Mann nicht einmal zu klein geraten und seine sportliche Figur konnte sich ebenfalls sehen lassen. Was ihm nicht gefiel, war sein Gesicht. Es war schmal und lang und die hohe Denkerstirn ließ es noch länger wirken. Die kleinen Augen standen viel zu dicht zusammen und die Nase wirkte wie ein Strich, denn sie war ebenfalls dünn und lang. Er selbst hatte sein Gesicht schon mit einer Karikatur verglichen, Punkt, Punkt, Komma, Strich...

Sein Aussehen störte ihn schon lange nicht mehr, denn er war sich seiner Stärken bewusst, seiner Intelligenz und seiner körperlichen Fitness. Auch aus beruflichen Gründen, immerhin war er Hauptkommissar im Hamburger Kommissariat für Tötungsdelikte, beherrschte er mehrere Kampfsportarten nahezu perfekt.

Das kam ihm im letzten Jahr, als er mit seinen Kollegen hier auf der Insel Juist eine Verbrecherbande dingfest gemacht hatte, sehr zugute, denn er hatte mit bloßen Händen einen, mit einer Pistole bewaffneten Mann überwältigt. Dieser Einsatz hatte auch dazu geführt, dass er seinen diesjährigen Urlaub hier verbrachte. Juist gefiel ihm von dem Moment an, als er diese Insel zum ersten Mal betreten hatte. Der Inselurlaub war seit diesem Einsatz vorprogrammiert.

Erneut lächelte Wagner sein Spiegelbild an. *Du siehst heute wirklich gut aus.*

In der Hoffnung, dass dieses gute Aussehen vielleicht auch von einigen weiblichen Feriengästen erkannt wird, verließ er die Wohnung.

Der Gedanke an die holde Weiblichkeit ließ ihn geistig in die Vergangenheit stolpern. Immerhin war er sechs Jahre verheiratet, bevor ihm dann die Frau weggelaufen ist. Von heute auf morgen war Gabi verschwunden, einfach so, weil er angeblich wegen seiner vielen Überstunden keine Zeit für sie aufgebracht hatte. Einen anderen Mann gab es angeblich nicht, dass hatte Gabi wenigsten behauptet. Eigentlich hatte sich das Scheitern seiner Ehe schon angekündigt, denn in den letzten beiden Ehejahren wirkte Gabi sehr introvertiert. Er war einfach nicht mehr an sie herangekommen. Drei Jahre lag das nun schon zurück und trotzdem war es ihm noch nicht gelungen, diese gescheiterte Ehe abzuhaken.

Er schüttelte diese Gedanken von sich. *Ich hab Urlaub, Entspannung, Erholung, nur nichts Negatives.*

Wagner erreichte das Zentrum von Juist.

Auf dem ersten Blick wirkte es voll und unruhig, so, als wären alle Juisturlauber gleichzeitig unterwegs. Erst der zweite Blick gewahr ihm, dass es keine Unruhe gab. All die Menschen schlenderten geruhsam vor sich hin, sie standen vor den Geschäften, um sich neugierig die Auslagen anzuschauen, sie saßen in den Cafés und Restaurants und genossen es, das Geschehen um sich herum zu beobachten. Nein, es gab keine Unruhe, denn sie alle hatten etwas gemeinsam, Urlaub. Alles wirkte geruhsam und selbst die Pferdefuhrwerke, die auf der autofreien Insel den Transportverkehr übernahmen, holperten, von mächtigen Kaltblütern gezogen, gemächlich durch die Straßen und unterstrichen das friedliche Bild.

Wagner steuerte auf den Kurpark zu, der wie eine grüne, blühende Oase vor ihm lag. Er fixierte sofort eine freie Bank neben dem Brunnen. Genau dort würde er sich gleich niederlassen, einfach hinsetzen und in aller Seelenruhe den Alltag und den Berufsstress vergessen.

Sein Blick ging kurz nach oben. *Blauer Himmel, kein Wölkchen zu sehen, herrlich.*
Wenig später saß er da, lehnte sich zurück und schloss die Augen. Die Wahl des sonnigen Platzes war genau das Richtige. Er spürte die wärmende Sonne in seinem Gesicht und genoss jeden einzelnen Strahl.
Hier bleib ich, ging es ihm durch den Kopf. *Und nachher, nach dem Essen, geh ich noch mal zum Strand hinunter, werd mein Hemd ausziehen und am Ufer entlang schlendern.*
Ihm ging durch den Kopf, dass er bereits gestern bei seinem Strandspaziergang einige Frauen gesehen hatte, die offensichtlich ganz alleine ihren Urlaub hier verbrachten. *Warum nicht? Ein nettes Lächeln, ein freundliches „Hallo", ein kurzer Flirt, wer weiß?* Wagner atmete tief durch.
„Was für eine Überraschung", holte ihn eine Stimme aus seinen Gedanken. „Der Herr Hauptkommissar Wagner."
Als er die Augen öffnete, blendete ihn für einen Moment die Sonne. Dann aber erkannte er den Mann in der blauen Uniform, der da vor ihm stand.
Es war der Inselpolizist. Mit ihm hatte Wagner im letzten Jahr bei seinem Einsatz hier auf Juist kooperiert.
„Ich wusste gar nicht", meinte der Polizist, „dass man Sie auch hierher beordert hat."
Wagner blickte den Mann verständnislos an.
„Hierher beordert? Ich hab mich selbst hierher beordert. Ich habe Urlaub."
Der Polizist nickte.
„Ach so. Das ist also der Grund, warum Ihre Kollegen von der Mordkommission ohne Sie im Einsatz waren. Außerdem hätte es mich doch sehr gewundert, wenn man für

die Ermittlungen extra einen Kollegen aus dem fernen Hamburg herangezogen hätte."

Günter Wagner runzelte die Stirn.

„Wie soll ich das verstehen? Was für Ermittlungen?"

„Jetzt sagen Sie nicht, dass Sie nichts von dem Mord gehört haben, Herr Kollege."

„Was für einen Mord?"

„Auf unserer Insel wurde eine junge Frau umgebracht. Eine Urlauberin, die mit ihrer sechsjährige Tochter unterwegs war, hatte die Leiche in der Nähe der Goldfischteiche entdeckt. Das kleine Mädchen wollte in den Büschen eine Notdurft verrichten und plötzlich lag das Mordopfer direkt vor ihr. Sie können sich bestimmt vorstellen, was für ein Schock es für das Mädchen war, kein schöner Anblick, das viele Blut."

„Wie wurde das Opfer umgebracht?"

„Nach den ersten Aussagen des Gerichtsmediziners wurde die Frau durch mehrere Schläge auf den Hinterkopf, vermutlich mit einem spitzen Gegenstand, getötet."

„Wann wurde die Tote gefunden?"

„Gestern Vormittag."

„Wurde der Todeszeitpunkt schon ermittelt?"

Der Polizist blickte Wagner an. Ein kurzes Lächeln huschte über seine Lippen.

„Sagten Sie nicht gerade noch, dass Sie sich im Urlaub befinden, Herr Wagner? Sie sollten sich mit diesem Fall nicht belasten. Die Kollegen von der zuständigen Mordkommission sind vor einer Stunde abgereist. Für sie gibt es auf der Insel momentan nichts mehr zu tun."

Wagner zuckte kurz mit den Schultern.

„Sie haben Recht. Wenn die zuständigen Kollegen bereits wieder abgereist sind, dann ist die Ermittlungsarbeit auf der Insel offensichtlich erledigt. Außerdem würde ich mich hüten, anderen Kollegen ins Handwerk zu pfuschen. Ich werde den Inselaufenthalt weiterhin genießen." Wagner hob den Zeigefinger. „Und keinen weiteren Gedanken an die Polizeiarbeit verschwenden."

„Genau das sollten Sie tun, Herr Wagner. Seit wann sind Sie eigentlich hier?"

„Seit drei Tagen."

„Dann haben Sie ja Glück gehabt, mit dem Wetter mein ich, denn genau seit drei Tagen scheint die Sonne. Vorher war es noch ziemlich ungemütlich, so richtig dickes Wetter."

Der Polizist kratzte sich nachdenklich am Kopf.

„Wenn Sie schon drei Tage auf Juist sind, Herr Wagner, dann möchte ich doch noch mal dienstlich werden."

Günter Wagner blickte ihn fragend an.

„Es ist so", meinte sein Kollege in Uniform, „das Mordopfer ist noch nicht identifiziert. Die Frau trug keine Papiere bei sich. Wir befragten jeden, der Ferienwohnungen oder Zimmer vermietet und erkundigten uns in allen Hotels, doch es wird nirgendwo jemand vermisst. Seit gestern Nachmittag bin ich bereits mit einem Foto der Verstorbenen unterwegs und befrage die Leute. Ein Kellner hatte die Frau auf dem Foto sofort erkannt. Sie hatte vorgestern in seinem Lokal gesessen, einen Kaffee getrunken und immer wieder unruhig auf die Uhr geschaut. Einen Koffer hatte sie auch dabei. Der Kellner sagte aus, dass die Frau sehr nachdenklich wirkte. Irgendwann stand sie auf, nahm ihren Koffer und wollte überhastet das Lokal verlassen, allerdings ohne vorher ihren Kaffee zu bezahlen. Der Kellner hatte sie an der Tür abgefangen. Die Frau entschuldigte sich bei ihm und hatte gemeint, sie sei in

Gedanken gewesen, bezahlte und gab ihm ein sehr gutes Trinkgeld. Dann gibt es noch zwei weitere Personen, welche die Frau gesehen haben. Ein Ehepaar aus Düsseldorf identifizierte die Frau auf dem Foto. Sie sind sich ganz sicher, dass es die Frau war, die vorgestern an ihrem Tisch in der Fähre gesessen hatte. Das Ehepaar sagte aus, dass die Frau sehr verschlossen wirkte, so, als sei sie mit ihren Gedanken ganz woanders."

Der Polizist griff in seine Brusttasche.

„Das einzige, was wir über diese Frau wissen", meinte er, „ist der Zeitpunkt ihrer Ankunft. Die Fähre legte vorgestern um 16.30 Uhr im Juister Hafen an."

Er reichte Wagner wortlos ein Foto.

Der Hauptkommissar starrte das Foto an, das hübsche Gesicht einen jungen, blonden Frau. Seine Augenbrauen zogen sich zusammen, so, als würde er sich auf das Äußerste konzentrieren.

„Haben Sie die Frau etwa erkannt, Herr Wagner?"

Wagner schüttelte leicht den Kopf.

„Dieses Gesicht, ich hab es irgendwo hier auf Juist schon mal gesehen. Wenn ich nur wüsste, wo?"

Wagner strich sich mit der Hand über die Haare und kratzte sich am Hinterkopf.

„Verdammt, mir will es einfach nicht einfallen."

„Wissen Sie denn noch, wann es war?"

„Nein, denn wenn ich das wüsste, dann wüsste ich auch wo es war."

„Und Sie sind sich ganz sicher, dass es diese Frau war?"

Günter Wagner antwortete nicht. Er warf seinem Gegenüber nur einen strafenden Blick zu.

Dem Inselpolizisten wurde sofort bewusst, dass es eine dumme Frage war. Der Mann vor ihm hatte natürlich eine sehr gute Beobachtungsgabe, denn sonst wäre er nicht bei der Kripo und schon gar nicht bei der Mordkommission.

Wagner schloss für einen Moment die Augen. Er wirkte jetzt höchst konzentriert.

„Dieses Gesicht", murmelte er. „Ich habe genau in dieses Gesicht geblickt. Doch, wann war das und wo war das?"

Er sah sich noch einmal das Foto an. Dann schüttelte er den Kopf und reichte es an Polizisten zurück.

„Ich bin mir sicher, dass es mir wieder einfallen wird. Wenn ich weiß, wo ich dieses Gesicht schon einmal gesehen habe, dann gebe ich Ihnen Bescheid."

Der Inselpolizist schob das Foto zurück in seine Brusttasche.

„Ich werde dann mal weitermachen", sagte er. „Zunächst hole ich die Steckbriefe ab, die ich in Auftrag gegeben habe, einen Aushang mit dem Foto der Toten. Diesen Aushang werde ich an die Restaurants und Geschäfte verteilen. Die sollen ihn an ihre Schaufensterscheiben oder sonst wohin hängen. Ich geh´ davon aus, dass sich dann noch weitere Leute, die diese Frau gesehen haben, bei mir melden."

Mit den Worten: „Noch einen schönen Urlaub, Herr Wagner", wandte er sich um und wollte davon schreiten.

„Bitte, Herr Kollege", sagte Wagner. „Sie haben mir meine letzte Frage noch nicht beantwortet."

Der Polizist drehte sich wieder um und blickte ihn verwundert an. Dabei schob er seine Augenbrauen nach oben.

„Was für eine Frage?"

„Die Frage nach dem vermutlichen Todeszeitpunkt."

„Wenn ich die Kollegen von der Mordkommission richtig verstanden habe, soll die Frau vorgestern in den späten Abendstunden umgebracht worden sein."

Wagner rieb sich mit dem Finger über seine schmale Nase.

„Vorgestern Abend", sagte er. „Also am Tag ihrer Ankunft."

Der Inselpolizist nickte.

„Und wann wurde sie von diesem Kellner im Lokal gesehen?", fragte Wagner.

„So gegen 17.30 Uhr."

„Die Fähre legte um 16.30 Uhr im Hafen an", stellte Wagner fest. „Um 17.30 Uhr wurde sie im Lokal gesehen und am gleichen Abend war sie tot. Vermutlich traf sie unmittelbar nach dem Lokalbesuch auf ihren Mörder. Hat man alle Utensilien der Frau überprüft? Vielleicht könnte ihr Handy einen Hinweis auf ihre Identität geben. "

„Es wurde kein Handy bei der Toten gefunden, kein Handy, keine Papiere, nicht ein persönlicher Gegenstand."

„Der Mörder gab sich offensichtlich alle Mühe, die Identität der Toten zu verwischen."

„Der Meinung sind die Kripokollegen auch. Sie vermuten, dass die Frau den Abend gemeinsam mit ihrem Mörder verbracht hatte. Außerdem sagten sie, dass der Mörder erfolgreich alle Spuren verwischt hat, die auf seine Identität hinweisen können."

„Das hört sich nach einer sehr gut vorbereiteten Tat an", bestätigte Wagner. „Doch wo war die Frau hingegangen, nachdem sie das Lokal verlassen hatte? Der Zeitraum, in dem ich dieses Gesicht gesehen haben muss, steht also fest. Ich frage mich immer noch, wo das gewesen sein kann?"

„Wenn die Fähre angelegt hat", meinte der Polizist, „dann dauert es noch eine ganze Weile, bis alle von Bord sind, denn das Gedränge beim Aussteigen ist immer sehr groß. Dann begeben sich alle Passagiere zu den Containern, um ihre Koffer zu holen. Das nimmt auch noch Zeit in Anspruch."

Wagner dachte kurz nach.

„Und wenn die Frau sich bereits vor dem Anlegen direkt vor die Ausgangstür der Fähre postiert und als aller erste ihr Gepäck abgeholt hat?"

„Sie denken aber auch an alles."

„Nur so kann man sich in meinem Job behaupten. Man darf keine Möglichkeit außer Acht lassen." Erneut rieb sich Wagner mit dem Finger über seine Nase. „Ich versuche mich gerade an das zu erinnern, was ich in der besagten Zeit unternommen habe. Als ich vorgestern Nachmittag meine Ferienwohnung verließ, schaute ich nicht auf die Uhr, denn für mich ist die Zeit im Urlaub unrelevant. Ich war zunächst zum Rathaus marschiert, um mir in der Touristeninformation den neuen Strandlooper zu besorgen, wissen Sie, das ist dieses Heftchen, in dem man alles über die aktuellen Veranstaltungen auf Juist nachlesen kann."

„Ich kenn dieses Heftchen. Das liegt auch bei mir in der Wache."

„Danach machte ich mich auf den Weg zum Strand. Allerdings hatte ich noch einen kurzen Stop eingelegt, um mir ein Fischbrötchen für unterwegs zu kaufen. Jedes Mal, wenn ich sehe, wie die Leute draußen vor dem Fischlokal sitzen und sich dort die herzhaften Fischgerichte einverleiben, bekomme ich auch Appetit. Dann, am Strand, war ich am Ufer entlang gebummelt, in Richtung Billriff. Da waren einige Leute unterwegs, doch eigentlich bin ich mir sicher, dass ich das Mordopfer nicht am Strand gesehen habe. Als ich mich nach einer Weile dazu entschlossen hatte, den Strand durch den nächsten Dünendurchgang wieder zu verlassen, kam ich nahe der Aussichtsdüne, direkt hinter dem Hammersee, aus. Der Rückweg führte mich über den schmalen Pfad, der von dort aus rechts vom Hammersee verläuft, zurück. Es ist ein wunderschöner Weg. Er führt durch ein unglaublich dichtes Gestrüpp von morschem Büschen und knorrigen, moosbewachsenen Bäumen, die teilweise so windschief gewachsen sind, dass sie beinahe unecht wirken, so, wie aus einem Märchen. Unterwegs war mir, bis ich schließlich das Örtchen Loog erreichte, nicht ein einziger Mensch begegnet."

„Das liegt wohl daran", meinte der Inselpolizist, „dass dieser Weg nur den wenigsten bekannt ist."

„Als ich Loog hinter mich gebracht hatte, überquerte ich rechts den Damm und spazierte parallel dazu an den ausgedehnten Wiesen entlang. Ich kann mich noch daran erinnern, dass dort einige Pferde grasten. Ganz besonders war mir ein mächtiger Kaltblüter aufgefallen, der sich genussvoll auf den Rücken legte und seinen gewaltigen Körper ausgelassen durch den Staub rollte. Auch hier kamen mir einige Leute entgegen, Leute, die mit ihren Hunden unterwegs waren. Schließlich erreichte ich wieder das Dorf und hatte mich direkt in meine Ferienwohnung begeben. Es war gegen Acht, denn als ich auf den Balkon ging, hörte ich, dass irgendwo ein Fernseher lief und dort die 20 Uhr Nachrichten begannen."

Der Dorfpolizist blickte ihn nachdenklich an.

„Wenn Sie sich sicher sind, Herr Wagner, dass Sie das Mordopfer nicht am Strand gesehen haben und die Leute, denen Sie auf Ihrem Rückweg begegnet sind, ebenfalls nicht in Frage kommen, dann muss Ihre Begegnung mit der Frau im Dorf gewesen sein."

„Ich bewundere Ihre Logik."

Diese Aussage des Hauptkommissars verunsicherte den Polizisten für einen Augenblick. Er war sich nicht sicher, ob es eine ehrliche Anerkennung oder doch eine eher hämische Anmerkung war.

„Darf ich Sie fragen, Herr Hauptkommissar, wo genau Ihre Ferienwohnung liegt?"

„An der Dünenstraße."

„Dann mussten Sie, um dort hin zu kommen, den kompletten Dorfkern durchwandern", stellte der Inselpolizist fest. „Mit anderen Worten, Sie können die Frau überall gesehen haben."

„Stimmt. Ich glaub´ aber nicht, dass ich ihr während meines Rückweges begegnet bin. Ich hatte den Weg, der parallel zum Damm an den Salzwiesen vorbeiführt, ganz am Ende, also fast in der Höhe des Hafens verlassen. Von dort aus sind es bis zu meiner Ferienwohnung an der Dünenstraße noch etwa zehn Minuten Fußweg. Es war also etwa zehn vor Acht, als ich den Weg neben dem Damm verließ. Das spätere Mordopfer verließ gegen 17.30 Uhr das Lokal, um traf vermutlich bald danach auf ihren mutmaßlichen Mörder."

„Und wenn die Frau gemeinsam mit ihrem Mörder vor oder in einem Restaurant gesessen hatte? Dort könnten Sie einen zufälligen Blick auf ihr Gesicht geworfen haben. Wenn Ihnen wieder einfällt, wo das gewesen ist, dann könnten Sie sich vielleicht auch noch daran erinnern, mit wem diese Frau dort gesessen hat."

Wagner überlegte. Er wusste, dass sein Kollege von der Insel Recht hatte. Doch so sehr er seine grauen Zellen auch bemühte, ihm fiel nichts dazu ein.

„Tut mir leid", meinte er schließlich. „Ich bin mir aber sicher, dass es mir wieder einfallen wird. Sie werden der erste sein, der es erfährt. Das verspreche ich Ihnen."

Der Inselpolizist verabschiedete sich und ließ einen nachdenklichen Hauptkommissar zurück.

Wagner lehnte sich wieder zurück und schloss die Augen, um erneut die warmen Sonnenstrahlen in seinem Gesicht zu genießen.

Doch nun war es nicht mehr so wie vorher. An Entspannung war einfach nicht mehr zu denken.

Wo zum Teufel hab´ ich sie gesehen? Ich hatte ihr genau ins Gesicht geblickt. Junge, seit wann leidest du an Gedächtnisschwund?

„Ist der Platz neben Ihnen noch frei?"

Dieses Mal war es eine weibliche Stimme, die ihn aus seinen Gedanken riss.

Vor ihm stand eine junge Frau.

Wagner brauchte nur wenige Sekunden, um sich das komplette Erscheinungsbild der Frau einzuprägen, schmales, etwas blasses Gesicht, lange, blonde Haare zu einem Pferdeschwanz zusammengebunden, höchstens fünfunddreißig Jahre alt, etwa 1,70 Meter groß und sehr schlank, fast schon dürr, schwarze Umhängetasche, offene Sandalen, rot lackierte Zehnägel, weiße Hose, weißes, eng anliegendes T-Shirt, keinen BH darunter, denn die Knospen ihrer flachen Brüste malten sich deutlich unter dem Stoff ab.

Sie lächelte ihn fragend an.

„Bitte", sagte er und wies mit der Hand auf den freien Sitzplatz neben sich. „Die Bank gehört Ihnen."

„Danke. Ich wollte Sie nicht beim Sonnenbad stören, aber die anderen Bänke hier im Kurpark sind alle besetzt."

Sie nahm Platz, kramte in ihrer Umhängetasche herum und zog ein Buch heraus.

„Ich möchte etwas lesen, werde also mucksmäuschenstill sein."

Wagner blickte auf das Buch in ihrer Hand.

„Was lesen Sie denn, wenn ich fragen darf?"

„Das ist ein Inselkrimi. Hab´ ich gerade in der Buchhandlung gekauft. Der Roman spielt hier auf Juist und ist bestimmt interessant."

„Verbringen Sie auch Ihren Urlaub hier?"

Sie nickte.

„Ja, ich wohne in einem Fremdenzimmer in Loog, wissen Sie, Übernachtung mit Frühstück. Und Sie?" Ihre Augen blickten ihn neugierig an. „Auch im Urlaub?"

Wagner nickte.

„Ja."

„Auch in einem Fremdenzimmer?"

„Nein."

„Hotel?"

„Nein. Ferienwohnung."

„Ach so. Ich werde mir im nächsten Urlaub auch eine Ferienwohnung anmieten; muss ja nicht groß sein, so für mich alleine. So ein einzelnes Zimmer ist ja doch sehr beengend. Es gibt nicht mal einen Balkon. Hat Ihre Ferienwohnung einen Balkon?"

„Ja. Er ist allerdings sehr klein. Es passen gerade mal ein kleiner Tisch und zwei Stühle drauf."

„Gibt es wenigstens einen Meerblick?"
„Nein. Vom Balkon aus blickt man in den Garten."
„Ist bestimmt auch schön, besser, als gar keinen Balkon. Bleiben Sie noch lange auf der Insel?"
Ein flüchtiges Lächeln huschte über Wagners Lippen.
Das ist ja schon fast ein Verhör, dachte er amüsiert.
„Noch knapp zwei Wochen", antwortete er trotzdem.
„Sind Sie auch alleine hier?"
„Ja."
In dem Moment, in dem er geantwortet hatte, kam er sich irgendwie überrumpelt vor.
Sie ist alleine und will wissen, ob ich auch alleine bin, ging es ihm durch den Kopf. *Wer weiß, vielleicht sucht sie Anschluss.*
„Wenn Sie auch allein sind", meinte sie, „dann wissen Sie ja selbst, wie es ist, wenn niemand da ist, mit dem man mal reden kann. Man sieht fern oder liest ein Buch, um sich von der Einsamkeit abzulenken, doch irgendwann holt dich das Alleinsein wieder ein. Das ist manchmal ganz schön deprimierend. Mal ganz ehrlich, es gibt doch nichts Schöneres, als einen Menschen bei sich zu haben, mit dem man sich unterhalten kann, dem man seinen Kummer und seine Sorgen anvertrauen kann, einen Menschen, der einfach für dich da ist." Sie sprach immer schneller und ihre Stimme überschlug sich fast. „Meine langjährige Beziehung zu einem Mann zerbröselte vor etwa einem Jahr endgültig; ist einfach in die Brüche gegangen. Irgendwie wurde die Gewissheit, dass wir nicht zusammen passen, immer stärker."
Jetzt war der Moment gekommen, in dem Wagner es bereute, ihr den Platz neben sich angeboten zu haben.

Der Redeschwall der blonden Frau zerstörte jegliche Illusion eines ruhigen Urlaubs.

Hatte sie nicht gesagt, sie wollte mucksmäuschenstill sein und lesen? Kein Wunder, dass der die Kerle weglaufen.

Er blickte auf seine Uhr.

„Entschuldigen Sie bitte, wenn ich Sie unterbreche, junge Frau, aber ich sehe gerade, dass ich jetzt dringend weg muss. Ich hab noch etwas Wichtiges zu erledigen."

Er stand auf.

„Da kann man nichts machen." Sie lächelte. „Sie sind ja noch ein paar Tage hier. Da sehen wir uns bestimmt wieder und wer weiß, vielleicht können wir zwei ja mal ein Tässchen Kaffee zusammen trinken. Vielleicht könnten Sie mich ja auch mal mit in Ihre Ferienwohnung nehmen. Mich interessiert nämlich, wie so eine Wohnung aussieht. Wir könnten es uns auf Ihrem kleinen Balkon gemütlich machen, bei einem Gläschen Wein oder so." Sie zwinkerte ihm kurz zu. „Es war nett, mit Ihnen zu reden. Also, einen schönen Tag noch und ich hoffe, dass wir zwei uns bald wiedersehen."

Mit den Worten: „Ihnen auch einen schönen Tag", ging er davon.

Junge, dachte er, wenn man die den ganzen Tag ertragen muss, die redet ja ohne Unterlass..., sie möchte mit mir ein Gläschen Wein in meiner Ferienwohnung trinken, zwinkerte mir zu. Mensch Junge, wenn du willst dann kannst du sie noch heute Abend in deinem Bett haben. Ist zwar sehr mager und hat kleine Titten, aber das hat nichts zu sagen. Wer weiß, vielleicht ist sie ja im Bett eine Furie.

Jetzt erst wurde ihm bewusst, dass er überhaupt nicht wusste, wohin er eigentlich gehen wollte. Er war aufge-

standen, um sich vor diesem Redeschwallmonster zu ver-
drücken.

Es ist fast Mittag. Könnte ja eigentlich schon essen gehen.
Das Restaurant, in das er heute einkehren wollte, hatte er
sich bereits gestern ausgesucht. Die Speisekarte im
Aushang las sich sehr vielversprechend und so stand der
Entschluss, heute dort essen zu gehen, fest.

Bevor er in die Straße einbog, in der das erwählte Lokal
lag, drehte er sich noch einmal um und blickte in Richtung
Kurpark. Seine Augen suchten die Bank, auf der er gerade
gesessen hatte. Die junge Frau saß mit dem Buch in der
Hand noch da. Sie blickte zu ihm hinüber und winkte ihm
lächelnd zu.

Wagner hob seine Hand und deutete ebenfalls ein kurzes
Winken an. Dann ging er weiter.

*Sie hat mich mit ihren Blicken bis hierher verfolgt. Junge,
sie will dich.*

Kurze Zeit später saß er im Restaurant vor einem Glas
Bier und durchforstete die Speisekarte.

Als schließlich der Ober an seinen Tisch kam, und die
Bestellung aufnahm, wurde ihm erst so richtig bewusst,
was für einen Riesenhunger er doch hatte. Er blickte dem
Ober hinterher. Dieser verschwand in der Küche. Für
einen Moment zog ihm ein herrlicher Duft in die Nase.
Egal, was der Koch dort gerade zubereitete, es roch überwältigend gut. Jetzt wurde das Hungergefühl noch größer.

Die Zeit, in der er auf das Essen wartete, kam ihm wie
eine Ewigkeit vor. Dann aber stand es vor ihm, das Filet-
steak, Medium zubereitet, mit braun angedünsteten Zwie-
beln. Ein Stückchen Kräuterbutter, welches auf dem dunkel angebratenen Fleisch lag, schmolz dahin, es zerlief,
um mit seinem Aroma den Geschmack des herrlich

duftenden Steaks noch zu verfeinern. Dazu hatte er sich Pommes bestellt.

Als Wagner mit dem Messer das erste Stück des Steaks abschnitt und auf das zart rosa gebratene Fleisch blickte, lief ihm endgültig das Wasser im Mund zusammen. Kaum hatte er den ersten Bissen im Mund, verdrehte er genüsslich die Augen.

Göttlich, einfach göttlich.

Er konnte sich nicht mehr daran erinnern, wann er das letzte Mal so ein perfekt zubereitetes Steak gegessen hatte.

Bald schon führten ihn seine Gedanken wieder zu der jungen Frau auf der Bank. Er war sich ganz sicher, dass sie eine Einladung in seine Ferienwohnung bestimmt nicht ablehnen würde. Eigentlich wollte er heute Nachmittag einen ausgedehnten Strandspaziergang unternehmen, um Ausschau nach weiblichen Feriengästen halten, die ebenfalls allein am Strand herumliefen. Erneut dachte er an die Frau auf der Bank. *Junge, sie will dich. Was soll ich am Strand? Werd die Kleine noch mal ansprechen.* In Gedanken sah er sie vor sich. Ihr Gesicht wirkte eigentlich sehr anschaulich, auch wenn sie keine Schönheit darstellte. Er war sich durchaus der Tatsache bewusst, dass er mit seinem Aussehen sowieso keine wirklich gut aussehende Frau ins Bett bekommen würde. *Ich sollte nach dem Essen noch mal zum Kurpark gehen. Sie wird dort bestimmt auf mich warten. Werde ihr das Angebot unterbreiten, ihr gleich meine Ferienwohnung zu zeigen.*

Je mehr er aber über die Frau nachdachte, desto mehr wurde ihm bewusst, dass es vielleicht ein großer Fehler sein würde, ihr seine Wohnung zu zeigen.

Wenn die weiß, wo deine Wohnung ist, dann wirst du sie vielleicht nicht mehr los, Junge, dann ist der Rest des Urlaubs gelaufen. Sie wird dich zu labern.
Er beschloss, dieser Frau erst einmal aus dem Weg zu gehen.

Während er sich genussvoll sein Steak einverleibte, erschien das Gesicht einer anderen Frau vor seinem geistigen Auge, das Gesicht der toten Frau auf dem Foto.

Irgendwann wird mir schon einfallen, wo ich sie gesehen habe.
Auch diesen Gedanken schob er wieder beiseite.

Er dachte an morgen, denn morgen würde er seinen Urlaub auf Juist für drei Tage unterbrechen. Es stand ein Abstecher nach Helgoland bevor. Dort war er als Trauzeuge zu einer Hochzeit eingeladen. Ein Arbeitskollege, der gleichzeitig einer seiner besten Freunde war, wollte auf der Hochseeinsel heiraten. Die Idee, auf Helgoland zu ehelichen, stammt aber von den zukünftigen Schwiegereltern. Diese bezahlten auch die Kosten, einschließlich der Reisekosten für die Trauzeugen. Sie hatten Wagners Reise gut vorbereitet. Morgen würde er mit der Fähre nach Norddeich übersetzten. Dort wird er eine Nacht in ein bereits für ihn gebuchtes Hotelzimmer bleiben. Übermorgen, ganz früh, um sieben Uhr, geht es dann mit einem Zubringerbus nach Wilhelmshaven. Vor dort aus legt das Schiff nach Helgoland ab, ein Katamaran, der die eigentlich lange Überfahrt durch seine hohe Geschwindigkeit verkürzt. Wagner hatte sich erkundigt, der Katamaran schafft 42 Knoten, das sind fast 80 Km/h, verdammt schnell für ein Schiff. Die Überfahrt nach Helgoland soll, je nach Wellengang, etwa siebzig Minuten dauern, dann fünf Stunden Inselaufenthalt und dann wieder zurück nach Wilhelmshaven, wo der Zubringerbus, der ihn wieder nach Norddeich bringen soll, bereits wartet. Weil die erste Fähre nach Juist erst am folgenden Tag geht, übernachtet er dann zwangsweise noch einmal in Norddeich.

Günter Wagner hatte eigentlich keine große Lust darauf, drei Tage seines Urlaubs mit einer Helgolandreise zu verschenken, doch was tat man nicht alles für einen guten Freund? Die fünf Stunden des Inselaufenthalts auf Helgoland waren minutiös verplant, Begrüßung mit Sektempfang, ein kleines Vormittagsmahl zur Stärkung und dann geht es zur eigentlichen Trauung, die in einer echten Helgoländer Hummerbuden stattfinden soll. Nach der Trauung wird sich die komplette Hochzeitsgesellschaft in eine Gaststätte begeben, in der die Feierlichkeiten stattfinden, beginnend mit einem Menü aus fünf Gängen.

Heiraten in einer Hummerbude, was für eine Schnapsidee!
Wenn Wagner an die Überfahrt mit dem Katamaran dachte, bekam er ein mulmiges Gefühl. Es war gar nicht so lange her, da war genau so ein Katamaran auf der Fahrt nach Helgoland bei schwerer See verunglückt. Das Schiff konnte dem hohen Wellengang nicht standhalten. Es hatte viele Verletzte gegeben.

Ich werd `s schon überleben.
Angesichts des leeren Bierglases, welches vor ihm auf dem Tisch stand, winkte er dem Ober zu.

„Würden Sie mir bitte noch ein Bier bringen?"
Der Ober bestätigte die Bestellung mit einem freundlichen Nicken.

Eine halbe Stunde später verließ Wagner das Restaurant, zufrieden und satt.

Den eigentlich geplanten Strandspaziergang hatte er aus seiner heutigen Planung gestrichen, denn nach dem ausgiebigen Mahl verspürte er eine plötzliche Müdigkeit. Deshalb fasste er den Entschluss, in seine Ferienwohnung zu gehen. Er wollte sich auf das Bett legen und für ein Stündchen die Augen zu machen. Den Gedanken daran, dass er auch zum Strand hätte gehen können, um sich dort zu einem Nickerchen an den Rand der Dünen hinzulegen, hatte er schnell wieder verworfen. Ihm war bewusst, dass dort einige Urlaubsgäste an ihm vorbei spazieren und ihn schlafend sehen würden. Eigentlich ist es nichts Schlimmes, aber er wusste, dass er oft mit sehr weit offenem Mund schlief, und das sah einfach scheiße aus. Er wollte sich nicht zum Gespött der Menschheit machen. Also marschierte er zu seiner angemieteten Wohnung.

Wagner wollte gerade die Haustür öffnen, als diese sich von alleine auftat. Ein älterer Mann trat ihm entgegen. Sein Gesicht war faltenübersät, zerfurcht wie die Schale einer Walnuss. Kleine, rote Äderchen durchzogen nicht nur die rosigen Wagen, sondern auch die glänzende, knollige Nase. Der grauhaarige Mann ging leicht gebückt.

„Moin, Herr Wagner", grüßte der Mann. Die Stimme klang heiser.

„Moin, Herr Peterson."

Peterson war der Eigentümer des Hauses, in dem Wagner wohnte.

„Goot, dat ik se treff, Herr Wagner. Se sägt'n doch, dat se mörg'n to disser Hochtied nach Helgoland forn. Mien Froo wull wet'n, ob se hör Frostückbrötchi für een oder twee Dag ofbestellen."

Wagner blickte Peterson fragend an. Er hatte nur die Hälfte von dem, was ihm sein Vermieter da im ostfriesischen Platt versnackte, verstanden. „Entschuldigung, Herr Peterson, könnten Sie mir das noch mal auf hochdeutsch zutragen?" Er lächelte. „Hab´ leider nur die Hälfte verstanden."

„Ich muss mich entschuldigen, Herr Wagner. Ich vergess doch immer wieder, dass meine Gäste nicht des Ostfriesischen mächtig sind. Also noch mal auf Deutsch. Sie sagten doch, dass Sie morgen zu dieser Hochzeit nach Helgoland fahren. Meine Frau wollte wissen, ob Sie Ihre Frühstücksbrötchen für zwei oder drei Tage abbestellen."

„Für zwei Tage. Morgen frühstücke ich noch, denn bis die Fähre nach Norddeich losfährt, hab´ ich noch was Zeit."

„Ich werde es meiner Frau sagen", Petersons Blick ging zum Himmel. „Sie haben ja ein verdammtes Glück mit Ihrem Urlaubswetter. Letzte Woche war es nicht so schön."

„Das habe ich schon gehört."

„Das Wetter ist momentan allerdings zweitrangig. Es interessiert niemanden. Alle reden nur von diesem schrecklichen Mord."

Wagner nickte.

„Das kann ich mir gut vorstellen. Ist ja auch `ne schlimme Sache." Er sprach nun etwas lauter, denn ein Pferdefuhrwerk mit zwei voll beladenen Anhängern rollte geräuschvoll an ihnen vorbei. Auf der Ladefläche des hinteren Wagens standen Getränkekästen mit leeren Flaschen, die in Folge des holprigen Straßenabschnitts munter in ihren Kisten herum hüpften und deren lautes Klimpern so gar nicht in die Ruhe der Insel passte. Selbst der Kutscher vorn auf dem Bock verzog für einen Moment das Gesicht. Einzig den beiden mächtigen Kaltblütern, die ihre schwere Last geduldig zogen, schien der Lärm nichts auszumachen, denn sie trotteten unbeeindruckt vor sich hin.

Wagner blickte hinter dem Fuhrwerk her. „Die armen Pferde können einem leidtun, so wie die rackern müssen." „Wieso arme Pferde?", wunderte sich Peterson. „Die sind doch froh, wenn se beschäftigt werden. Sie glauben gar nicht, wie gut es die Tiere hier auf der Insel haben. Einen halben Tag arbeiten und dann haben sie frei. Bei so viel Freizeit freuen sie sich jedes Mal, wenn sie arbeiten dürfen. Ob Sie `s glauben oder nicht, Herr Wagner, einige der Pferde machen sich jeden Morgen ganz allein von ihren Weiden auf den Weg und marschieren ohne Aufsicht zu ihren Speditionen, damit sie wieder eingespannt werden."

Wagner schüttelte den Kopf. „Unglaublich."

„Aber wahr", meinte Peterson. „So, ich muss jetzt los, muss noch ein paar Geschäfte erledigen. Falls wir uns nicht mehr sehen, wünsch ich Ihnen viel Spaß bei der Hochzeit."

„Danke."

Wagners Vermieter verabschiedete sich und ging davon.

Für einen Moment schaute Wagner dem etwas gebückt laufenden Mann hinterher.

Aus dem Augenwinkel vernahm er auf der anderen Straßenseite eine Bewegung. Er blickte hinüber.

Eine junge Frau mit langen, schwarzen Haaren war aus dem Eingang des gegenüberliegenden Hauses getreten und zog gerade die Tür hinter sich zu. Aus diesem Grund sah Wagner die Frau zunächst nur von hinten.

Als erstes stach ihm ihr runder Po in die Augen, dessen ansprechende Konturen durch eine eng anliegende Jeans noch hervorgehoben wurden. Die schlanke Taille ließ sich unter der weißen Bluse nur erahnen. Dann drehte sie sich um. Das nächste, was Wagner in die Augen stach, war das üppige Dekolletee, welches die wohlgeformten Brüste der Frau zu einem Blickfang machte.

Was für ein Rasseweib, schoss es Wagner durch den Kopf.

Erst jetzt blickte er in ihr Gesicht.

Für einen Moment erschrak er. Er schluckte. Die Gesichtszüge der Frau erinnerten ihn an die tote Frau auf dem Foto. *Was für eine Ähnlichkeit.* Die Frau war hübsch, sehr hübsch und Wagner musste sich eingestehen, dass er selten zuvor eine solche Schönheit gesehen hatte. Er schätze ihr Alter auf Mitte Zwanzig. Die langen, schwarzen Haare umrahmten das Gesicht eines Engels. Der Gesichtsausdruck wirkte allerdings sehr ernst, so, als hätte sich die Frau gerade fürchterlich geärgert.

Wieder sah Wagner in seinen Gedanken das Gesicht des Mordopfers vor sich. Die Ähnlichkeit war verblüffend.

Sollte er die Frau vielleicht fragen, ob sie noch eine Schwester hat, die sie vermisst?

Quatsch, diese Ähnlichkeit wird ein Zufall sein.

Nun schaute die Frau ihn geradewegs an.

Diese Ähnlichkeit.

„Warum starren Sie mich so an?", kam es plötzlich mit gereiztem Unterton aus ihrem Mund.

Erst jetzt wurde es Wagner bewusst, dass er sie tatsächlich die ganze Zeit über angestarrt hatte. Er wollte etwas sagen, doch irgendwie hatte es ihm für einen Moment die Sprache verschlagen. „Ich, äh, ich", stotterte er schließlich und versuchte, durch lautes Räuspern, seinen Kloß im Hals wieder loszuwerden. „Entschuldigung, wenn Sie den Eindruck hatten, ich hätte Sie angestarrt." Er wollte ein versöhnendes Lächeln aufsetzen, brachte aber nur ein plumpes Grinsen zustande. Die schwarzhaarige Schönheit auf der anderen Straßenseite wandte sich abrupt ab und marschierte mit strammen Schritten davon.

Wagner schluckte. „Ich wollte Sie wirklich nicht anstarren", rief er ihr hinterher.

Die junge Frau blieb stehen und wandte sich um. „Solche Typen wie Sie kenn´ ich, glauben, dass sie jede Frau anbaggern können, nur weil sie sich ihr weißes Sonntagsausgehhemd angezogen haben. Vergessen Sie `s."

Mit einer gekonnten Kopfbewegung warf sie ihre Haare nach hinten, drehte sich um und setzte ihren Weg fort.

Wagner stand da, die Augen auf die junge Frau gerichtet. Er hatte den Eindruck, als würde sie mit schwingenden Hüften davon schweben.

Junge, was für eine Frau! Aber leider nicht deine Kragenweite.

Er blickte ihr noch hinterher, bis sie um die nächste Ecke gebogen war. Dann begab er sich ins Haus.

*   *   *

Silke Schumann schlenderte die Deichpromenade entlang. Immer wieder wirbelte der frische Seewind ihre langen, schwarzen Haare nach allen Seiten. Die junge Frau war sich ihres außergewöhnlich guten Aussehens, welches die Blicke der meisten Männer magisch anzog, bewusst und strotzte normalerweise vor Selbstbewusstsein. Doch heute fühlte sich nicht wohl. Die schwere Grippe, die sie bis vorgestern noch ans Bett gefesselt hatte, war immer noch nicht ganz abgeklungen. Trotz der vielen Medikamente, die sie zu sich nahm, war sie heute Mittag, als sie mit dem Flugzeug auf dem Juister Flugplatz gelandet war, noch vom Fieber geplagt worden.

Silke Schumann blickte auf ihre Uhr. Heute Abend hatte sie eine Verabredung. Sie wollte sich um kurz vor Neun mit einem Mann treffen. *Viertel vor Neun. Bin gut in der Zeit.*

Sie wunderte sich, dass um diese späte Zeit noch so viel Betrieb auf den Straßen und Wegen herrschte. Selbst Familien mit kleinen Kindern waren noch unterwegs.

Zwei junge Männer kamen ihr auf der Deichpromenade entgegen. Als die beiden mit ihr auf einer Höhe waren, sprach einer von ihnen sie an:

„Haben Sie heute schon etwas vor, junge Frau?"

Dass der junge Mann immer wieder auf ihr gewagtes Dekolletee starrte, war ihr nicht entgangen.

„Ja", antwortete sie knapp und mit einem solchen Unterton, dass der Mann es nicht wagte, sie ein weiteres Mal anzusprechen.

Ohne sich weiter um die beiden Männer zu kümmern, setzte sie ihren Weg fort.

Vielleicht hätte ich mir doch was anderes anziehen sollen, ging es ihr durch den Kopf. *Die Kerle hier sind ja richtig aufdringlich.* Sie dachten an den Typ mit dem weißen Hemd, der heute Mittag, als sie aus dem Haus kam, auf der anderen Straßenseite stand und sie ebenfalls mit einem unverfrorenen Blick angestarrt hatte. *Kaum zeigt man etwas nackte Brust, läuft ihnen schon der Geifer aus den Mündern.*

Silke Schumann war in Sorge um ihre Schwester Kerstin. Diese hatte sich seit zwei Tagen nicht mehr bei ihr gemeldet und Silke konnte sie auch nirgendwo erreichen. Das Handy ihrer Schwester war ebenfalls seit zwei Tagen nicht mehr eingeschaltet.

Beim letzten Telefongespräch mit Kerstin hatte Silke erfahren, dass ihre Schwester gerade auf Juist angekommen war. Silke lag zu dieser Zeit noch krank im Bett und die beiden Schwestern hatten ausgemacht, dass sie sich auf Juist treffen, sobald es Silke wieder besser ging.

Die zwei Geschwister hatten einen guten Grund, nach Juist zu fahren, denn sie wollten dort ein Erbe antreten. Ihre verstorbene Oma, die vor zwanzig Jahren nach Australien ausgewandert war, hatte ihnen ein Haus auf Juist vermacht. Die beiden Schwestern hatten vor dem Tod ihrer Oma keine Kenntnis davon, dass diese ein Haus auf Juist ihr Eigen nannte. Erst die Testamentseröffnung offenbarte ihnen diese Tatsache. Die Eltern von Silke und Kerstin waren vor einigen Jahren bei einem tragischen Tauchunfall in Thailand ums Leben gekommen. Deshalb gab es außer den Geschwistern Schumann keine weiteren Erben. Bei der Testamentseröffnung wurde ihnen auch eröffnet, dass in dem geerbten Haus auf Juist noch eine Schwester der Oma wohnte. Auch von der Existenz dieser Schwester, deren Name mit Eva Maria Gerber angegeben war, hatten die Erbinnen vorher noch nie etwas gehört. Omas Schwester wurde im Testament ein mietfreies, lebenslanges Wohnrecht zugesagt. Neben der großen Erdgeschosswohnung, in der Omas Schwester zu Hause war, gab es im Haus noch sechs weitere Wohnungen, die allesamt als Ferienwohnungen vermietet wurden. Omas

Schwester kümmerte sich laut des Testaments um die Verwaltung des kompletten Hauses. Da die verstorbene Oma in Australien zu Reichtum gekommen war, durfte ihre Schwester auf Juist die Einnahmen aus den Ferienwohnungen bisher für sich behalten. Zu dem geerbten Haus gehörte ein riesiges Grundstück. Der Schätzwert des gesamten Anwesens bezifferte sich laut Testament auf 1,2 Million Euro.

Eigentlich wollte Silke Schumann gemeinsam mit Kerstin ihr Erbe antreten und der Schwester ihrer verstorbenen Oma schonend beibringen, dass sie ab jetzt die Mieteinnahmen nicht mehr für sich behalten durfte.

Heute Mittag hatte Silke sich zu dem Haus begeben, um sich einen ersten Eindruck zu verschaffen. Da sie auf der Türklingel den Namen Gerber nicht gefunden hatte, drückte sie auf den unteren Klingelknopf. Ein etwa dreißig Jahre alter Mann hatte ihr geöffnet. Der Mann machte zunächst einen freundlichen Eindruck. Er war mindestens 1,85 Meter groß und seine breiten Schultern ließen ihn sehr sportlich erscheinen. Dennoch gehörte er nicht zu der Sorte Mann, an dem sie hätte Gefallen finden können. Der Kopf des Mannes wirkte viel zu groß. Über den tief in den Höhlen liegenden Augen erhoben sich wulstige Brauen. Das breite, eckige Kinn, so wie die viel zu hohe Stirn verliehen ihm grobschlächtige Gesichtszüge.

Als sie sich bei ihm nach der Schwester der verstorbenen Oma erkundigte, hatte der Mann sie merkwürdig angesehen, hatte neugierig gefragt, was sie von Frau Gerber wolle. Sie gab ihm zu verstehen, dass es um eine persönliche Sache zwischen ihr und Frau Gerber handelt. Silke erkundigte sich auch, ob bereits eine andere junge

Frau nach Frau Gerber gefragt hat. Daraufhin wirkte der Mann für einen Moment sehr nervös.

Das Gespräch, welches sie dann mit diesem Mann führte, ging ihr noch einmal durch den Kopf. Sie sah vor ihrem geistigen Auge, wie er sie stirnrunzelnd anblickte und sagte:

„Meinen Sie etwa eine junge Frau, die Ihnen sehr ähnlich sieht, aber blond ist?"

„Ja, genau, das ist meine Schwester."

Er hatte sie in das Haus gebeten.

„Ihre Schwester war hier."

„Und wo ist sie jetzt?"

Der Blick des Mannes war wieder misstrauisch geworden.

„Ich weiß", hatte er gesagt, „dass es um eine Erbsache geht, bin gut darüber informiert. So etwas ist eine vertrauliche Angelegenheit. Können Sie Unterlagen vorweisen, aus denen hervorgeht, dass Sie an diesem Erbe beteiligt sind?"

„Nein. Da meine Schwester früher als ich nach Juist gekommen ist, nahm sie alle Unterlagen mit."

„Wenn das so ist, dann werde ich Ihnen ausnahmsweise mal glauben. Ihre Schwester ist gemeinsam mit Frau Gerber irgendwo auf der Insel unterwegs. Frau Gerber wollte Ihrer Schwester die Insel zeigen. So eine Inselführung dauert lange und deshalb wollten die zwei heute Abend in einem verschwiegenen Lokal, welches mitten zwischen den Dünen liegt, essen gehen. Ich bin im Übrigen auch dazu eingeladen. Was halten Sie davon, wenn ich Sie einfach dorthin mitnehme. Es wäre bestimmt eine angenehme Überraschung für Ihre Schwester, wenn Sie plötzlich dort auftauchen."

„Das ist eine gute Idee, denn meine Schwester glaubt, dass ich noch schwer krank im Bett liege. Ich bin froh, dass mit meiner Schwester alles in Ordnung ist. Hatte mir schon Sorgen gemacht, denn alle Versuche, sie auf ihrem Handy zu erreichen, waren bisher vergebens."

„Auf der Insel können Sie die meisten Handys vergessen, kein Empfang, ich mein´, es kommt auf den Anbieter an."

„Wann und wo findet dieses Essen denn statt?"

„Um einundzwanzig Uhr. Wir zwei können uns vorher treffen und gemeinsam dorthin gehen."

„Einundzwanzig Uhr? So spät?"

„Ja, eher war in diesem Restaurant kein mehr Tisch zu bekommen. Ist halt ein gut besuchter Laden."

„Einverstanden. Wann und wo treffen wir uns?"

„Kennen Sie den Platz an der Strandpromenade, an dem sich der Hauptdurchgang zum Strand befindet?"

„Ich glaub schon. Als ich vorhin mein Hotel verließ, um mir ein gemütliches Restaurant zu suchen, kam ich dort vorbei. Dort stehen einige Bänke herum und vor dem Platz steht ein beeindruckendes Gebäude mit einer großen Glaskuppel oben drauf."

„Genau den Platz meine ich. Um kurz vor einundzwanzig Uhr werd ich dort auf Sie warten."

„Ich werde pünktlich da sein."

„Übrigens, Sie sehen krank aus. Ist Ihnen nicht gut, junge Frau?"

„Ich bin von der Reise noch etwas erschöpft. Deshalb werde ich mich jetzt in mein Hotelzimmer begeben und mich dort noch etwas aufs Ohr legen. Also, bis heute Abend."

Silke Schumann war, als sie später ihr Hotelzimmer betrat, regelrecht ins Bett gefallen und sofort tief eingeschlafen.

Nicht nur die Reise hatte sie geschafft. Auch die fiebrige Grippe, die sie immer noch nicht ganz überwunden hatte, trug zu ihrer Erschöpfung bei. Sie hatte lange geschlafen und als sie wieder wach wurde, blieb gerade mal eine Stunde Zeit, um sich für das bevorstehende Essen fertig zu machen.

Nun schlenderte sie über die Strandpromenade. Vor ihr eröffnete sich der Platz mit den vielen Bänken, der Platz, an dem sie sich mit dem Mann treffen wollte.

Erst beim zweiten Hinsehen erkannte sie, dass der Mann bereits auf einer der Bänke saß. Als er sie kommen sah, stand er auf und kam auf sie zu.

Für einen Moment empfand Silke Schumann Bewunderung für den Mann, wie er so locker auf sie zuschritt. Eine sportliche und imposanten Erscheinung, die beeindruckte. Dann aber fiel ihr Blick auf den kantigen und viel zu großen Kopf, und die Bewunderung war sofort verschwunden.

„Da sind Sie ja, junge Frau", begrüßte er sie. „Wir hatten uns noch gar nicht richtig vorgestellt. Mein Name ist Harry Kleever, Kleever mit zwei e."

Er reichte ihr die Hand.

„Angenehm. Ich bin Silke Schumann."

„Ihnen scheint es ja wieder besser zu gehen, Frau Schuhmann. Sie sehen gut aus, und wie Sie sich heute Abend gekleidet haben, echt toll, ein gewagtes Outfit." Er deutete auf ihre weit ausgeschnittene Bluse. „Ich kenne keine Frau, der diese Bluse so gut stehen würde, wie Ihnen."

Silke Schumann blickte ihn an und lächelte.

„Danke für das Kompliment."

So ein Schleimer, dachte sie. *Dabei hatte ich genau diese Bluse schon heute Mittag an.*

„Dann lassen Sie uns mal losmarschieren, Frau Schumann. Ich bin schon auf das Gesicht Ihrer Schwester gespannt. Wird bestimmt `ne Riesenüberraschung."

„Ist es bis zu diesem Restaurant sehr weit?"

„Wir sind in etwa zehn Minuten da."

Kleever führte die junge Frau auf den Weg, der rechts vom Stranddurchgang mit einem seichten Anstieg weiterverlief. Dieser Abschnitt der Strandpromenade führte sie an einigen Restaurants vorbei.

„Liegt die Gaststätte, zu der Sie mich führen, auch direkt am Strand?", wollte Silke Schumann von ihrem Begleiter wissen.

„Nein, diese Gaststätte liegt mitten in den Dünen. Es ist ein ganz besonderes Restaurant und genießt auf der Insel einen ausgezeichneten Ruf."

„Da bin ich aber gespannt."

Harry Kleever deutete auf ein großes Gebäude, welches sich rechts von ihnen befand.

„Das ist das berühmte Meerwasser-Erlebnisbad. Der Turm, der direkt daneben steht, ist der Wasserturm."

„Und ich dachte, es sei ein alter Leuchtturm."

„Das denken viele."

Bald erreichten sie das Ende der Strandpromenade. Links führte ein sandiger Weg durch die Dünen zum Strand hinunter. Der eigentliche Weg verlief aber nach rechts weiter. Auch hier ging es nach unten.

„Wir haben jetzt zwei Möglichkeiten", sagte Kleever. „Wir können dem festen Weg nach rechts folgen. Er führt an der Tennisanlage vorbei zum Restaurant. Wenn wir allerdings jetzt nach links zum Strand hinunter gehen und dann den nächsten Dünendurchgang nehmen, sparen wir uns gut fünf Minuten Fußweg."

„Da ich sowieso noch nicht am Strand war, nehmen wir den sandigen Weg."

„Eine gute Entscheidung."

Die beiden gingen hinunter zum Strand. Das Meer war noch einige Hundert Meter von ihnen entfernt.

„Möchten Sie vielleicht direkt am Wasser entlang gehen, Frau Schumann?"

Die Angesprochene blickte auf die schäumenden Wellen der Nordsee, die in der Ferne auf das Ufer rauschten.

„Nein, das ist mir doch zu weit. Ich kann es kaum erwarten, endlich meine Schwester zu sehen."

Harry Kleever führte seine weibliche Begleitung nach rechts, direkt an den großen Dünen entlang, die das dahinter liegende Inselinnere vor den Fluten der See schützten. Nach ungefähr einhundert Meter öffnete sich vor ihnen ein Aufgang, der nach oben durch die Dünen führte.

„Dort müssen wir hinauf."

Der Anstieg über dem sandigen Untergrund fiel Silke Schumann schwer.

„Puh", stöhnte sie, als sie endlich oben ankamen.

Von ihrem Standpunkt aus bot sich eine weite Sicht ins Inselinneren. Direkt unterhalb der hohen Düne, auf der sie standen, erstreckte sich eine, mit leichten Hügeln überzogene Landschaft, die teils mit Grasflächen und teils mit dichtem Buschwerk bewachsen war. In der Ferne und auf der rechten Seite konnte man einige Hausdächer erkennen. Zur linken Seite gab es nur Dickicht, soweit das Auge reichte.

Der nun folgende Abstieg fiel ihr wesentlich leichter.

Oben, auf der großen Düne bestand die Vegetation überwiegend aus Gräsern. Nun tauchten immer mehr Büsche auf. Hier wucherte alles wild durcheinander.

Nach etwa hundert Meter erreichten sie eine Wegeskreuzung.

„Wir müssen links entlang", sagte Kleever und zeigte auf den schmalen Weg.

Kleever ging voran und sie folgte ihm.

„Ist es noch sehr weit?", wollte sie wissen.

„Nein. Wir sind gleich da."

„Hier ist ja meilenweit kein Mensch zu sehen", stellte sie fest. „Ist es hier immer so einsam?"

„Es ist schon spät. Da sind nicht mehr so viele Urlauber unterwegs."

Nach kurzer Zeit deutete er auf einen sandigen Pfad, der vom festen Weg wegführte.

„Das ist eine weitere Abkürzung. Wenn wir die nehmen, dann sind wir in zwei Minuten da."

Auch dieses Mal folgte sie ihm.

Nach einigen Metern wurden die Büsche um sie herum immer dichter.

Kleever bog noch ein paar Mal in weitere Pfade ab, die durch noch dichteres Dickicht führten. Die langsam eintretende Abenddämmerung tauchte das wild bewachsene Umfeld in ein diffuses, fast schon beklemmendes Licht. Silke glaubte für einen Moment, von einer unheimlichen Atmosphäre umgeben zu sein.

„Das ist ja fast schon eine Dschungelexpedition", scherzte sie angesichts des halb zugewucherten Weges. „Ich glaube, alleine würde ich mich hier verlaufen."

Kleever lachte kurz auf.

„Sie sind also wegen Ihres Erbes hier, Frau Schumann."

„Ja, das wissen Sie doch."

Er blieb stehen und wandte sich zu ihr um.

„Ihre Schwester hat mir alles genau erzählt. Sie können mir glauben, ich bin über alles sehr gut informiert. Schließlich verwalte ich das ganze Haus schon sehr lange. Frau Gerber war einfach schon zu alt dafür. "

„Weiß Frau Gerber es auch schon? Weiß sie, dass Ihre Schwester verstorben ist?"

Ein flüchtiges Lächeln huschte über Kleevers Gesicht. Dieses Lächeln verwandelte sich schnell in ein merkwürdiges, hämisches Grinsen.

„Wie soll sie es wissen, wenn sie tot ist?"

Silke Schumann schluckte.

„Sie ist tot?"

Kleever nickte.

„Ja, sie ist tot."

„Aber Sie sagten doch, dass Sie mit meiner Schwester in dieses Restaurant..."

Sie starrte ihr Gegenüber mit großen Augen an. Sämtliche Farbe schien mit einem Schlag aus ihrem Gesicht gewichen zu sein.

„Ich versteh´ das nicht", stotterte sie nervös.

Kleevers hämisches Grinsen wurde immer breiter.

„Es ist doch ganz einfach. Die alte Gerber starb vor einem halben Jahr nach einer schlimmen Krankheit. Wenn man so alt ist, hat man einer Salmonellenvergiftung nichts mehr entgegen zu setzen. Das sagte der wenigstens zuständige Arzt. Er wäre im Leben nicht drauf gekommen, dass ich etwas nachgeholfen habe. Ein Schlückchen E 605 tat sein übriges dazu."

Silke Schumann machte unwillkürlich einen Schritt zurück.

Sie blickte den Mann vor sich fassungslos an und wollte nicht glauben, was sie gerade gehört hatte. *Er will mich verarschen,* ging es ihr durch den Kopf. *Nein, er meint es ernst, er ist ein Mörder.*

„Sie sind ein Mörder", kam es kaum hörbar über ihre Lippen.

„So ist es, junge Frau. Was ist das denn für ein Gefühl, ganz alleine mit einem Mörder in diesem Unterholz zu stehen? Hier ist weit und breit kein Mensch, der Ihnen helfen könnte. Selbst wenn Sie laut um Hilfe rufen würden, ja, wenn Sie sich die Kehle aus dem Hals schreien würden, niemand könnte Sie hören."

Silke zitterte. Ihr Körper schien mit einem Mal regelrecht zu beben. Ihre Gedanken kreisten. Sie hatte das Gefühl, im falschen Film zu sein, wollte weglaufen, doch irgendwie versagten ihr die Beine den Dienst. Die Angst hatte sie regelrecht gelähmt.

Sie schluckte und versuchte, sich zusammen zu reißen.

„Was ist mit meiner Schwester?"

„Du willst wissen, was mit deiner Schwester passiert ist? Du willst es wirklich wissen?"

Er trat näher an sie heran. Für einen kurzen Augenblick wurde sein Gesichtsausdruck ernst. Dann aber kehrte das hämische Grinsen wieder zurück.

„Vielleicht wär´ `s besser, wenn du nicht weiß, was mit deiner Schwester passiert ist, denn das, was mit ihr passiert ist, ist nicht schön. Ich glaube, du würdest es nicht gerne hören."

Die Frau vor ihm schluckte laut hörbar. Ihr hübsches Gesicht wirkte mit einem Mal verzerrt.

„Was haben Sie mit meiner Schwester gemacht?"

„Das ist eine gute Frage."

Nun trat er ganz dich an sie heran und fasste mit beiden Händen die Revers ihrer Bluse. Die stattliche Größe und die breiten Schultern ließen ihn wie eine übermächtige Bedrohung erscheinen.

„Eine gute Frage", wiederholte er seinen letzten Satz.

Dann riss er mit einem kräftigen Ruck die Bluse auf und schob sie nach hinten.

Sie zuckte erschrocken zusammen und machte hastig einen Schritt nach hinten. Ihr Atem wurde schneller, klang, wie ein hektisches Hecheln.

„Du brauchst keine Angst zu haben. Ich werd dich nicht vergewaltigen, aber ich möchte mir unbedingt deine geilen Titten ansehen." Sein bösartiges Grinsen wurde noch breiter. „Los Mädchen, zieh die Bluse aus und öffne deinen BH."

Silke Schumann war nicht mehr in der Lage, auch nur einen klaren Gedanken zu fassen. Es war, als würde ein unkontrollierbarer Wirbelsturm durch ihren Kopf sausen. Sie versucht, das Geschehen zu verstehen, aber sie konnte es nicht. *Ein Psychopath,* schoss es ihr mit einem Mal durch den Kopf. *Ich bin an einen Psychopath geraten.*

Sie schaffte es wieder, sich einigermaßen zu konzentrieren. Irgendwo hatte sie mal gehört, dass man auf Psychopathen eingehen sollte, da sie sonst total durchdrehen. Vielleicht konnte sie ihn ja irgendwie ablenken, um dann die Flucht zu ergreifen.

„Hast du mich nicht verstanden?", zischte er sie an. „Ich will deine Titten sehen."

Während sie langsam ihre Bluse auszog, versuchte sie, sich zusammen zu reißen. Sie überlegte, wie sie diesen Psychopath ablenken konnte. Ihr Körper bebte vor Angst. Sie wunderte sich darüber, dass sie überhaupt noch in der

Lage war, in einer solchen Situation, an einen Fluchtplan zu denken.

Dann öffnete sie mit zitternden Fingern den Verschluss ihre BHs, ließ diesen nach unten gleiten und auf den Boden fallen.

Sie glaubte für einen Moment, seine gierigen Blicke auf ihren nackten Brüsten körperlich zu spüren.

„Geil", kommentierte er den Anblick. Mit den Worten: „Mal sehen, wie die sich anfühlen", griff er mit beiden Händen zu. „Einfach geil."

Sie blickte angewidert weg und ließ ihn gewähren, gab sich Mühe, die Gedanken beisammen zu halten, um einen Fluchtplan auszuarbeiten. Dann glaubte sie, eine Lösung gefunden zu haben.

„Meine Brüste sich echt", sagte sie, „ganz ohne Silikon. Du glaubst ja gar nicht, was für Tricks ich kenne, um mit meinen Brüsten den Männern eine Freude zu bereiten."

Er ließ ihre Brüste los, trat einen Schritt zurück und fixierte sie mit einem stechenden Blick.

„Ein netter Versuch, aber es wird dir nicht gelingen, mich abzulenken. Ich sagte doch schon, dass ich dich nicht vergewaltigen werde."

„Wer spricht denn vom Vergewaltigen? Ich wollte dir nur mal zeigen, wie ich mit meinen Brüsten dein bestes Stück verwöhnen kann. Ich glaube, das würdest du nie mehr vergessen."

Sie wunderte sich selbst über die Kaltblütigkeit, die sie in dieser Situation an den Tag legte. Dann ergriff sie mit beiden Händen ihre Brüste so, als wolle sie ihm ihren Busen präsentieren.

Er starrte die Brüste erneut an. Die Gier in seinem Blick wurde immer größer.

„Ich werde dir jetzt zeigen, was meine Titten alles können", sagte sie und ging langsam vor ihm in die Hocke. Dann griff sie an seine Hose und zog mit einem schnellen Ruck den Reißverschluss herunter.

Er ließ es geschehen.

Auch als sie den Gürtel löste, ließ er sie gewähren.

Sie drückte ihre Brüste für einen Moment gegen seinen Unterleib und schob dabei ihren Oberkörper hin und her.

„Ahnst du schon, wie ich gleich dein bestes Stück verwöhnen werde?"

Er beobachtete jeden Handgriff von ihr, immer bereit, dazwischen zu gehen, falls sie auf krumme Touren aus war. Er wollte sich auf keinen Fall von dieser Frau, die ganz offensichtlich etwas plante, überrumpeln lassen. Doch was hatte diese schwache Frau einem starken Hünen, wie ihm, schon entgegen zu setzen.

Mit einem überheblichen Grinsen blickte er auf sie herab.

Gib dir Mühe, Mädchen. So kannst du in den letzten Minuten deines jungen Lebens wenigstens noch was Gutes tun.

Jetzt zog sie ihm die Hose und auch die Unterhose gleichzeitig herunter bis an die Knie.

Was dann passierte, ging blitzschnell. Ihr Körper schoss nach oben gegen seine Brust, so, dass er unkontrolliert nach hinten taumelte, ohne überhaupt reagieren zu können. Er ruderte verzweifelt mit den Armen, konnte den unsanften Sturz aber nicht mehr verhindern.

Im gleichen Moment spurtete Silke Schumann los. Sie rannte, so schnell sie nur konnte.

Als Kleever sich wieder aufgerappelt hatte, um die Verfolgung aufzunehmen, betrug ihr Vorsprung schon gute zehn Meter. Kleevers Versuch, ihr hinterher zu spurten, endete mit einem weiteren Sturz. Seine heruntergezogenen Hosen, die wie Fesseln unterhalb seiner Knie hingen, verhinderten das Weiterkommen.

„Scheiße!", fluchte er laut.

Hastig stellte er sich wieder auf und zog seine Hosen hoch.

„Ich werd dich kriegen, du Luder und dann bist du tot!"

Die junge Frau war blindlings in einen fast zugewucherten Pfad abgebogen. Nach wenigen Metern gabelte sich dieser Pfad in drei Richtungen. Ohne zu überlegen rannte sie nach links. Immer wieder schlugen dornige Äste in ihr Gesicht. Nach einiger Zeit blieb sie stehen und lauschte. Von ihrem Verfolger war nichts zu hören. Sie atmete schwer und das Blut hämmerte in ihren Schläfen.

Nun setzte sie ihren Weg langsamer fort, wollte unnötigen Lärm vermeiden. Wie eine Raubkatze schlich sie leise über den sandigen Untergrund des engen Pfades, der nun leicht bergauf führte. Das hohe Gestrüpp, welches sie umgab, verhinderte jeglichen Blick auf die Umgebung. Alles um sie herum war dicht zugewachsen.

„Ich weiß, wo du bist!", ertönte mit einem Mal Kleevers Stimme.

Sie zuckte zusammen, befeuchtete ihre Lippen und schluckte.

„Ich werde dich töten."

Die Stimme war weiter entfernt, als sie zunächst angenommen hatte.

Er weiß nicht, wo du bist, versuchte sie, sich zu beruhigen, *Er blufft.*

Links von ihr tat sich nach wenigen Metern eine Art Lichtung auf. Dort lag eine Fläche aus hohem Gras, welche in eine leichte Mulde hinab führte. Am Ende der

Mulde grenzte ein Wald aus undurchdringlich wirkenden Büschen und dahinter erhob sich der hohe Wall aus langgestreckten Dünen, hinter dem sich der Strand befand. Sie blickte sich um. In ihren Augen flackerte Angst.

Die immer weiter fortschreitende Dämmerung ließ den zugewucherten Pfad, den sie gekommen war, wie einen dunklen Tunnel erscheinen. Sie konnte kaum noch etwas erkennen.

Noch einmal lauschte sie.

Von ihrem Verfolger war immer noch nichts zu hören.

Entweder hab´ ich ihn abgehängt, oder er bewegt sich auch so leise und vorsichtig, wie ich. Ihr Blick ging zu den großen Dünen. *Die Dünen sind meine Rettung. Dahinter liegt der Strand. Dort sind garantiert noch einige Leute unterwegs. Ich muss über die Dünen klettern.*

Sie stieg in die Mulde hinab. Das Gras, welches sie nun durchwanderte, reichte ihr bis über die Knie.

Als sie sich eine Haarsträhne, die in ihrem Gesicht klebte, nach hinten schob, bemerkte sie Blut an ihrem Finger. Sie strich sich noch einmal mit der Hand über das Gesicht und stellte fest, dass ihre Wange blutete. Sofort wusste sie, dass sie sich diese Verletzung beim hastigen Durchqueren des dichten Buschwerks zugezogen hatte. Dann blickte sie an sich herab auf ihren entblößten Oberkörper. Auch auf ihrer rechten Brust war ein langer, blutender Kratzer zu sehen.

Ohne sich weiter um ihre Verletzungen zu kümmern, hielt sie auf den dichten Wald aus hochgewachsenen Büschen zu. Sie musste nur noch dieses Dickicht durchqueren, um die rettende Düne zu erreichen.

Wie dicht diese Wand aus Büschen wirklich war, erkannte sie aber erst, als sie davor stand.

„Scheiße", fluchte sie leise. *Wie soll ich denn da durchkommen?*

Die Sträucher vor ihr wuchsen dicht an dicht und zunächst schien es absolut aussichtslos, dieses total zugewucherte Waldstück zu durchqueren.

Sie ging in die Hocke und erkannte, dass die kleinen Stämme der Büsche im unteren Bereich nicht so dicht zusammenwuchsen, wie sie zunächst angenommen hatte. Direkt vor ihr sah es so aus, als würde ein etwa fünfzig Zentimeter breiter Pfad durch das Gewirr von Stämmen hindurch führen. Dieser Pfad war allerdings im oberen Bereich total zugewachsen und wirkte, wie ein dunkler, enger Tunnel, dessen Decke, die höchstens einen halben Meter hoch war, aus stacheligem Geäst bestand.

Sie blickte für einen Moment auf die Anhöhe zurück, von der sie gerade herabgestiegen war. Sollte Kleever ihr doch auf demselben Weg gefolgt sein, dann würde er gleich dort oben erscheinen, und er würde sie sofort sehen. In diesem Fall gäbe es kein Entkommen mehr. Dann schaute sie wieder auf die dunkle Öffnung, die sich am unteren Rand der heckenartig wuchernden Büsche befand, die Öffnung, die in den niedrigen Pfad, der einem dusteren Tunnel glich, führte.

Ohne noch weiter zu überleben, legte sie sich auf den grasigen Untergrund und schob ihren Kopf durch die enge Öffnung. Nachdem sich ihre Augen an das diffuse Licht gewöhnt hatten, erkannte sie deutlich mehr. Auf dem Bauch liegend, robbte sie vorsichtig los. Was hätte sie dafür gegeben, wenn sie wenigstens auf allen Vieren hätte krabbeln können, doch die tief herab wachsenden Dornen über ihr, ließen nur kriechen zu. Meter für Meter schob sie ihren Körper zwischen dem dichten Geäst hindurch. Sie erreichte eine Stelle, an der eine Fläche von gut einem Quadratmeter nicht bewachsen war, eine Art Miniatur-lichtung. Diese Lichtung bot ihr die Gelegenheit, sich für einen Moment aufzusetzen. Jetzt erst spürte sie, wie sehr diese anstrengende Kriecherei an ihre Kräfte gezerrt hatte.

Pause, ging es ihr durch den Kopf. *Ich muss 'ne Pause einlegen.*

Ihr Blick ging nach oben zu dem winzigen Stückchen Himmel, den die Lichtung über ihr freigab. Dort zog ein dichtes Wolkenmeer vorbei. Die Wolken huschten un-gewöhnlich schnell über den Abendhimmel und wirkten teilweise wie zerfetzt. Jetzt erkannte Silke den Mond, dessen helle Scheibe schwach durch die Wolkenschicht hindurch schimmerte. Für einen kurzen Augenblick gaben die Wolken den Mond frei, um ihn dann wieder vollends zu schlucken.

Silke schauderte. Für einen Moment erinnerte sie diese Szenerie an einen Gruselfilm. Sie blickte zurück zum Weg. Wegen den vielen Windungen, in der dieser niedrige Pfad verlaufen war, konnte sie ihren Ausgangspunkt, die grasbewachsene Mulde, nicht mehr erkennen.

Hier bin ich erst mal in Sicherheit.

In ihren Gedanken hörte sie noch einmal Kleevers Worte:

„Vielleicht wäre es besser, wenn du nicht weißt, was mit deiner Schwester passiert ist. Das, was mit ihr passiert ist, ist nicht schön. Ich glaube, du würdest es nicht gerne hören."

Mein Gott, Kerstin ist tot. Er hat sie umgebracht.

Vor ihrem geistigen Auge erschien das Bild ihrer Schwester. Kerstin lachte ausgelassen. Sie war ein fröhlicher Mensch und es gab für sie immer einen Grund, um zu Lachen. Nein, sie konnte nicht tot sein.

Wer weiß, vielleicht hat dieser Psychopath sie auch irgendwo eingesperrt. Doch warum hatte er Frau Gerber umgebracht? Wollte er sich das Haus unter den Nagel reißen? Unsinn, das konnte er nicht, denn das gesamte Anwesen gehörte ja unserer Oma.

Silke Schumann lauschte in die Stille. Sie fasste mit der Hand auf ihre Brust, spürte, wie sich der Brustkorb unter ihren schweren Atemzügen hob und senkte. Wieder gingen wirre Gedanken durch ihren Kopf. Saß sie wirklich in dieser Wildnis, umgeben von dornigen Büschen oder war das alles nur ein Traum, ein böser Alptraum, aus dem sie gleich wieder aufwachen würde. *Nein, das ist kein Traum.* Es war bittere Realität. Sie saß hier und versteckte sich vor einem Wahnsinnigen. Ihr war bewusst, das Kleever sie hier niemals entdecken würde. Ein besseres Versteck hätte sie gar nicht finden können. Vielleicht sollte sie einfach hier sitzen bleiben und warten, bis es morgen wieder hell wird. Neben den festen Wegen, die durch diese Wildnis führen, hatte sie in regelmäßigen Abständen immer wieder Bänke gesehen. Das kann nur bedeuten, dass tagsüber in diesem Inselteil einige Touristen unterwegs sein mussten. Ohne Grund würde niemand Bänke aufstellen.

Der Gedanke daran, die ganze Nacht in diesem Dickicht zu verbringen, ließ sie erschaudern. Hier war nicht der Ort, an dem sie nächtigen wollte.

Trotzdem entschied sie sich dafür, erst einmal in ihrem Versteck zu bleiben. *Ich muss mich ausruhen, muss*

Kräfte sammeln. Vielleicht kann ich ja für ein paar Minuten die Augen schließen, etwas schlafen. Sofort wurde ihr aber bewusst, dass sie in dieser Situation niemals schlafen könnte. *Zuviel passiert, könnte kein Auge zumachen, viel zu viel Aufregung.* Trotzdem legte sie sich auf den sandigen Boden. Die Erschöpfung übermannte sie. Silke wollte sich wenigstens etwas ausruhen. Sie lag auf der Seite, die Knie angezogen, wie ein zusammengekauerter Embryo im Mutterleib. Der nach oben angewinkelte Arm diente ihr als Kopfkissen.

Sie schloss die Augen und versuchte, sich zu konzentrieren. Kleevers Mordgeständnis ging ihr durch den Kopf. Erneut fragte sie sich, warum er die alte Dame umgebracht hatte. Jetzt erst wurde ihr der wahre Ernst ihrer Situation klar. Kleever würde die ganze Nacht über nach ihr suchen, um auch sie zu töten. Silke kannte sein Geheimnis, das Geheimnis, welches diesen Mörder für sein ganzes Leben hinter Gitter bringen würde. Dieser Psychopath hatte nichts zu verlieren. Er war auf der Suche nach ihr und dabei würde er jeden Pfad und jedes Gebüsch durchkämmen.

Dann dachte sie wieder an ihre Schwester. Je mehr sie darüber nachdachte, je verzweifelter wurden ihre Gedankengänge.

Sie wusste nicht, wie lange sie schon in ihrem Versteck gelegen hatte, als eine Gänsehaut über ihren ganzen Körper lief. Sie fror. Es wurde immer kühler. Eine feuchte Kälte stieg vom Boden auf. Sie fühlte sich noch immer nicht richtig gesund, denn die Grippe war noch nicht ganz abgeklungen. Eine Nacht in dieser feuchten Kälte würde sie genauso umbringen, wie Kleever sie umbringen würde, wenn er sie erwischt.

Warum sollte ich auch warten? Muss es nur bis über die Dünen schaffen, muss den Strand erreichen. Am Strand sind Leute, dann bin ich in Sicherheit. Es kann ja nicht mehr weit sein.

Jetzt war sie fest dazu entschlossen, ihren Weg durch das dichte Unterholz fortzusetzen.

Ihre Augen suchten das Dickicht vor ihr ab, um einen Weg durch die Büsche zu finden. Sie konzentrierte sich, denn die weit fortgeschrittene Dämmerung ließ nicht mehr allzu viel erkennen. Es drang kaum noch Licht durch das Geäst. Als sie feststellte, dass diese kleine Lichtung nur einen einzigen Zugang hatte, nämlich den, durch den sie gekommen war, durchzuckte es sie, wie ein Stromschlag.

Scheiße, scheiße, scheiße, rasselte es durch ihren Kopf.

Da sie ihrem geschundenen, halbnackten und von der Grippe geschwächten Körper keine Nacht an so einem unwirtlichen Ort zumuten durfte, kroch sie auf dem tunnelartigen Pfad zurück. Sie robbte vorsichtig und leise, denn sie wusste nicht, ob Kleever irgendwo vor ihr lauerte.

Es gibt bestimmt einen anderen Weg, der zu den großen Dünen führt. Ich werd´ es schaffen.

Wieder dachte sie an ihre Schwester. Auch wenn ihr ein grässliches Gefühl in der Magengegend sagte, dass Kerstin nicht mehr lebte, so war doch noch irgendwo tief in ihr ein Funke Hoffnung.

Kerstin darf nicht tot sein. Ich hab´ doch nur noch sie.

In einigen Metern Entfernung erkannte sie vor sich etwas Helles. Dort endete der dustere Pfad und führte auf die grasbewachsene Mulde hinaus.

Plötzlich verhielt sie in der Bewegung. Hatte sie nicht gerade ein Geräusch gehört?

Sie lauschte.

Da war es wieder, ein deutliches Rascheln.

Sie spürte, wie ihr Herz schneller schlug und das Blut in ihren Schläfen hämmerte.

Kleever! , schoss es ihr durch den Kopf. *Er weiß, wo ich bin. Er hat mich gefunden.*

Sie wagte es nicht, sich zu bewegen.

Erneut vernahm sie das Rascheln. Das Geräusch kam direkt von vorne.

Er steht in der Mulde und wartet auf mich.

Nun erkannte sie deutlich eine Bewegung. Nur wenige Meter vor ihr bewegte sich etwas durch das Gras.

Ihr ging durch den Sinn, dass Klever eigentlich überhaupt nicht wissen konnte, dass sie sich hier in den Büschen versteckt hielt. *Er wird die Mulde absuchen und wenn er nichts entdeckt, geht er wieder.* Sie versuchte, ihre Gedanken in logische Bahnen zu lenken. *Selbst wenn er den niedrigen Pfad hier ausmacht und hineinsieht, er kann nichts erkennen. Hier drin ist es viel zu duster.* Sie dachte daran, dass Kleever schon eine Taschenlampe brauchte, um sie in ihrem Versteck zu entdecken. *Und wenn er eine Taschenlampe dabei hat?* Sie schluckte. *Quatsch! Hätte er eine Lampe, dann würde er sie auch jetzt benutzen, dann könnte ich einen Lichtschein sehen.*

Das Rascheln wurde für einen Moment lauter.

Nun erkannte sie unmittelbar vor dem Ausgang aus dem Dickicht, welches sie umgab, deutlich Beine. Sofort wusste sie, dass man diese Beine keinem Menschen zuordnen konnte. Das, was da in der Mulde stand, war ein Tier.

Da sie sich ganz sicher war, dass es auf der Insel keine Tiere gab, die ihr irgendwie gefährlich werden konnten, robbte sie leise und vorsichtig weiter.

Trotz aller Vorsicht blieb sie für einen Moment mit dem Arm an einem Ast hängen. Als dieser zurück schnellte, verursachte er ein raschelndes Geräusch.

Im gleichen Moment wurde es vor ihr auf der Grasfläche unruhig.

Jetzt erkannte Silke das Tier ganz deutlich, sie erkannte sogar mehrere Tiere. Drei Rehe ergriffen aufgescheucht die Flucht. Sie stoben hastig über die Mulde und brachten sich mit großen Sprüngen am Ende des Anstiegs in den Büschen in Sicherheit.

Der jungen Frau war beinahe das Herz in die Hose gerutscht. Auch wenn es nur Rehe waren, die Aufregung hatte ihr doch mächtig zugesetzt.

Sie atmete tief durch und blies laut die Luft durch ihre Backen.

Silke kroch aus ihrem Versteck und blickte sich um. Die grasbewachsene Mulde wirkte wie eine Lichtung. Da sie im Dickicht, welches die Mulde umgab, keinen weiteren Weg erkennen konnte, entschloss sie sich dazu, wieder nach oben zu steigen. Dort befand sich der Pfad, auf dem sie gekommen war.

Erneut bewegte sie sich leise und vorsichtig, um jedes unnötige Geräusch zu vermeiden.

Sie war noch etwa zwei Meter von dem Pfad entfernt, als sie zusammenzuckte.

Eine Gestalt trat auf die Lichtung. Dieses Mal war es kein Reh. Es war ein Mann, groß und breitschultrig.

Silke erstarrte, verharrte in der Bewegung, wie ein scheues Reh, welches im Scheinwerferlicht eines Autos auf der Straße stand und vor Schreck jegliche Orientierung verloren hatte.

Sie schluckte.

„Du dachtest wohl, dass ich dich nicht finde." Seine Stimme wirkte bedrohlich. „Es war sehr einfach, dich zu finden. Ich brauchte mich nur in die Richtung zu bewegen, aus der die aufgescheuchten Rehe auf mich zu kamen. Wer, außer dir, sollte sich um diese Uhrzeit hier herumtreiben und das Wild aufscheuchen?"

Im schwachen Licht der Dämmerung erkannte Silke Schumann wieder dieses schäbige Lächeln in seinem Gesicht, dieses hämische Grinsen, welches die Mimik eines Irren widerspiegelte, das Mienenspiel eines Psychopathen.

Er trat langsam auf sie zu, schien jeden Schritt, mit dem er sich seinem Opfer näherte, zu genießen.

Sie wollte schreien, doch irgendwie war ihre Kehle wie zugeschnürt.

Silke zitterte, ihr Körper bebte und sie hatte das Gefühl, dass ihre Knie jeden Moment nachgeben würden. Sie wollte weglaufen, doch wohin? Der einzige Ausgang aus dieser Mulde lag vor ihr, dort wo sich dieser Mörder befand, der mit behäbigen Schritten immer näher kam.

Wie vorhin, versuchte sie sich zu konzentrieren, versuchte, einen Ausweg zu finden. *Einen Tritt in die Eier,* ging es ihr durch den Kopf. *Damit setzt man jeden Mann außer Gefecht.*

Sie schaute ihm in die Augen. Ihr schlug der Blick einer wütenden Raubkatze entgegen, einer Raubkatze, die nur eines im Sinn hatte: Sie wollte ihre Beute töten.

In diesem Moment riss die Wolkendecke am Himmel auf und das fahle Mondlicht erhellte sein Gesicht, verwandelte es in ein Wechselspiel aus scharfen Zügen und unruhigen Schatten, offenbarte all die Boshaftigkeit, die sich in den mordgierigen Gesichtszügen widerspiegelte. Die tiefliegenden Augen waren nicht mehr zu erkennen, denn die wulstigen Brauen warfen einen dunklen Schatten darüber. Dann stand er ganz nahe vor ihr, in Trittweite.

Er stand da, starrte sie grinsend an und regte sich nicht. Deutlich vernahm sie seine tiefen, schnaufenden Atemzüge.

Sie konzentrierte sich, hoffte, ihren zitternden Körper soweit kontrollieren zu können, dass ihr Tritt gezielt und mit möglichst viel Kraft traf.

Dann ging alles ganz schnell. Ihr Bein zuckte nach oben, genau in die Richtung seines Schrittes, dort, wo es einen Mann am schmerzhaftesten traf.

Doch dieses Mal ging ihr Plan nicht auf, dieses Mal war er offensichtlich genau auf einen solchen Tritt vorbereitet gewesen. Es war, als ob er bereits auf diesen Angriff gewartet hatte. Er trat einen kurzen, blitzschnellen Schritt zurück und seine rechte Hand fasste nach ihrem hochschnellenden Fuß. Wie ein Schraubstock hielt seine Hand ihren Fuß fest. Sie stand nun wackelig auf einem Bein, verlor das Gleichgewicht und stürzte auf den grasigen Boden.

Kleever ließ ihren Fuß wieder los. Er blickte kalt lächelnd in ihre ängstlich aufgerissenen Augen. „Du dachtest, du könntest mich hinters Licht führen", zischte er. „Das hättest du besser nicht getan."

Er griff mit der rechten Hand in seine Hosentasche und als er sie wieder herauszog, blitzte ein Messer zwischen seinen Fingern auf, ein Messer, dessen Klinge mit einem leisen Klick aus dem Griff gesprungen und eingerastet war.

Sein Opfer lag hilflos und zitternd vor ihm auf dem Boden. Er fixierte den geschunden Körper. Sein Blick fiel auf die entblößten Brüste und das Gesicht, von dem niemand mehr hätte erkennen können, dass es eigentlich sehr hübsch war. Die Angst hatte es verzerrt, wie eine groteske Maske.

Er trat an sie heran und beugte sich über sie.

Silke sah sein Gesicht; wieder dieses hämische Grinsen. Sie schluckte laut. Irgendwie wusste sie, dass es nun vorbei war.

Seine linke Hand griff nach ihren Haaren und zog sie mit unglaublicher Kraft nach oben, bis sie wieder wackelig auf ihren Beinen stand. Er schritt langsam um sie herum und stellte sich hinter sie. Sie fühlte seinen heißen Atem in ihrem Nacken. Dann spürte sie die scharfe Klinge des Messers an ihrem Hals.

„Dir ist ja bewusst", sagte er leise, fast flüsternd, „dass ich dich nicht gehen lassen kann. Du weißt zu viel."

Der Druck der Klinge gegen ihren Kehlkopf verstärkte sich.

„Bevor ich dein Leben auslösche, sollst du aber noch wissen, was ich mit deiner Schwester gemacht hab. Weißt du, bei mir zu Hause waren die Dachdecker und einer von ihnen hatte seinen Hammer vergessen. Du kennst doch bestimmt diese Zimmermannshämmer, die sind vorne ganz spitz. Mit diesem Hammer habe ich deiner Schwester den Schädel eingeschlagen."

Silke Schumann hörte seine Worte, konnte sie aber geistig nicht aufnehmen. Es war, als hätte sich ihr Gehirn einfach abgeschaltet. Seine Stimme klang wie aus weiter Ferne.

„Es ist ein gutes Gefühl, ein Leben auszulöschen." Er lachte kurz auf. Es klang, wie ein gieriges Stöhnen. „Ich schlug zu, ein paar Mal, dann das viele Blut und dann lag sie tot vor mir. Es ging schnell, viel zu schnell."
Wieder kam dieses Stöhnen aus seinem Mund, fast wie das Hecheln eines Hundes.
„Wenn ich dir jetzt die Kehle aufschlitze, dann wirst du verbluten wie ein abgestochenes Schwein, du wirst auf dem Boden liegen und ausbluten, bis dein Herz aufhört zu schlagen."
Die Aufregung in seiner Stimme steigerte sich, sein Atmen wurde immer schneller, immer lauter und sein Blick glich dem eines Irren.
Jetzt schaltete Silkes Gehirn sich endgültig ganz aus. Ihr wurde schwarz vor Augen und sie sackte bewusstlos zusammen. Sein starker linker Arm verhinderte einen Sturz. Kleever hielt sie fest, nahm das Messer von ihrer Kehle, klappte die Klinge wieder ein und steckte es zurück in die Hosentasche. Er atmete ein paar Mal tief durch, wirkte aufgeregt und gierig. *Ich will fühlen, wie du dein Leben aushauchst, will es genau spüren, bis zum letzten Atemzug.* Sein rechter Arm legte sich vor ihren Hals. Dann zog er ihn nach hinten gegen ihre Kehle, drückte zu, erst langsam und dann immer fester.
Er spürte, wie sie verzweifelt nach Luft rang.
„Ja", flüsterte er, „ja."
Sie schien aus ihrer Bewusstlosigkeit zu erwachen. Er spürte den kläglichen Widerstand.
„Ja, wehr´ dich", kam es leise aus seinem Mund. „Ja."
Das hämische und irrsinnig wirkende Grinsen in seinem Gesicht drückte Befriedigung aus. Seine Erregung schien

sich kontinuierlich zu steigern, sein lautes Atmen wurde schneller und schneller.

Er drückte fester zu.

„Ja."

Dann sackte sein Opfer schlapp zusammen. Erst als er die Gewissheit hatte, dass alles Leben aus ihr gewichen war, ließ er sie wieder los.

* * *

Hauptkommissar Günter Wagner verließ die Fähre, mit der er von Norddeich zurück nach Juist gekommen war. In der Hand trug er eine Sporttasche mit den Utensilien, die er in den letzten drei Tagen gebraucht hatte.

Nach diesen letzten drei Tagen war die Sehnsucht danach, endgültig Urlaub zu machen, unermesslich gestiegen. In seinen Gedanken sah er sich schon am Juister Strand im Sand liegen, irgendwo am Rand der Dünen, einfach da liegen, auf das Meer hinausblicken und die Ruhe genießen.

Obwohl die letzten Tage nicht einmal stressig waren, so hatten sie ihn doch irgendwie geschafft. Noch einmal durchliefen die drei Tage seinen Geist im Zeitraffer, Überfahrt mit der Fähre, den Rest des Tages durch Norddeich streifen, Hotelübernachtung, früh wieder raus, denn der Bus nach Wilhelmshaven fuhr schon um Sieben ab, mit dem Schiff nach Helgoland, Inselaufenthalt, zurück mit dem Schiff nach Wilhelmshaven, Busfahrt nach Norddeich, Hotelübernachtung, Rückfahrt mit der Fähre nach Juist.

Drei verschenkte Urlaubstage.

Nur die eigentliche Hochzeit, die hatte ihm wirklich gefallen. Die Heirat in der Helgoländer Hummerbude überzeugte mit einen ganz besonderen Flair. Der Moment, in dem sein Freund der Braut das Jawort gegeben hatte, war so feierlich, so ergreifend gewesen, dass selbst ein gestandener Mann wie Günter Wagner seine Tränen nicht unterdrücken konnte. Nach der Trauung waren die Hochzeitsgäste zu den Feierlichkeiten in ein Restaurant geströmt. Wagner und die anderen Trauzeugen durften noch nicht sofort zum Restaurant. Zunächst war ein Fototermin, gemeinsam mit dem Brautpaar und dessen Eltern angesagt. Der Fotograf führte sie an der Steilküste entlang. Schließlich sollte auf den Fotos auch Helgolands Wahrzeichen zu sehen sein, der markante Fels, den sie die lange Anna nannten. Die Aufnahmen erwiesen sich als schwierig, denn der stürmische Wind, der über den Rand der Steilküste fegte, ließ den Brautschleier immer wieder in allen Richtungen wehen. Als der Fotograf schließlich seine Aufnahmen im Kasten hatte, durften endlich auch sie zum Restaurant. Vom kurzen Inselaufenthalt war jede Minute verplant. Auch wenn die Hochzeit wunderschön war, so hatte Wagner diesen ständigen Zeitdruck doch als sehr störend empfunden.

Jetzt aber war er wieder auf Juist, jetzt konnte sein Urlaub wie geplant weitergehen, mit viel Ruhe, viel Erholung und viel Entspannung.

Während seiner Abwesenheit waren Wagners Gedanken oft bei der jungen Frau, die ihn auf der Bank im Kurpark angesprochen hatte. Die Vorstellung, eine Nacht mit ihr zu verbringen, reizte ihn. Er würde sie, vorausgesetzt, dass er sie wiedertrifft, in seine Ferienwohnung einladen. Wenn alles so laufen wird, wie er es sich vorstellte, könnten die beiden viel Spaß miteinander haben. Je öfter er an diese Frau gedacht hatte, desto größer wurde sein Wunsch danach, mit ihr zu schlafen. Er würde ihr aber klarmachen, dass er zur Erholung viel Freiraum braucht, Zeit für sich, Zeit um ganz allein zu sein. Das würde verhindern, dass sie ihm ständig auf der Pelle hing und ihm mit ihrem wortgewaltigen Redeschwall die Nerven raubt. Schließlich wollte er mit ihr keine ernste Beziehung eingehen.

Der Weg zu seiner Ferienwohnung führte ihn am Kurpark vorbei. In der Hoffnung, die Frau irgendwo zu entdecken, suchten seine Augen die Bänke ab. Doch seine Hoffnung erfüllte sich nicht. *Die Insel ist klein. Sie wird mir bestimmt noch mal über den Weg laufen.* Bald erreichte er seine Unterkunft in der Dünenstraße. Vor dem Haus standen zwei Männer und unterhielten sich. Den einen erkannte er sofort. Es war Herrn Peterson, sein Vermieter. Dessen Gesprächspartner kannte er zwar nicht persönlich, aber er hatte ihn schon einige Mal gesehen. Bei dem hünenhaften Mann neben seinem Vermieter handelte es sich offenbar um einen Nachbar, der genau im Haus gegenüber wohnt. Wagner hatte den Mann dort schon oft ein und aus gehen sehen. Es war genau das Haus, aus dem auch die schwarzhaarige Schönheit gekommen war.

„Moin", grüßte Wagner ganz nach ostfriesischer Tradition. Die beiden Männer grüßten zurück.

„Un?", fragte Peterson. „Wu war de Hochtied? Oh, Entschuldigung, ich muss mit Ihnen ja hochdeutsch reden. Also, wie war die Hochzeit?"

Günter Wagner schmunzelte kurz.

„Wie so eine Hochzeit eben ist, feierlich. Na ja, heiraten in einer Helgoländer Hummerbude, das hat schon etwas ganz Besonderes."

„Was für ein Zufall", meinte der Nachbar von gegenüber. „Bei mir nächtigten Feriengäste, die auch in dieser Hummerbude auf Helgoland geheiratet haben. Die Leute schwärmten von ihrer Helgoländer Hochzeit."
Wagner blickte den breitschultrigen Mann an. Der Hüne war eine imposante Erscheinung. Sein Körper war außergewöhnlich kompakt, wirkte wuchtig. Der stattliche Körperbau erinnerte Wagner an die Comicfigur Hulk.
Bevor er etwas sagen konnte, meinte sein Vermieter:
„Darf ich vorstellen, Herr Wagner, das ist Herr Kleever, mein Nachbar von Visavis."
Natürlich hatte Günter Wagner eine gute Erziehung genossen. Deshalb reichte er dem Mann die Hand.
„Angenehm", sagte er. „Mein Name ist Wagner."
Er war, angesichts der riesigen Hände von Kleever, die man durchaus als Pranken bezeichnen konnte, zwar auf einen kräftigen Händedruck vorbereitet gewesen, doch dass er für einen Moment das Gefühl hatte, mit der Hand in einen Schraubstock geraten zu sein, darauf war er nicht gefasst.
„Herzlichen Glückwunsch, Herr Wagner", sagte Peterson und lachte. „Andere sind bei Harrys Händedruck schon in die Knie gegangen."
Nachdem Kleever die Hand wieder losgelassen hatte, ballte Wagner sie zur Faust. Dann spreizte er die Finger auseinander und machte noch einmal eine Faust, so, als wollte er kontrollieren, ob noch alles heil ist.
„Das ist aber eine merkwürdige Art, jemanden zu begrüßen", meinte Wagner. „Es grenzt ja schon an Körperverletzung."
Die beiden Männer neben ihm lachten.

„Keine Angst, Herr Wagner, Harry weiß schon, bei wem er wie fest zupacken kann. Er hat es im Gefühl und noch niemanden ernsthaft verletzt. Harry ist groß und stark, doch im Grunde gehört er in die Kategorie eines friedliebenden Teddybären. Er könnte keiner Fliege was zuleide tun."

„Schön, das zu wissen", murmelte Wagner und blickte Kleever abschätzend an.

„Es ist ganz normal", meinte Peterson, „dass man erst mal Respekt bekommt, wenn so ein Hüne von einem Mann, wie Harry einer ist, vor einem steht."

Wagner ging auf diese Äußerung nicht ein. Er jedenfalls hatte keinen Respekt. Auch wenn dieser Kleever stark wie ein Bulle war, so war sich Wagner seiner Sache sicher, ihm überlegen zu sein. Schließlich beherrschte er einige Kampfsportarten nahezu perfekt. Hinzu kam seine antrainierte Schnelligkeit. Das machte ihn zu einer perfekten „Kampfmaschine", wie einige Kollegen ihn immer nannten.

„Was meinen Sie denn zu diesen schrecklichen Morden, Herr Wagner", fragte Peterson.

Wagner blickte ihn entgeistert an.

„Morde? Ich dachte, es gab nur einen Mord."

„Hören Sie denn keine Nachrichten? Haben Sie wirklich noch nichts von der Frauen mordenden Bestie gehört, die hier auf Juist alle in Atem hält? Auf der Insel wird seit Tagen über nichts anderes geredet."

Wagner hatte keine Nachrichten gehört. Im Urlaub wollte er von all dem, was rundherum auf der Welt geschah, nichts wissen. Der Fernseher und das Radio blieben aus und wenn er irgendwo eine Tageszeitung erblickte, schaute er sofort weg, damit ihm nicht doch aus Versehen irgendeine Schlagzeile ins Auge fiel.

„Ich hab´ keine Nachrichten gehört", antwortete er.

Peterson blickte ihn ungläubig an.

„Bevor Sie nach Helgoland gefahren sind, da haben wir zwei uns doch über den grausamen Mord an die junge Frau unterhalten, die Frau, die man erschlagen in den Dünen gefunden hatte."

Günter Wagner nickte.

„Jetzt ist noch eine zweite Frauenleiche aufgetaucht", sprach Peterson weiter. „Diese Frau fand man in den Goldfischteichen. Irgendwo auf unserer friedlichen Insel geht ein brutaler Frauenmörder um. Viele Feriengäste, besonders die weiblichen, trauen sich abends nicht mehr aus ihren Unterkünften. Ich hab´ mein ganzes Leben auf der Insel verbracht, aber so was ist hier noch nie passiert."

Wagner ertappte sich dabei, dass er Peterson nach Einzelheiten über diesen zweiten Mordfall fragen wollte, doch er hielt sich im letzten Moment zurück. Peterson wusste nicht, dass sein Feriengast ein Polizist war, und so sollte es auch bleiben. So detaillierte Fragen, wie er sie gestellt hätte, stellen nur Polizisten, dass würde selbst dem alten Peterson auffallen. Wagner wollte sich später beim Inselpolizisten erkundigen. Auch wenn er Urlaub hatte, Morde, die in seiner unmittelbaren Umgebung stattfanden, interessierten ihn und ließen ihm keine Ruhe.

„Sie sagten doch", meinte er stattdessen zu Peterson, „dass man die zweite Frauenleiche in den Goldfischteichen gefunden hat. Vielleicht ist die Frau ja dort hineingestürzt und ertrunken."

„In den Nachrichten sagten sie, dass die Frau erst ermordet und dann ins Wasser geworfen wurde."

„Das ist ja schrecklich."

„Das können Sie laut sagen."

Wagner blickte seinen Vermieter neugierig an.

„Und? Hat die Polizei denn schon eine Spur von dem Mörder?"

Seine Frage klang naiv.

„Nein, aber wenn Sie mich fragen, dann sollte man davon ausgehen, dass es ein Feriengast war, irgend so ein Verrückter."

„Das glaub ich auch", pflichtete Kleever ihm bei. „Ein Inselbewohner würde so etwas niemals tun."

Wagner blickte ihn stirnrunzelnd an.

„Und wenn doch?"

„Wie können Sie überhaupt an so etwas denken?" In Petersons Stimme lag Empörung. „Im letzten Jahr wurde ein toter Mann auf Juist gefunden. Man hatte ihn umgebracht und im Sand des Billriffs verscharrt. Die Täter hat man geschnappt. Es war eine Verbrecherbande vom Festland. Auf unserer Insel leben keine Mörder."

An den Mordfall vom Billriff konnte sich Wagner natürlich noch sehr gut erinnern. Er selbst hatte in seiner Eigenschaft als Polizeihauptkommissar und Leiter einer Sonderkommission die Täter dingfest gemacht.

Wagner ging nicht weiter darauf ein.

„Ich geh´ jetzt nach oben in die Wohnung", gab er den beiden Männern zu verstehen. „Nach der Reise muss ich unbedingt in andere Klamotten rein."

Peterson deutete auf seine Tasche.

„Sie hatten ja nicht gerade viel Gepäck für die Helgolandfahrt mitgenommen."

„Nein." Wagner hob die Reisetasche kurz an. „Eine Wäschegarnitur zum Wechseln und alles, was man für die Körperhygiene braucht."

„Ich dachte, Sie waren Trauzeuge. Trägt man da nicht einen feierlichen Anzug?"

Wagner lächelte.

„Natürlich trägt man zu so einem Anlass einen Anzug. Die Eltern der Braut hatten es den Trauzeugen sehr einfach gemacht. Wir mussten nur unsere Konfektionsgrößen angeben. Anzug, Hemd und Fliege wurden nebst Schuhe in einem Geschäft, welches Kleidung für Feste aller Art verleiht, bestellt und lagen bereits auf Helgoland für uns bereit."

Peterson staunte.

„So etwas gibt es?"

„Ich habe davon schon gehört", meinte Kleever.

Dann verschwand Wagner ins Haus und begab sich in seine Wohnung.

Jetzt gingen ihm wieder die Morde durch den Kopf.

Zwei tote Frauen, und ich kann mich immer noch nicht daran erinnern, wo ich die erste Tote gesehen habe.

Er versuchte, sich abzulenken. Schließlich hatte er sich fest vorgenommen, im Urlaub alles, was mit seinem Beruf zusammen hing, weit von sich zu schieben. Das war allerdings einfacher gesagt, als getan. Zwei Morde in seinem Umfeld ließen ihn einfach nicht zur Ruhe kommen.

Ich werd' mich frisch machen, umziehen und dann zur Wache gehen. Gut, dass ich den Polizisten kenne. Er wird mir alle Details über diesen neuen Mord erzählen.

Ein Blick auf seine Uhr verriet ihm allerdings, dass er dieses Vorhaben auf den nächsten Tag verschieben musste. Er kannte die Öffnungszeiten der Wache und stellte fest, dass diese schon geschlossen war. *Dann eben morgen.*

Die Helgolandreise war nicht spurlos an ihm vorübergegangen und er spürte, wie ihn eine plötzliche
Müdigkeit übermannte. Er gähnte einmal, gähnte zweimal,
dann ließ er sich einfach auf sein Bett fallen und räkelte
sich. Er fühlte sich irgendwie schlapp und geschafft. Es tat
gut, die Beine auszustrecken. *Ein Stündchen schlafen,
dann geht es mir besser.* Um seinen Körper wieder auf
Vordermann zu bringen, nahm er sich vor, nachher erst
einmal etwas Sport zu treiben, ein paar Stretchübungen
und eine kleine Runde joggen. Im Urlaub wollte er es mit
dem Sport nicht übertreiben, aber einrosten wollte er auch
nicht.

Kaum hatte er die Augen geschlossen, da sah er sie
wieder vor sich, die junge Frau, die ihn im Kurpark
angesprochen hatte, die Frau, an die er während der
letzten Tage oft denken musste. Er fragte sich, warum er
in seinen Gedanken so oft bei ihr war. *Junge, sie ist nicht
mehr, als eine dürre Hippe, die dich total zugequatscht
hat. Was fasziniert dich an ihr?* Ihm wurde bewusst, dass
tatsächlich eine gewisse Faszination von ihr ausgegangen
war. Doch was war es? Vielleicht der Reiz, dass er sie
ganz offensichtlich leicht ins Bett bekommen konnte?
Nein, es musste etwas anderes sein. Ihr Aussehen ord-
nete er als durchschnittlich ein. Doch er war ehrlich genug
zu sich selbst, einzugestehen, dass er ebenfalls von der
Optik her kein Adonis war. Wagner wusste, dass die
richtig gutaussehenden Frauen einer anderen Männer-
schicht vorbehalten waren. Dennoch hatte die Frau aus
dem Kurpark etwas an sich, was ihn faszinierte. Vor
seinem geistigen Auge erschien ihr Gesicht, ihr nettes,
offenes Lächeln und genau dieser Anblick war es, den er
immer wieder vor sich sah. Nicht, dass er ihr übriges

Aussehen vergessen hätte, den mageren Körpers, ihrer kleinen Brüste, doch das waren Nebensächlichkeiten. Jetzt wurde ihm bewusst, dass es einzig und allein die Ausstrahlung ihres Gesichts war, die einen tiefen Eindruck bei ihm hinterlassen hatte. *Hoffentlich werd´ ich sie wiedersehen.*

Die Müdigkeit lähmte nach und nach auch seine Gedankengänge und bald schon lag er da, mit leicht geöffnetem Mund, und schnarchte leise vor sich hin.

*   *   *

Hinter der Fensterscheibe des Hauses, welches direkt gegenüber von Wagners Ferienwohnung lag, stand ein Mann und blickte hinaus auf die Straße. Sein Blick folgte einer jungen Frau, die in Richtung Dorfmitte an seinem Fenster vorbeispazierte.

Die prankenartige Hand des Mannes ging zu seinem kantigen Kinn. Kleever wirkte nachdenklich.

Die letzten Tage hatten ihm gezeigt, dass er doch noch nicht geheilt war. Es war wieder da, dieses Verlangen danach, ein Menschenleben auszulöschen.

Zum ersten Mal hatte er es in seiner Kindheit verspürt. Die anderen Jungen hatten ihn immer geärgert, weil er viel zu groß für sein Alter war. Wegen dieser Größe und seinem damals schon kantig wirkenden Schädel hatten sie ihm den Namen Frankenstein gegeben. „Seht doch, da kommt das Monster", hatten sie gerufen. Der Hass, den er damals den anderen Kindern gegenüber empfunden hatte, war ständig angewachsen. Obwohl er ihnen körperlich überlegen war, hatte er Angst vor den anderen. Damals hatte er oft alleine zu Hause gesessen und Mordpläne

72

gegen die anderen Jungen geschmiedet, hatte es aber niemals gewagt, diese Pläne umzusetzen. Später, als auch die Mädchen ihn wegen seines Aussehens hänselten, stand für ihn fest, dass er handeln musste. In seinen Gedanken hatte er schon oft durchgespielt, wie er ein Mädchen töten würde, nicht unbedingt, weil er es hasste, sondern einfach weil er wissen wollte, wie das Sterben abläuft. Ihm war bewusst, dass er das nur erfahren konnte, wenn er dieses „Experiment" in die Tat umsetzen würde.

Kleever dachte an damals, an seine Zeit in Berlin. In seiner frühen Jugend, er war gerade einmal dreizehn Jahre alt gewesen, hatte er eine Mitschülerin unter dem Vorwand, ihr etwas ganz Außergewöhnliches zeigen zu wollen, hinter die Turnhalle der Schule gelockt. Dieses Mädchen hatte er bereits vor Wochen für sein Experiment ausgesucht. Er wollte nicht nur wissen, wie es ist, wenn jemand stirb, er wollte es mit eigenen Augen sehen, wollte dabei sein, wenn ein Mensch sein Leben aushaucht; er wollte den Augenblick des Todes erleben, den Übergang vom Diesseits zum Jenseits. Zum Hauptgegenstand des Experimentes hatte er seine Mitschülerin auserwählt. Ein weiterer, wichtiger Gegenstand war ein dicker Knüppel, mit dem er ihre Reise vom Diesseits ins Jenseits einleiten wollte. Den Knüppel hatte er bereits früh morgens hinter der Turnhalle versteckt. Als er mit seiner Klassen-kameradin allein war, nahm er den Knüppel zur Hand und holte aus. Das Mädchen schrie beim Anblick des Knüppels laut auf, so grell, dass es ihm durch Mark und Bein ging. Für ihn war die panische Angst, die in diesem Schrei lag, eine aufregende Zugabe, die seinem Ex-periment eine unvorhersehbare Würze gegeben hatte.

Dann hatte er zugeschlagen. Das Mädchen hatte abwehrend ihr Arme hochgerissen und so traf er nicht, wie geplant, ihren Kopf. Der zweite Schlag allerdings saß, genau mitten auf dem Schädel. Er sah, wie die Getroffene ihre Augen verdrehte und schlapp zusammensackte. Wie sie da vor ihm auf dem Boden lag, ein Bild, das ihm gefiel. Ein Blick auf die Brust seines Opfers verriet ihm, dass sie noch atmete. Sie war noch nicht tot, also musste er noch ein paar Mal auf ihren Schädel einschlagen. Er war, wie im Rausch und hatte nicht registriert, dass einige Lehrer und Schüler, die durch das grelle Geschrei des Mädchens hinter die Turnhalle gelockt worden waren, in seine Richtung hasteten. Sie stürzten sich auf ihn, packten ihn und nahmen ihm den Knüppel ab. Das Experiment war gescheitert, denn man hatte ihm jegliche Möglichkeit genommen, den Übergang seines Opfers von den Lebenden zu den Toten zu beobachten. Das Mädchen überlebte mit einem Schädelbasisbruch. Ihn hatte man der Polizei übergeben und ganz zufällig war einer dieser Polizisten der Lieblingsonkel der Schülerin, die er töten wollte. Natürlich bekam Kleever die Wut und den Hass dieses Onkels zu spüren. Er wurde auf der Polizeiwache nach Strich und Faden verprügelt. Auch die Polizeikollegen des Onkels hatten kräftig mitgemischt. Acht Polizisten ließen all ihren Frust an ihm aus. Sie schlugen ihn gezielt überall dorthin, wo man keine Verletzungen erkannte, in den Magen, in die Nieren und in die Eier, und das taten sie einen ganzen Tag lang. Am nächsten Tag, bevor man ihn in eine geschlossene Klinik brachte, bekam er noch einmal Abschiedsprügel. Seit dem erfüllte ihn ein abgrundtiefer Hass gegenüber Polizisten.

Die Ärzte in der Klinik diagnostizierten bei ihm eine Psychose mit Tendenz zur Phrenesie, eine Paranoia, die das Bedürfnis in ihm erweckte, jemanden zu töten um dessen Agonie, dessen Todeskampf zu erleben. Es dauerte Jahre, bis er begriffen hatte, dass er etwas tun musste, dass er daran arbeiten musste, um diese Klinik wieder verlassen zu können. Er hatte sich große Mühe gegeben und immer das getan, was man von ihm verlangte. Nach einiger Zeit wusste er auch ganz genau, was die Psychologen von ihm hören wollten. Tief in seinem Inneren aber, da war es, das Verlangen danach, jemanden zu töten, nicht irgendjemanden, nein, es musste eine Frau sein. Frauen waren schwach, sie waren die geborenen Opfer. Die Psychologen assistieren ihm bald schon eine deutliche Besserung. Auch seine gute Führung wirkte sich positiv aus. Klever nutzte die ihm gebotene Möglichkeit aus, einen Schulabschluss nachzuholen. Dabei lernte er sogar Englisch und Französisch. Er hatte sich überall nützlich gemacht und sogar dem Hausmeister der Klinik bei allen anfallenden Arbeiten geholfen. Dabei war ihm schnell bewusst geworden, dass er handwerklich sehr begabt war. Dann wurde der Hausmeister schwer krank und Kleever übernahm all seine Tätigkeiten. Ihm wurde sogar erlaubt, die Klinik zu verlassen, um nötige Besorgungen zu machen. Der Hausmeister überlebte seine Krankheit nicht und so wurde Kleever der neue Hausmeister, mit all seinen Rechten und all seinen Pflichten. Auch wenn er sich jetzt frei bewegen durfte und ihm jederzeit die Möglichkeit offen stand, einfach abzuhauen, blieb er in der Klinik. Kleever sprach regelmäßig bei den Psychologen vor und schließlich wurde er, nach zehn Jahren Klinikaufenthalt, als geheilt entlassen. Obwohl die

Klinikleitung ihn gerne weiterhin als Hausmeister beschäftigt hätte, hatte er es vorgezogen, seiner Heimatstadt
Berlin den Rücken zu kehren. Da seine Hausmeister-
tätigkeit nicht umsonst war, hatte er über Jahre hinweg,
jeden Monat etwas Geld bei Seite gelegt. Das kam ihm
jetzt zugute.
Seine erste Station war die Stadt Hannover. Dort mietete
er sich eine kleine Wohnung an. Dank eines Em-
pfehlungsschreibens der Klinik, aus dem hervorging, dass
er dort seinen Hausmeisterposten zuverlässig und hervor-
ragend gemeistert hatte, fand er sehr schnell eine
Stellung. Er wurde Hausmeister in einer Schule. In der
Schulsporthalle trainierte abends regelmäßig die Box-
abteilung eines Sportclubs. Bei diesem Training schaute
Kleever oft zu. Das Angebot des Boxtrainers, dem das
stattliche Erscheinungsbild Kleevers aufgefallen war, aus
Spaß mal in den Ring zu steigen, um eine Runde zu
boxen, schlug Kleever nicht aus. Seine Schlagkraft hatte
den Trainer sofort beeindruckt und als Kleever einen der
besten Boxer k.o. schlug, nahm der Trainer ihn unter
seine Fittiche. Bald schon war Kleever der erfolgreichste
Boxer des Vereins. Mit seinen gefürchteten Kinnhaken
schickte er fast jeden Gegner auf die Bretter.
In Hannover hatte Kleever auch Maria kennen gelernt. Die
aus Polen stammende Frau war als Reinigungskraft in
seiner Schule tätig. Kleever hatte sich in Maria verliebt
und da diese Zuneigung auf beiden Seiten lag, wurden die
zwei ein Paar. Maria zog zu ihm in die kleine Wohnung
und sie waren glücklich miteinander. Dieses Glück hielt
allerdings nur ein einziges Jahr. Kleever sieht heute noch
die beiden Polizeibeamten vor seiner Wohnungstür stehen, die ihm die schreckliche Nachricht überbrachten,

dass Maria bei einem Verkehrsunfall ums Leben gekommen war. Er fühlte sich damals am Boden zerstört. Maria war zu seinem ganzen Lebensinhalt geworden. Sie war alles, was er hatte, und mit einem Schlag war das alles vorbei. Da ihn in Hannover zu viele Dinge an seine geliebte Maria erinnerten, zog er einfach weg. Sein Weg führte ihn nach Bremerhaven. Dort las er in einer Zeitung, dass man auf der Nordseeinsel Juist einen handwerklich begabten Mann suchte, der sich um ein Anwesen mit Ferienwohnungen kümmerte. So landete Kleever schließlich auf Juist bei Frau Gerber. In ihrem Haus bewohnte er ein Zimmer, sodass er jederzeit für seinen damaligen Teilzeitjob zur Verfügung stand. Anfangs beschränkte sich seine Arbeit auf die Gartenpflege und auf anfallende Reparaturen. Nach und nach übernahm er aber immer mehr die Verwaltung des Hauses und als Frau Gerber auf Grund ihres Alters kürzer treten musste, hatte er sich um alles gekümmert, was mit dem Anwesen von Frau Gerber zusammen hing, bis hin zu den Vermietungen der Ferienwohnungen. Dazu gehörte auch, dass Frau Gerber ihm sämtliche Bankvollmachten gab. Er war, über die ganzen Jahre hinweg, der alten Dame gegenüber immer ein ehrlicher und loyaler Mitarbeiter gewesen und hatte immer sein Bestes gegeben. Harry Kleever war auch bei den Nachbarn sehr beliebt und fühlte sich als vollwertiges Mitglied einer großen Gemeinschaft. Er galt bei den Insulanern als hilfsbereiter und liebenswerter Mensch, auf den man immer zählen konnte. Kleever fühlte sich wohl. Er fühlte sich auf Juist zu Hause. Eigentlich wäre sein glückliches Leben perfekt gewesen, gäbe es da nicht diesen immer wieder kehrenden Schmerz, der, wie ein mit Widerhaken versehener Stachel, tief in ihm steckte. Auch nach Jahren hatte er den Verlust seiner geliebten Maria noch nicht überwunden. Die Trauer um Maria hatte ihm noch lange Zeit schwer zu schaffen gemacht. Erst seit etwa drei Jahren verspürte er eine deutliche Besserung. Er dachte nicht mehr so oft an Maria und wenn doch, dann riss es ihn seelisch nicht mehr so hinunter, wie vorher. Diese Besserung schob er seinem geordneten Umfeld zu, einem Umfeld, welches ihn geprägt hatte, ein Umfeld, in dem er zu einem neuen, glücklichen Mensch geworden war.

Seine Arbeitgeberin, Maria Gerber, baute zusehends ab. Das Alter machte ihr schwer zu schaffen. Nun dachte er zum ersten Mal daran, was geschehen würde, wenn sie einmal stirbt. Soviel er wusste, hatte sie keine Verwandten. Ihr Anwesen würde im Fall ihres Todes also der Gemeinde zufallen. Die Gemeinde wiederum würde dann, wie es so üblich war, das Haus meistbietend verkaufen. Kleever wusste, dass eigentlich alle Hausbesitzer auf der Insel sich selbst um ihre Gebäude kümmerten. Sie brauchten keinen Hausmeister und keinen Verwalter, denn der kostete nur unnötig Geld. Mit anderen Worten, ein neuer Besitzer würde ihn auf die Straße setzen. Die Gedanken daran hatten Klever aufgewühlt. Für ihn war es seine Existenz, sein Haus und sein Anwesen. Er war es, der alles hier in Schwung gebracht hatte, der sämtliche Fäden in den Händen hielt. Das alles hier war sein Leben. Frau Gerbers Nachfolger würde kommen und sein Leben zerstören. Das konnte er sich nicht gefallen lassen. Er würde sich wehren. Auch wenn er Frau Gerber ins Herz geschlossen hatte, sein Plan stand schnell fest. Seine Arbeitgeberin musste sterben, aber nicht, ohne ihn vorher als Alleinerben im Testament zu vermerken. Dann würde sein Name im Grundbuch stehen und die Gemeinde hätte keinen Zugriff darauf. Um sich zu informieren, hatte er Einsicht in das Grundbuch genommen. Niemand schöpfte einen Verdacht, denn schließlich besaß Kleever sämtliche Vollmachten. Die im Grundbuch eingetragene Eigentümerin des Anwesens war mit Anna Maria Gerber angegeben. Das machte ihn für einen Moment stutzig, denn er wusste, dass Frau Gerbers Vorname eigentlich Eva Maria war. Dass es überhaupt zwei Vornamen gab, wusste niemand. Frau Gerber war allen nur als Maria bekannt. Den abweichenden Vornamen im Grundbuch tat Kleever als Schreibfehler ab. Es fiel ihm nicht schwer, sich handgeschriebene Unterlagen von Frau Gerber zu besorgen, denn schließlich war er es, der den ganzen Schreibkram verwaltete. Nachdem er tagelang geübt hatte, beherrschte er die Handschrift seiner Arbeitgeberin nahezu perfekt. Mit diesem Können verfasste er ein handgeschriebenes Testament, in dem er sich als Alleinerben einsetzte. Der Text des Testamentes lautete:

Mein Testament
Ich, Maria Gerber, bestimme, dass im Falle meines Todes Harry Kleever zu meinem Alleinerben wird. Er war mir gegenüber in all den Jahren stets ein hilfsbereiter Mensch, der sich sogar für mich aufopferte, als ich nicht mehr in der Lage war, meine Dinge selbst zu erledigen. Als Bedingung für dieses Erbe lege ich aber fest, dass er mein Haus nicht verkauft, sondern weiterhin in meinem Sinne so führt, wie er es in all den Jahren getan hat, denn ich sehe in dem Haus mein Lebenswerk und möchte es so erhalten wissen, wie es jetzt ist.

Dann setzte Kleever noch das Datum drauf und unterschrieb mit der oft geübten Unterschrift seiner Arbeitgeberin. Diese Unterschrift war so perfekt, dass selbst Frau Gerber sie nicht angezweifelt hätte. Kleever verfasste einen Brief in der Handschrift von Frau Gerber. Der Brief war an einen Freund von Frau Gerber gerichtet. Ganz zufällig war dieser Freund ein in Bremen lebender Notar. Kleever kannte den Mann nicht und hatte ihn noch nie gesehen, denn der Kontakt zwischen dem Notar und der alten Dame wurde einzig und alleine durch einen regelmäßigen Briefverkehr aufrecht erhalten.

Er kannte den Schreibstil, mit dem Frau Gerber die Briefe an den befreundeten Notar regelmäßig schrieb, ganz genau. Oft genug hatte er die Schreiben in einen Umschlag gesteckt, um sie wegzuschicken, natürlich nicht, ohne sie vorher durchzulesen.

Sein Brief an den Notar trug folgenden Wortlaut:

Mein lieber Freund,
anbei übersende ich Dir einen verschlossenen Umschlag, den Du aber erst im Fall meines Ablebens öffnen darfst. Du wirst schon ahnen, dass der Umschlag mein Testament enthält. Da ich mich in der letzten Zeit gesundheitlich nicht mehr so gut fühle, halte ich es in meinem Alter für wichtig, weiter zu denken. Ich möchte, dass mein Haus in meinem Sinne weitergeführt wird und bin deshalb davon überzeugt, die richtige Entscheidung getroffen zu haben.
Bitte, mein lieber Freund, nehme dieses Schreiben stillschweigend zu Deinen Händen und bewahre es auf, ohne jemals darüber ein Wort zu verlieren, auch mir gegenüber nicht.

In Dankbarkeit, Deine Freundschaft genießen zu dürfen
verbleibe ich
mit lieben Grüßen
Deine Maria

Der letzte Satz in diesem Schreiben war ein Standartsatz, mit dem jeder Brief an den befreundeten Notar endete. Kleever war sich sicher, dass der Notar nicht eine Sekunde an der Echtheit des Schreibens zweifeln würde. Bevor er den Brief wegschickte, hatte er sich alles noch einmal durch den Kopf gehen lassen. Dass er als Erbe das Haus nicht verkaufen durfte, war ein geschickter Schachzug, denn es gab keinen Grund, es zu verkaufen. Hier war er glücklich, hier war er zu Hause, und genauso sollte es bleiben. Er dachte daran, dass er die alte Dame eigentlich gar nicht umbringen brauchte, denn er wird nach diesem Testament sowieso alles erben. Was aber würde passieren, wenn der Notar diese Geschichte doch noch einmal Frau Gerber gegenüber erwähnen würde? Sie musste also sterben und das, möglichst bald. Der Brief wurde verschickt und Kleever machte sich sofort an sein Teufelswerk. Er hatte im alten Schuppen hinter dem Haus beim Aufräumen eine Flasche mit der Aufschrift „E 605 forte" gefunden. Kleever wusste, dass E 605 ein gefährliches Gift ist, welches man früher gegen Insekten aller Art angewendet hatte. Ihm war aber auch bewusst, dass dieses gefährliche Gift schon seit langer Zeit verboten war, weil es zu viele Sterbefälle nach sich gezogen hatte. E 605 war ein beliebtes Gift für Morde und Selbstmorde, ein Gift mit todsicherer Wirkung. Den Gedanken daran, der alten Frau Gerber dieses Gift unter das Essen zu mischen, verwarf er sehr schnell wieder, weil er davon ausging, dass man dieses Gift bei Toten nachweisen konnte. Also musste er einen anderen Weg finden. Wie der Zufall es wollte, las Kleever in der Tageszeitung, dass in einem Seniorenwohnheim drei Menschen an einer Salmonellenvergiftung gestorben waren. Sofort dachte er daran, dass eine Salmonellenvergiftung auch sein Problem lösen könnte. Er brachte bei seinem nächsten Einkauf ein gefrorenes Hähnchen mit. Dieses ließ er auftauen und tagelang im Kühlschrank liegen. Auch das Tauwasser hob er auf. Erst als das Hähnchen langsam einen unangenehmen Geruch annahm, war Kleever sich sicher, dass sich nun mehr als genug Salmonellen in dem Fleisch befanden. Seitdem sein Plan feststand, hatte er es sich angewöhnt, Frau Gerber das Essen fertig auf einem Teller zu servieren. Sie freute sich über einen solchen Service. Bevor Kleever das Essen auflegte, tröpfelte er etwas von dem Tauwasser auf den Teller. Frau Gerber merkte nicht, dass er ihr einige schlecht gegarte Fleischstückchen des Hähnchens unter das Essen gemischt hatte. Die Folgen waren Übelkeit und Erbrechen. Die medizinische Untersuchung brachte ein klares Ergebnis. Der Arzt diagnostizierte eine Salmonellenvergiftung. Niemand konnte sich erklären, woher die Salmonellen gekommen waren. Der Arzt persönlich hatte sich von Kleever alle Lebensmittel zeigen lassen, die Frau Gerber in der letzten Zeit zu sich genommen hatte, doch alles war in Ordnung. Der Arzt wies Frau Gerber in ein Krankenhaus ein. Um sicher zu sein, dass die alte Dame nicht vielleicht doch irgendeine andere Krankheit hatte, wurde sie dort noch einmal von einem anderen Arzt gründliche untersucht. Auch in dieser Untersuchung wurden Salmonellen nachgewiesen. Als Kleever sie am nächsten Tag im

Krankenhaus besuchte, flößte er ihr ein „Medikament" ein, von dem er Frau Gerber gegenüber behauptete, dass der Arzt es verordnet hatte. Dieses „Medikament" enthielt die finale Dosis E 605 forte und Tage später stand Kleever auf dem Friedhof und wohnte zutiefst getroffen ihrer Beerdigung bei.

Nachdem zwei voneinander unabhängige Ärzte vor ihrem Tod das Bakterium Salmonella euterica nachgewiesen hatten, dachte niemand mehr daran, die Tote noch einmal zu untersuchen. Für die Ärzte stand die Todesursachen unumstößlich fest: Salmonellen.

Kleever hatte zeitig vor der Beerdigung an alle Bekannten der Verstorbenen Todesanzeigen mit dem Termin der Beisetzung verschickt. Selbstverständlich bekam auch der befreundete Notar, dem er das Testament zugesandt hatte, so eine Karte.

Nachdem sich alle Trauernden mit einem Schüppchen Sand oder ein paar Blumen, die sie ins Grab warfen, von der Verstorbenen verabschiedet hatten, zogen sie langsam davon. Nur ein einziger Mann war noch am Grab stehen geblieben und blickte hinunter auf den Sarg. Es war Harry Kleever, der eine tiefe Betroffenheit vortäuschte. Er wusste genau, dass einer der Trauergäste der Notar sein musste. Aus dem Augenwinkel hatte Kleever einen Mann erkannt, der an den Pastor, der die Traueransprache gehalten hatte, herangetreten war und diesen ansprach. Ihm war auch nicht entgangen, dass der Pastor dem Mann etwas sagte und dabei zu ihm hinüber deutete.

Das muss er sein, war es Kleever durch den Kopf gegangen. Dann hatte Kleever gezeigt, was für ein guter Schauspieler er war. Er war vor dem Grab auf die Knie gesackt und hatte hinunter auf den Sarg geblickt. Dabei schüttelte er ganz langsam den Kopf und wirkte tief getroffen.

Der Mann, der sich gerade mit dem Pastor unterhalten hatte, war an ihn herangetreten.

Die Szenen seiner überragenden Schauspieleinlagen sah Kleever immer wieder schmunzelnd vor seinem geistigen Auge.

„Sie standen der Verstorbenen wohl sehr nahe", hatte der Mann Kleever angesprochen.

Die Antwort war nur ein kurzes Kopfnicken. Kleever hatte nicht einmal aufgeschaut.

„Sind Sie ein Verwandter von Frau Gerber?"

Kleever war langsam aufgestanden und hatte den Mann angeblickt.

„Nein", hatte er leise gesagt. „Sie hatte keine Verwandten, aber für mich war sie, wie eine Mutter. Ja, ich hab´ sie geliebt, wie ein Sohn seine Mutter liebt."

Der Mann vor ihm nickte.

Kleever hatte seinen Blick wieder hinunter auf den Sarg gewandt.

„Ich werde dich vermissen", war es leise über seine Lippen gekommen. Dann hatte er den Kopf in den Nacken gelegt und zum Himmel hinauf geschaut. „Lieber Gott, bitte sorge dafür, dass es ihr da oben gut geht."

Als Kleever, mit einem allerletzten Blick in das Grab, davon schreiten wollte, hatte der Mann ihn erneut angesprochen.

„Haben Sie einen Moment Zeit, Herr Kleever?"

„Woher wissen Sie, wer ich bin?"

„Der Pastor sagte es mir."

„Was möchten Sie von mir? Wenn es um irgendwelche Versicherungen oder offene Rechnungen der Verstorbenen geht, dann wenden Sie sich bitte später an mich. Ich werde mich um alle Angelegenheiten kümmern. Jetzt möchte ich aber erst mal alleine sein. Frau Gerber bedeutete mir sehr viel und ich muss mit diesem schweren Verlust erst mal klar kommen."

„Ich kann Sie sehr gut verstehen, Herr Kleever, aber ich muss heute noch zurück nach Bremen und das, was ich Ihnen übermitteln möchte, ist sehr wichtig. Wo können wir uns ungestört zusammensetzen?"

„Wenn Sie mir etwas so Wichtiges sagen wollen, warum nicht gleich hier?"

„Bitte, Herr Kleever, hier ist kein guter Ort für so etwas."

„Sie machen es aber spannend. Wenn es unbedingt sein muss, dann kommen Sie mit zu mir nach Hause."

Kleever verließ den Friedhof und er Mann schritt wortlos neben ihm her.

Als sie schließlich im Haus der Verstorbenen zusammen saßen, hatte Kleever den Mann erwartungsvoll angeschaut.

„Zunächst möchte ich mich einmal vorstellen, Herr Kleever", eröffnete der Mann das Gespräch, „mein Name ist Franz Lykenhargen. Ich bin ein alter Freund von Frau Gerber und..."

„Ich hab 's doch gewusst", war Kleever ihm ins Wort gefallen. „Sie sind ein alter Freund und hatten der Verstorbenen Geld geliehen, das Sie jetzt zurück haben möchten. Sagen Sie mir, was die alte Dame Ihnen schuldete. Ich werde es aus eigener Tasche bezahlen und dann machen Sie, dass Sie wieder verschwinden."

Der Mann schüttelte den Kopf.

„Bitte, Herr Kleever, lassen Sie mich doch erst einmal ausreden. Die Verstorbene hinterließ ein Testament, welches ich, als Notar, verwalte."

„Ein Testament?", Kleever hatte sich Mühe gegeben, einen ungläubigen Gesichtsausdruck zu machen. „Aber sie hatte doch überhaupt keine Verwandten, denen sie etwas vererben könnte. Ich sprach schon mit jemanden aus der Gemeindeverwaltung und der gab mir zu verstehen, dass, da Frau Gerber keine Angehörigen hat, ihr Anwesen an die Gemeinde fallen und dann höchstbietend verkauft wird. Bis dahin regele ich hier noch alles, in der Hoffnung, dass der Käufer des Hauses mir auch einen Job gibt, so wie es Frau Gerber getan hat."

„Dazu wird es nicht kommen, Herr Kleever, denn es gibt einen Erben."

„Ist etwa irgendein unehelicher Sohn, den sie allen verschwiegen hatte, aufgetaucht?"

Der Notar hatte kurz den Kopf geschüttelt und dann seinem Gegenüber in die Augen geblickt.

„Herr Kleever, ich möchte Ihnen mitteilen, dass die Verstorbene in ihrem Testament verfügt hat, dass Sie, Herr Kleever, ihr Alleinerbe sind."

„Ich?", war es fast etwas stotternd aus Kleevers Mund gekommen.

Seine schauspielerische Leistung war auch dieses Mal überragend, denn niemand hätte ihm abgenommen, dass der ungläubige Gesichtsausdruck nur gespielt war.

Bevor er noch irgendetwas sagen konnte, hatte der Notar erklärt: „Ich hoffe, dass Sie das Erbe annehmen, Herr Kleever, denn es war Frau Gerbers letzter Wunsch, dass Sie das Haus weiterhin so führen, wie bisher. Das ist im

Übrigen auch die Bedingung dafür, dass Sie das Erbe überhaupt antreten dürfen."

„Das versteh´ ich nicht."

„Frau Gerber vererbt Ihnen das Haus unter der Bedingung, dass Sie es weiterhin so führen, wie bisher. Sie dürfen das Haus nicht verkaufen, Sie verwalten es und vermieten die Ferienwohnungen. Die Verstorbene betrachtete das Haus als ihr Lebenswerk, welches sie erhalten sehen möchte. Alles, was das Haus erwirtschaftet, gehört natürlich Ihnen, Herr Kleever, denn schließlich sind Sie jetzt der Eigentümer. Vorausgesetzt, Sie lehnen das Erbe nicht ab."

Kleever hatte einmal tief durchgeatmet.

„Auch wenn ich das, was Sie da sagen, nicht glauben kann, aber ich liebte sie, wie ein Sohn seine Mutter liebt. Deshalb werd´ ich ihren letzen Wunsch erfüllen. Ihr Lebenswerk soll erhalten bleiben."

Mit den Worten: „Ich werde mich in den nächsten Tagen bei Ihnen melden", hatte der Notar ihn seinerzeit verlassen.

Die Abwicklung der Erbsache war sehr zügig verlaufen und Klever hatte sein Ziel erreicht. Er war jetzt der Eigentümer des Anwesens, welches ihn durch die Vermietung der Ferienwohnungen zu einem wohlhabenden Mann machte. Obwohl er glücklich und zufrieden war, spielte er in der Nachbarschaft immer noch regelmäßig den Trauernden. Ab nächstes Jahr wollte er sein Leben verändern, wenigstens in der kalten Jahreszeit, in der sowieso kaum Touristen nach Juist kamen. Die triste Winterzeit wollte er im sonnigen Süden verbringen. Er wollte sich endlich mal die große, weite Welt ansehen. Prospekte von Asien- und Amerikarundreisen, sowie von

Kreuzfahrten auf einem Luxusliner, lagen bereits in seiner Schublade. Ab jetzt würde er so leben, wie er es sich schon immer gewünscht hatte. Es war ein großartiges Gefühl, wohlhabend und unabhängig zu sein, ein Leben, wie in einem wunderschönen Traum. Doch dann, als er gerade dabei war, ein tiefes Loch in seinem Garten zu schaufeln, um einen neuen Birnbaum zu pflanzen, hatte diese blonde Frau an der Tür geklingelt, und der Traum drohte zu zerplatzen, wie eine Seifenblase. Nachdem sie ihm zu verstehen gegeben hatte, dass Frau Gerber gar nicht die Eigentümerin war, sondern dass deren Schwester das Haus gehörte, wollte Kleever es nicht glauben. Dann erklärte die junge Frau, dass die eigentliche Hauseigentümerin, ihre Oma, verstorben war und das Juister Anwesen ihren Enkeltöchtern vermacht hatte. Für Kleever war eine Welt zusammengebrochen. Es konnte nicht sein, dass sein Glück nach kaum einem halben Jahr vorbei war. Damit konnte und würde er sich nicht abfinden. Kleever war nicht dumm und handelte, ohne lange zu überlegen. Er hatte die junge Frau in das Haus gebeten. Sie hatte einen großen Koffer dabei und deshalb bot Kleever ihr an, in einer der Ferienwohnungen des Hauses zu nächtigen, bis alles geregelt war. Die Blondine nannte ihm daraufhin aber ein Juister Hotel, in dem sie bereits ein Zimmer gebucht hatte und erklärte ihm, dass sie gerade erst auf der Insel angekommen war und nun erst einmal zu ihrem Hotel gehen würde, um dort einzuchecken. Trotzdem hatte sie Kleevers Angebot, wenigstens auf eine Tasse Kaffee zu bleiben, angenommen. Kleever verwickelte sie in ein Gespräch und erfuhr von ihr, dass ihr Lebensgefährte, mit dem sie in Hamburg zusammen lebte, momentan im Ausland arbeitete und noch nichts von diesem Erbe wusste. Ihre Reise nach Juist hatte sie ihm verschwiegen, denn sie wollte ihn überraschen, wenn er nächste Woche wieder nach Hause kommt.

Niemand weiß, dass sie hier ist, war es Kleever durch den Kopf gegangen. *Das macht die Sache einfach.*

Als die junge Frau schließlich aufstand und sich für den Kaffee bedankt hatte, wusste Kleever, dass es Zeit zum Handeln war.

„Ich werde mich bei Ihnen melden, Herr Kleever", hatte sie gesagt und sich abgewandt, um das Haus zu verlassen. Kleevers Reaktion folgte sofort. Er hatte sie von hinten angegangen und mit seiner großen, prankenartigen Hand ihren Mund und die Nase zugehalten. Sie bekam keine Luft mehr und hatte versucht, sich zu wehren, doch gegen den übermächtigen Mann hatte sie nicht die geringste Chance. Kleever hatte zugedrückt, bis sie besinnungslos zusammensackte. Dann hatte er sie, wie ein Sack Kartoffeln, über seine Schulter geworfen und in den Keller geschleppt. Er hatte daran gedacht, sie umzubringen und bei diesem Gedanke war es wieder da, dieses Verlangen, einen Menschen zu töten. In all den Jahren hatte er dieses schreckliche Verlangen nicht mehr verspürt, doch jetzt war es wieder da, ganz plötzlich.

Im Keller angekommen, hatte Kleever den Körper der Frau auf eine Werkbank gelegt. Da lag sie nun vor ihm. Hier gab es niemanden, der ihn davon abhalten konnte, ihr Leben einfach auszuhauchen zu lassen. Das Verlangen, es endlich zu tun, wurde immer größer. Doch er hatte sich zusammengerissen. Ihm war bewusst geworden, dass er sie hier nicht umbringen konnte. So ein Mord musste genau geplant sein, von der Tat bis zum Entsorgen der Leiche. Also nahm er ein starkes Klebeband, um damit die Hände und Füße seines Opfers zu fixieren. Nun noch einen Streifen des Bandes über die Augen und einen weiteren über den Mund.

Wenn sie wieder wach wird, dann kann sie sich nicht mehr bewegen, kann nichts sehen und kann nicht schreien.

Die so hatte er die verschnürte Frau auf den Boden gelegt, ein Seil zur Hand genommen, es stramm um ihre gefesselten Arme gelegt und es an einem Heizungsrohr befestigt.

Jetzt kann sie auch nicht mehr abhauen.

Dann hatte er den Kellerraum verlassen und die Tür hinter sich abgeschlossen.

Zurück in der Wohnung durchsuchte er ihre Handtasche, die sie bei seinem Angriff verloren hatte. Er fand ihren Pass und schlug ihn auf.

„Kerstin Schumann", hatte er gemurmelt und zum Telefon gegriffen.

Nun folgte Kleevers Anruf an das Hotel, in dem die blonde Frau ein Zimmer gebucht hatte.

„Guten Tag", hatte er sich mit tiefer Stimme gemeldet. „Mein Name ist Schumann. Meine Frau Kerstin hatte für heute ein Zimmer bei Ihnen reserviert. Ich möchte diese Buchung rückgängig machen. Sie kann leider nicht kommen, da sie nach einem schweren Autounfall im Krankenhaus liegt."

Nachdem man ihm die Stornierung bestätigt hatte, legte er wieder auf.

Den ersten Schritt hatte Klever getan. Nun nahm er den Koffer und die Handtasche der Frau und brachte sie nach hinten in den großen Garten. Er blickte auf das Loch im Boden, welches er eigentlich geschaufelt hatte, um einen neuen Birnbaum zu pflanzen. Der Baum lag direkt neben dem Loch. Kleever griff zum Spaten und schaufelte das Loch noch tiefer. Nachdem es gut anderthalb Meter tief und so breit war, dass der Koffer waagerecht hinein-passte, versenkte er die Utensilien der Frau darin und schaufelte wieder eine dicke Schicht Erde darüber. Nun setzte er den Baum darauf, bedeckte auch ihn mit Erde und trat alles mit den Füßen fest.

Hier gräbt vorerst niemand mehr.

Um die gefesselte Frau in seinem Keller hatte er sich sehr viel später, genauer gesagt, gegen zwei Uhr nachts, gekümmert. Um diese Zeit war niemand mehr auf der Insel unterwegs. Er hatte sich sein Opfer über die Schulter gelegt und über Schleichwege in die Dünenlandschaft nahe den Goldfischteichen geschleppt. Er war einem engen Pfad, der durch einem Meer aus dichtem Unterholz führte, gefolgt. Dort hatte er die junge Frau auf den sandigen Boden abgelegt und sie von ihren Klebe-bandfesseln befreit. Nur das Band, welches ihren Mund verschloss, löste er noch nicht. Sie sollte keine Gelegenheit haben, zu schreien. Er hatte in seinen Gürtel gegriffen und den Zimmermannshammer herausgezogen, den er sich extra für diesen Augenblick eingesteckt hatte. Jetzt war für ihn der Moment gekommen, um sein Verlangen befriedigen.

Einige Zeit später war er in der Dunkelheit über den Strand geschlendert und die Wellen der Nordsee, die heute Nacht, wie gezähmt wirkten, betrachtet. Auch der sonst so heftige Seewind hatte deutlich nachgelassen.

In Kleevers Gesichtsausdruck spiegelte sich große Zufrie-denheit.

Es ist ein gutes Gefühl, ein Leben auszulöschen, einfach so, ein paar Mal zuschlagen, und es ist alles vorbei. Ja, es war richtig gut.

Es herrschte Ebbe und sein Weg hatte ihn direkt am Ufer entlang geführt, dort, wo die Flut schon bald wieder alles überschwemmen wird. Um den Zimmermannshammer, den er in der Hand hielt, hatte er das Klebeband gewickelt, mit dem sein Opfer vorher gefesselt war. Kleever war kurz stehen geblieben und hatte seinen Blick auf die blutige Spitze des Hammers geworfen.

Ja, es war gut.

Dann hatte er den umwickelten Hammer mit aller Kraft auf das Meer hinausgeworfen. Ohne dem davonfliegenden Hammer auch nur ein einziges Mal hinterher zu schauen, war er weitergeschlendert. Er hatte sein Verlangen gestillt und dennoch war er immer noch nicht so richtig zufrieden.

Eigentlich ging das alles viel zu schnell.

Erst als Kleever später wieder zu Hause war, dachte er an die Worte seines Opfers. Ihre Oma hatte das Haus den Enkeltöchtern vererbt. Sie war also nicht die einzige, die ihm das Haus nehmen wollte.

Einige Tage später war tatsächlich die nächste Erbin aufgetaucht, eine außergewöhnlich hübsche Frau mit langen, schwarzen Haaren. Bei ihr musste er sich etwas anderes einfallen lassen, denn sie wohnte bereits in einem Juister Hotel. Im Nachhinein war er froh darüber, denn die Art und Weise, wie er diese Frau schließlich getötet hatte, war bedeutend besser gewesen. Es ging nicht so schnell und er konnte ihre panische Verzweiflung körperlich fühlen. Auch den Moment des Todes hatte er deutlich gespürt, ihren letzten, verzweifelten Versuch, noch einmal Luft zu holen und dann erschlaffte der Körper für immer.

Allein der Gedanke an diesen Mord erregte ihn und schürte das Verlangen, es noch einmal zu tun. Er dachte bereits daran, sich auf das Festland zu begeben, um sich dort einen Leihwagen zu nehmen und damit in eine Großstadt zu fahren. Dort würde er bestimmt ein geeignetes Opfer finden. In seinen kranken Gedanken sah er bereits eine Frau vor sich, und er sah, wie sich seine Hände um ihren Hals legten und ganz langsam zudrückten. Diese Gedankengänge erregten ihn auf das Höchste.

Ja, bald werde ich es wieder tun.

*   *   *

Günter Wagner schnaufte, wie eine alte Dampflokomotive. Er rannte den Strand entlang und der weiche Sand gab bei jedem Laufschritt unter seinen Füßen nach. Dicke Schweißperlen rannen über seine Stirn und auch der schlichte, graue Jogginganzug zeigte auf der unteren Rückenpartie einen großen Schweißfleck.

Er musste sich eingestehen, dass er einen Lauf durch den nachgiebigen Sand unterschätzt hatte. Wagner hatte seine geplante Joggingrunde fast geschafft. In der Ferne erblickte er eine Ansammlung von Strandkörben. Dort würde er den Strand wieder verlassen.

Da es bereits später Nachmittag war und er noch nichts gegessen hatte, trieb ihn der Gedanke an ein ausgiebiges Mahl voran.

Schnell unter die Dusche, etwas Frisches anziehen und dann ab in ein gutes Lokal.

Zunächst hatte ihn sein Weg über die Billstraße zum Örtchen Loog geführt. Von dort aus ging es vorbei am

Hammersee und direkt hinter dem See war er nach rechts durch die Dünen zum Strand abgebogen. Dort hatte er zunächst seinen Lauf unterbrochen, um ein paar Stretchübungen zu machen. Seit Jahren arbeitete er schon an dem perfekten Spagat, doch es wollte ihm einfach nicht gelingen, die letzten Zentimeter des Körpers durchzudrücken. Es folgten fünfzig Liegestützen und ein paar Luftsprünge, die er mit blitzschnellen Kung-Fu- und Karatetritten abgeschlossen hatte. Schließlich hatte sich Wagner im zügigen Laufschritt am Strand entlang wieder auf den Rückweg gemacht.

Als er endlich die Stelle erreicht hatte, an der er den Strand wieder verlassen wollte, blieb er bei den Strandkörben stehen. Er schnaufte tief durch und blies dabei mehrere Mal laut die Luft durch seine Backen. Seine rechte Hand griff sein linkes Handgelenk und sofort spürte er seinen Pulsschlag unter den Fingern. Er blickte auf seine Armbanduhr und zählte die Schläge, fünfzehn Sekunden lang.

Vierzig, dachte er. *Vierzig mal vier sind einhundertsechzig. Junge, du bist ganz schön ausgepowert.*

Er dachte daran, dass es vielleicht doch keine so gute Idee war, durch den tiefen Sand zu laufen.

Dann wischte er sich mit den Ärmeln seines Jogginganzugs den Schweiß von der Stirn und schritt gemächlich zwischen den Strandkörben hindurch in die Richtung des Dünendurchgangs. Dabei atmete er immer wieder tief durch und blies laut die Luft durch seine Backen.

„So ein Lauf durch den Sand ist ganz schön anstrengend, oder?", hörte Wagner plötzlich eine Frauenstimme.

Sofort erkannte er, woher diese Stimme, die er schon einmal gehört hatte, kam.

In einem der Strandkörbe saß eine junge Frau mit langen, blonden Haaren, die Frau, von der er erhofft hatte, sie wiederzusehen. Ihre blonde Haartracht trug sie heute offen. Sie neigte ihren Kopf leicht zur Seite und schenkte Wagner ein hintergründiges Lächeln. „Sie wirken ja richtig geschafft", stellte sie fest. „Sie sollten eine kurze Verschnaufpause einlegen."
Demonstrativ rutschte sie in eine Ecke des Strandkorbes und klopfte mit der Hand auf die freigewordene Sitzfläche.
Ohne lange zu überlegen, nahm Wagner das Angebot an.
„Danke für die Einladung", kam es erschöpft aus seinem Mund, während er sich in den Strandkorb fallen ließ.
Er lehnte sich nach hinten und schnaufte noch einmal durch.
Die junge Frau blickte ihn lächelnd an.
„Ich hätte nicht gedacht, dass Sie mir noch mal über den Weg laufen. Da ich Sie in den letzten Tagen nicht ein einziges Mal auf der Insel gesehen hatte, dachte ich, Sie wären schon abgereist."
„Ich war drei Tage weg", erklärte er. „Ein guter Freund von mir hat geheiratet, in einer Hummerbude auf Helgoland und ich war Trauzeuge."
„In einer Hummerbude auf Helgoland? Wie romantisch."
Ihr Blick ging verzückt zum Himmel. Sie erweckte den Eindruck, als versuchte sie sich gerade geistig vor-zustellen, wie so eine Hochzeit auf Helgoland wohl ablaufen würde.
Wagner schaute sie fasziniert an. *Eigentlich hat sie ein hübsches Gesicht,* stellte er fest. *Und dieses verzückte Lächeln macht sie noch hübscher.* Als er sie das erste Mal im Kurpark gesehen hatte, war ihm ihre Ausstrahlung nicht aufgefallen. Er hatte sie als eine Art geschwätziges

Mauerblümchen eingestuft. Jetzt erst bemerkte er, dass sie überhaupt nicht geschminkt war. Fast alle Frauen, die er kannte, trugen Make up, Wimperntusche oder Lippenstift. Die Frau neben ihm präsentierte sich so, wie sie war, ungeschminkt. *Schminke würde nicht zu ihr passen. Sie ist eine natürliche Schönheit, besonders wenn sie lächelt.* Ihr Anblick fesselte ihn. Er spürte ein angenehmes Gefühl in sich aufsteigen, ein Gefühl, was ihn gefangen nahm.

Nun blickte sie ihn wieder an.

„Sie atmen ja fast wieder normal", stellte sie fest. „Ich nehme an, Sie treiben regelmäßig Sport?"

Er nickte.

„Ja, schließlich will man ja nicht einrosten."

„Wie weit sind Sie denn gelaufen? Einmal bis zum Billriff und zurück?"

„Um Gottes Willen, ich hab´ Urlaub, will mich erholen. So eine Strecke über den Sand zu joggen, das wäre ja Mord. Ich bin an der Straße entlang bis hinter den Hammersee gelaufen und von dort aus hierher zurück."

„Das ist ja nur `ne kleine Runde", stellte sie fest.

Wagner blickte sie mit großen Augen an.

„Eine kleine Runde? Wissen Sie eigentlich, wie anstrengend es ist, über diesen sandigen Untergrund zu laufen?"

Er deutete demonstrativ auf den Strand.

Die junge Frau lächelt. Ihr war der deutliche Anflug von Empörung in seiner Stimme nicht entgangen.

„Entschuldigen Sie", versuchte sie, ihre Bemerkung zu entschärfen. „Ich wollte ihre Leistung nicht schmälern."

„Na ja, Sie können ja auch nicht wissen, was so ein Strandlauf von einem abverlangt."

Nun wurde ihr Lächeln zu einem Grinsen.

„Eigentlich weiß ich es doch. Ich habe meinen Strandlauf heute schon hinter mir. Allerdings muss ich zugeben, dass ich immer direkt am Ufer entlang gelaufen bin. Wissen Sie, dort ist der Sand nicht so nachgiebig und das Laufen fällt leichter."

Er blickte sie überrascht an.

„Sie joggen auch?"

„Ich nenne es nicht joggen, sonder Lauftraining."

„Sie trainieren?"

Die Blondine nickte.

„Ja, aber da ich, genau wie Sie, Urlaub habe, übertreibe ich es nicht."

„Wann laufen Sie denn immer?", wollte Wagner von ihr wissen. „Vielleicht könnten wir zwei ja zusammen trainieren."

„Ich laufe morgens, weil der Strand dann noch so herrlich leer ist."

„Und was für eine Runde laufen Sie?"

Ihr Grinsen wurde breiter.

„Ich laufe überhaupt keine Runde, sonder nur einmal hin und her, von hier aus zum Billriff und dann wieder zurück."

„Was?", kam es langgezogen aus Wagners Mund.

„Auch ich möchte nicht einrosten und da ich in diesem Jahr noch an zwei Marathonläufen teilnehme, möchte ich im Training bleiben."

Wagner war sichtlich beeindruck.

„Hut ab", meinte er. „Ich bin zwar sportlich, aber eine Marathondistanz würd´ ich nicht schaffen."

Die junge Frau ging nicht auf seine Worte ein. Sie schaute ihm wortlos in die Augen. In ihrem Blick lag etwas Tiefgründiges, etwas Aufforderndes. Sie befeuchtete ihre Lippen und schenkte ihm ein sanftes Lächeln.

Er erwiderte den Blick und schwieg ebenfalls.

„Jetzt", sagte sie schließlich, „da wir zwei uns wieder-getroffen haben, sollten wir einen Termin für ein ge-meinsames Kaffeetrinken festmachen. Oder trinken Sie lieber allein Ihren Kaffee?"

Fragende Blicke.

„Ja, äh, ich meine nein." Er wirkte verunsichert. „Ich trinke nicht gerne allein meinen Kaffee und fände es nett, wenn wir beide uns mal dazu treffen würden."

„Haben Sie heute schon etwas vor?"

Für Wagner stand fest, dass er sie sehr gerne näher kennen lernen würde. Dennoch fühlte er sich für einem Moment überrumpelt. *Junge,* dachte er. *Die geht aber ran.*

„Eigentlich wollte ich jetzt unter die Dusche." Er blickte an seinem verschwitzten Trainingsanzug herab. „Und danach in irgendeinem Restaurant essen gehen."

„Haben Sie sich schon ein Restaurant ausgesucht?"

„Nein."

„Hätten Sie etwas dagegen, wenn wir zwei gemeinsam ein Restaurant aussuchen, um dort zu essen?"

„Nein, ich hätte nichts dagegen. Ganz im Gegenteil, ich würde mich freuen."

„Aber getrennte Rechnungen."

Es verblüffte ihn, an was diese Frau alles dachte. Sie wollte von vorne herein klarstellen, dass er sie nicht ein-laden musste.

Sie erhob sich aus dem Strandkorb.

„Es wird bestimmt ein schöner Abend", sagte sie. „Wo und wann treffen wir uns? In zwei Stunden am Kurpark? Geht das in Ordnung?"

„Ja, gerne."

„Gut, dann werd´ ich jetzt verschwinden. Schließlich muss ich mich auch noch salonfähig machen."

Sie warf ihm noch einmal ein vielversprechendes Lächeln zu.

Mit den Worten: „Bis nachher", verschwand sie.

Wagner saß im Strandkorb und blickte ihr hinterher.

Junge, die weiß, was sie will. Ihn hätte es nicht gewundert, wenn sie ihm angeboten hätte, mit ihm nach Hause zu gehen, um ihm beim Duschen den Rücken abzurubbeln. *Was für eine Frau.*

Wagner stand auf und machte sich auf den Weg zu seiner Ferienwohnung.

Es wird bestimmt ein schöner Abend, hat sie gesagt. Ich hoffe, sie versteht unter einen schönen Abend nicht nur das Essen.

Er dachte an ihr vielversprechendes Lächeln und war sich augenblicklich sicher, dass es in jeder Beziehung ein schöner Abend werden würde.

*   *   *

Wagner saß auf einer Bank im Kurpark.

Zu seinem Leidwesen wusste er nicht, wann die verabredeten zwei Stunden vorbei waren.

Warum hab ich nicht auf die Uhr geschaut, als sie vorhin ging?, ärgerte er sich.

Er schätzte, dass er etwa eine viertel Stunde zu früh an ihrem Treffpunkt war.

Vielleicht kommt sie ja auch etwas eher.

Sein Blick ging auf seine Jeans. *Hätte ich vielleicht doch besser eine Tuchhose anziehen sollen?* Immerhin trug er zu seinem ersten Date mit der blonden Frau ein weißes

Hemd. Außerdem war er sich sicher, dass eine Jeans in der heutigen Zeit salonfähig war.

Die Bank, auf der er Platz genommen hatte, stand direkt neben dem Brunnen. Von hier aus konnte er alles gut überblicken.

Zahlreiche Feriengäste schlenderten die Straßen entlang, die den Kurpark umgaben. Vor einem der Geschäfte standen vier Männer zusammen und plauderten miteinander. Einen dieser Männer erkannte Wagner sofort. Es war der Inselpolizist, der allerdings nun zivil gekleidet war. Der Anblick des Polizisten erinnerte ihn daran, dass er morgen früh zu ihm in die Wache gehen wollte, um sich nach diesem zweiten Mordfall zu erkundigen.

Wagner wollte in seinem Urlaub eigentlich den ganzen Polizeistress hinter sich lassen. Dennoch ließen ihn die Morde auf Juist nicht los. Vor seinem geistigen Auge erschien wieder das Bild des ersten Mordopfers.

Wenn ich mich nur daran erinnern könnte, wo ich sie gesehen habe.

Am liebsten wäre er aufgestanden und zu dem Polizisten hinüber gegangen, um sich über den Stand der Ermittlungen zu informieren. *Junge, du hast Urlaub. Vergiss diese Morde.* Sein Blick blieb bei dem Polizisten. So bemerkte er die junge Frau, die von der Seite an ihn herantrat, erst, als sie ihn ansprach.

„Warten Sie schon lange auf mich?", hörte er die mittlerweile vertraute Stimme.

Er blickte sie an. Ihr Anblick war überwältigend.

Wow, ging es durch seinen Kopf, während er sich langsam erhob.

Die Frau vor ihm schien sich komplett verwandelt zu haben. Aus der grauen Maus war ein prächtiger Pfau geworden. Sie trug eine schwarze Hose mit einem breiten Gürtel, dessen silberne Ornamente ein echter Hingucker waren. Eine weit geschnittene, weiße Bluse unterstrich ihr elegantes Erscheinungsbild. Der Blickfang dieser Bluse war allerdings ein großzügiger, von Rüschen verzierter Ausschnitt, der eigentlich alles und gleichzeitig doch nichts zeigte. Obwohl er einen tiefen Einblick in Richtung Bauchnabel gewährte, waren ihre Brüste sittlich bedeckt.

Ihr Gesicht, welches durch ein dezentes Make up überhaupt nicht mehr blass wirkte, schien zu strahlen. Die Haare hatte sie zu einem dicken Zopf geflochten, der vorne über die linke Schulter herunterhing.

Wagner war verzückt. Auf so eine Verwandlung war er nicht gefasst gewesen.

„Sie haben meine Frage noch nicht beantwortet", sagte sie.

„Wie?", stotterte er. „Ihre Frage?"

„Ich wollte wissen, ob Sie schon lange auf mich warten."

„Nein", er blickte sie noch einmal von unten bis oben an. „Sie sind wunderschön."

Für einen Moment schien sie zu erröten.

„Wenn ich mit Ihnen essen gehe, dann muss ich mich auch dementsprechend kleiden." Sie reichte ihm die Hand. „Wir haben uns immer noch nicht vorgestellt. Ich bin Christiane Vandekamp."

Er nahm ihre Hand.

„Wagner, Günter Wagner."

Irgendwie wollte er immer noch nicht glauben, dass die Frau, die jetzt vor ihm stand, dieselbe war, die er noch vor zwei Stunden am Strand gesehen hatte.

„Vandekamp?", fragte er. „Das hört sich holländisch an."

„Mein Opa kam aus den Niederlanden."

„Ach so."
Wagner konnte seinen Blick nicht von ihrem strahlenden Gesicht, welches in seinen Augen Schönheit und Anmut präsentierte, abwenden. Ihm war auch nicht bewusst, dass er immer noch ihre Hand festhielt.
„Was meinen Sie", sagte sie lächelnd, „sollen wir die Nachnamen nicht einfach weglassen?"
Er nickte und ließ ihre Hand los.
„Warum nicht? Christiane hört sich auch viel besser an, als wenn ich immer Frau Vandekamp sagen müsste."
„Genau. Christiane und du. Das ist nicht so förmlich."
„Eigentlich besiegelt man das Du, indem man mit einem Gläschen Wein anstößt."
Sie zwinkerte ihm zu.
„Das können wir ja gleich nachholen, Günter. Soviel ich weiß, besiegelt man es nach dem Anstoßen auch noch mit einem Kuss."
Worauf ich mich ganz besonders freue, ging es ihm durch den Kopf.
„Hast du eigentlich schon ein Restaurant ausgesucht, Günter?"
Wagner antwortete mit einem kurzen Kopfschütteln.
„Nein, ich dachte, dass wir zwei uns zusammen nach einem Restaurant umsehen."
„Na dann, worauf warten wir noch?"
Sie nahm ihn keck an die Hand, so, wie eine Mutter ihr kleines Kind an die Hand nimmt. Er ließ sie bereitwillig gewähren.
Wenig später saßen sie sich an einem kleinen Tisch in einer gemütlichen Gaststätte gegenüber. Vor ihnen, auf dem Tisch, stand ein schlichter Lüster mit einer brennenden Kerze und verbreitete einen Hauch von Romantik.

Während sie die Speisekarten studierten, brachte der Ober den bestellten Wein, einen halbtrockenen Rotwein. Sie nahmen die Gläser zur Hand und prosteten sich zu.

„Auf dein Wohl, Günter."

„Auf dein Wohl, Christiane und auf einen wunderschönen Abend."

Nachdem beide nur kurz an ihrem Getränk genippt hatten, setzten sie die Gläser wieder ab.

Christiane schaute ihn mit einem tiefgründigen Lächeln an und schob dabei den Lüster mit der brennenden Kerze zur Seite.

„Und jetzt", hauchte sie, „möchte ich meinen Kuss."

Dabei beugte sie sich leicht über den Tisch nach vorne.

Günter Wagner tat es ihr nach und beugte sich ebenfalls zu ihr hinüber.

Während ihre Gesichter langsam einander näher kamen, blickten sie sich tief in die Augen. Kurz, bevor sich ihre Lippen berührten, schlossen beide ihre Lider. Es war kein flüchtiger Kuss, der nur lieblos das Du und Du besiegeln sollte, sondern eine sanfte Lippenberührung, die Zärtlichkeit und Zuneigung ausdrückte. Langsam, ganz langsam trennten sich ihre Lippen wieder voneinander, um aber sofort wieder zu einer zweiten, dieses Mal nur ganz kurzen Berührung zusammen zu treffen. Als die Lippen endgültig von einander abließen, hielten beide ihre Augen noch für einen Moment geschlossen. Dann sahen sie sich wieder an und setzten sich zurück.

„Es war ein sehr schöner Kuss", sagte er leise.

„Ja", flüsterte sie und griff nach seiner Hand. „Ich möchte diesen Kuss gerne wiederholen."

„Ich auch."

Wagner blickte sie verzückt an.

Wie ein Engel, ging es ihm durch den Kopf.

Ihre Finger strichen sanft über seine Hand.

„Ich möchte diesen Kuss möglichst bald wiederholen."

In ihren Augen lag etwas Herausforderndes.

Günter Wagner hatte das Gefühl, als würde er den Kuss immer noch auf seinen Lippen spüren.

„Du könntest nach dem Essen mit in meine Ferienwohnung kommen", schlug er vor. „Bei einem Gläschen Wein auf meinem kleinen Balkon könnten wir den Kuss wiederholen."

Dabei zwinkerte er ihr zu.

„Eigentlich möchte ich den Kuss jetzt schon wiederholen", sagte sie, „aber ich denke, dass es auf deinem Balkon bestimmt romantischer ist, als hier im Restaurant."

Dabei schaute sie sich in der Gaststätte um. Die anderen Gäste waren in Gesprächen vertieft und bemerkten nichts von der Romanze, die sich zwischen den beiden anbahnte.

Dann beugte sie sich leicht nach vorne und blickte ihm forschend in die Augen.

„Ich möchte dir eine Frage stellen", sagte sie, „und ich erwarte eine ehrliche Antwort."

Wagner zog neugierig seine Augenbrauen hoch.

„Auf diese Frage bin ich sehr gespannt."

„Wirst du mir eine ehrliche Antwort geben?"

„Ich werde mir die größte Mühe geben."

Sie holte tief Luft.

„Warum möchtest du ausgerechnet mich mit in deine Ferienwohnung nehmen?"

Er fühlte sich von dieser direkten Frage überrumpelt.

„Wie meinst du das, warum?"

„Wie ich das meine? Das kann ich dir leicht erklären. Willst du mich mitnehmen, weil du vielleicht irgendetwas für mich empfindest? Ich meine damit so eine Art Zuneigung. Oder willst du mich mitnehmen, weil du einfach mal wieder einen schnellen Fick brauchst?"

Wagners Mund öffnete sich, so, als wollte er etwas sagen. Es kam aber kein Wort über seine Lippen. Die direkte Art seiner Begleitung machte ihn für einen Moment sprachlos. Er hatte in seinem Leben schon viele Leute kennen gelernt, aber dass eine Frau, die ihn gerade einmal ein paar Minuten kannte, ihm so eine Frage stellte, das war ihm noch nie passiert. Was war das für eine Frau, die da vor ihm saß?

„Also, was ist jetzt?", hakte sie nach. „Ich möchte eine ehrliche Antwort."

Er lehnte sich zurück und kratzte sich dabei unsicher am Kopf.

Als er immer noch nichts sagte, meinte sie:

„Was ist los? Bin ich dir etwa zu direkt?"

Ein kurzes Lächeln huschte über seine Lippen.

„Sagen wir es so. Deine Frage hat mich etwas überrascht."

„Bekomme ich trotzdem eine Antwort?"

Er nickte.

„Okay, du sollst deine ehrliche Antwort bekommen."

Für einen Augenblick war er sich nicht sicher, ob er wirklich ehrlich antworten sollte. Dann aber war ihn klar, dass der blonde Engel, der ihm gegenüber saß, eine ehrliche Antwort verdient hatte.

„Also, Christiane, wenn ich ganz ehrlich bin, dann hab ich dich bei unserer ersten Begegnung im Kurpark falsch eingeschätzt. Für mich warst du eine geschwätzige, junge

Frau, die mir das Gefühl gab, dass ich sie sofort in mein Bett bekommen könnte. Ja, ich dachte tatsächlich zunächst an einen, wie du es ausdrückst, schnellen Fick. Während meiner Abwesenheit auf Helgoland hatte ich dich immer wieder vor mir gesehen und musste feststellen, dass da irgendetwas ist, was mich an dir fasziniert. Ich wollte dich unbedingt wiedersehen und wollte dich näher kennen lernen. Als ich dich vorhin im Strandkorb wiedersah, verspürte ich Freude, verstehst du, ich freute mich, dass wir zwei uns wiedergefunden hatten. Nein, das hat nichts mehr mit einem schnellen Fick zu tun. Gerade, als wir uns küssten, habe ich deutlich gemerkt, dass ich etwas für dich empfinde, etwas, das ich aber noch nicht so richtig einordnen kann. Es ist eine Zuneigung, wie ich sie schon lange nicht mehr einem anderen Menschen gegenüber empfunden habe."

Er blickte sich kurz nach den anderen Gästen im Restaurant um. Dann redete er leise weiter:

„Ja, ich würde gerne mit dir schlafen, aber bitte keinen schnellen Fick."

Sie lächelte.

„So eine ehrliche Antwort hätte ich nicht erwartet, Günter. Diese Antwort macht mich, nun, wie soll ich es ausdrücken, die Antwort macht mich glücklich. Ich kann`s dir nicht genau erklären, aber gerade beim Kuss, es hat gekribbelt wie schon lange nicht mehr. Schockt es dich, wenn ich dir als Frau sage, dass dieser Kuss in mir den Wunsch ausgelöst hat, in deine Arme zu liegen und mich dir einfach hinzugeben?"

„Warum sollte es mich schocken? Der Kuss löste bei mir das Gleiche aus."

Ihr Gespräch wurde unterbrochen, als der Kellner an den Tisch trat.

„Haben die Herrschaften schon gewählt?"

Wagner blickte seine weibliche Begleitung fragend an.

„Eigentlich hab ich überhaupt keinen Hunger", sagte er. „Wie sieht es bei dir aus?"

Auch ihr war der Wunsch nach einer ausgiebigen Mahlzeit vergangen. Das einzige Verlangen, welches sie momentan verspürte, war der Wunsch, endlich mit Günter alleine zu sein.

„Nein, ich hab´ ebenfalls keinen Hunger."

Wagner schaute den Kellner an.

„Würden Sie uns bitte die Rechnung bringen?"

„Selbstverständlich."

Mit diesen Worten nahm der Kellner die Speisekarten vom Tisch und entfernte sich wieder.

Christiane ergriff Günters Hand.

„Du kannst es auch nicht erwarten, oder?"

Er lächelte.

„Was denkst du eigentlich von mir?"

Mit einer kurzen Bewegung warf er seinen Kopf in den Nacken, so, als sei er beleidigt. Dabei grinste er, wie ein Honigkuchenpferd.

„Ich wollte dich nur zu einem Dinner zu zweit einladen. Bei mir im Tiefkühlfach liegt ein Vorrat von Pizzen. Im Backofen ist so eine Pizza ruck zuck fertig. Dazu gibt es ein Gläschen Wein. Genau daran habe ich gedacht und an nichts anderes."

„Aber Günter, genau das meinte ich doch auch. Ich kann 's kaum erwarten, mit dir ein Gläschen Wein zu trinken und den Kuss noch mal zu wiederholen."

Der Kellner brachte die Rechnung und wenige Augenblicke später verließen sie das Restaurant.

Hand in Hand schlenderten sie die Straße entlang. Wagner fühlte sich gut. Trotzdem war er irgendwie verwirrt.

Hoffentlich ist das kein Traum, aus dem ich gleich aufwache. Er blickte kurz zur Seite, zu der hübschen Blondine, die seine Hand hielt und lächelnd neben ihm her schritt. *Junge, sie geht mit dir nach Hause, will mit dir ins Bett steigen. Ich muss träumen.*

Er spürte, wie ihr Händedruck sich kurz verstärkte.

„Sei ehrlich, Günter, hast du mich, als wir uns im Kurpark das erste Mal gesehen hatten, wirklich für eine geschwätzige Frau gehalten?"

Er grinste.

„Und ob. Du hast geredet, wie ein Wasserfall."

Sie zuckte mit den Schultern.

„Na ja, kann schon sein. Als ich dich da so habe sitzen gesehen, fand ich dich irgendwie sympathisch. Ich wollte dich unbedingt kennen lernen. Du glaubst gar nicht, wie nervös ich war, als ich dich angesprochen habe und wenn ich nervös bin, dann rede ich manchmal zu viel."

„Ich weiß ja jetzt, dass du nicht immer so viel erzählst."

Als sie an einem tiefliegenden Hauseingang vorbeikamen, zog sie ihn ohne Ankündigung dort hinein.

Eine kurzer Blick in die Augen, eine langsame Annäherung der Lippen und dann folgte ein leidenschaftlicher Kuss, ein Kuss, der sie alles um sich herum vergessen ließ. Sie gaben sich ihrem Verlangen hin, gaben ihren Gefühlen freien Lauf. Ihre Körper pressten sich voller Sehnsucht gegeneinander und ihre gierigen Zungen umschlängelten sich wild und unbändig. Sie dachten nicht mehr, sie fühlten nur noch und die Umwelt war für sie nicht mehr vorhanden.

Die laute Stimme eines kleinen Kindes: „Mama, was machen die beiden da?", riss sie aus ihrer lodernden Gefühlswelt heraus und brachte sie in die Realität zurück.

„Die beiden küssen sich", erklärte die Mutter, die mit ihrem Kind an der Hand an der Tür vorbeischritt. „Da schaut man nicht hin."

Weder Günter noch Christiane gönnten der Mutter mit dem Kind einen Blick. Sie ließen voneinander ab und schauten sich tief in die Augen.

„In meiner Ferienwohnung haben wir mehr Ruhe." Seine Stimme klang aufgeregt, irgendwie abgehetzt. „Es ist nicht mehr weit."

Hand in Hand gingen sie weiter.

„Was machst du eigentlich beruflich, Christiane?"

„Ich arbeite bei der Stadtverwaltung."

„Stadtverwaltung? In welcher Stadt?"

„Duisburg. Und in welcher Stadt wohnst du?"

„In Hamburg."

„Dann sind wir ja beide Großstädter."

„Ja. Großstädter, die auf einer kleinen Insel Ruhe gesucht und etwas viel Schöneres gefunden haben."

Sie lachte.

„Und was macht du beruflich, Günter?"

Er zögerte einen Moment.

„Ich bin bei der Polizei."

„Bei der Polizei." Sie spitze für einen Moment ihre Lippen. „Hoffentlich bist du nicht bei der Sitte. Denn dann wirst du mich jetzt wegen wildem Herumknutschen in der Öffentlichkeit verhaften."

Wagner schmunzelte.

„Auch wenn ich es mir sehr angenehm vorstelle, dich in Gewahrsam zu nehmen, ich bin nicht bei der Sitte. Doch ich bin nach Juist gekommen, um hier auf der Insel den stressigen Berufsalltag für einige Zeit zu vergessen. Deshalb sei mir bitte nicht böse, wenn ich im Urlaub nicht gerne darüber plaudere."

Christiane ging nicht weiter darauf ein und er war froh darüber. Sie musste ja nicht unbedingt wissen, dass er sich mit Tötungsdelikte beschäftigt.

Bald bogen die beiden in die Dünenstraße ein, die Straße, in der das Haus lag, in dem Wagner wohnte.

Schließlich standen die beiden vor dem Hauseingang.

Er öffnete die Tür.

„Bitte einzutreten", sagte er und deutete in den Flur.

Wortlos, mit einem Schmunzeln auf den Lippen, schritt sie an ihm vorbei.

Aus dem Augenwinkel erkannte Wagner eine Person, die von der anderen Straßenseite aus zu ihnen hinüberblickte. Es war ein hochgewachsener, breitschultriger Mann.

Harry Kleever stand in seiner Haustür und als Wagner zu ihm hinüberschaute, nickte er ihm freundlich zu und hob seine Hand. Wagner grüßte mit einer kurzen Handbewegung zurück und verschwand mit seiner weiblichen Begleitung im Haus.

Kleevers Blick klebte noch für einen Moment auf die geschlossene Haustür.

Der hat sich aber eine hübsche Freundin angelacht, dachte Kleever. *Sie wirkt so zart, so wunderbar wehrlos.*

Er spürte, wie plötzlich dieses unbändige Verlangen wieder in ihm empor kroch. Harry Kleever war nicht dumm. Er hatte sich fest vorgenommen, seinem Verlangen möglichst bald wieder nachzugeben. Jedoch würde er sich nicht mehr auf Juist an einer Frau vergreifen. Er würde sein nächstes Opfer auf dem Festland suchen.

Dennoch hatte ihn der Anblick der blonden Frau, die gerade zusammen mit Petersons Feriengast im Haus gegenüber verschwunden war, sehr nervös gemacht.

Sie ist so schlank, wirkt so wehrlos, das ideale Opfer. Er spürte, wie die Sehnsucht danach, genau diese Frau zu töten, immer größer wurde. *Warum sollte ich es nicht noch mal auf der Insel tun, nur noch ein einziges Mal? Sie werden glauben, dass sich ein irrer Feriengast auf der Insel herumtreibt. Auf mich wird niemand kommen. Außerdem weiß ich, wie man alle Spuren verwischt.*

Sein Blick war immer noch auf die Tür des gegenüberliegenden Hauses gerichtet. Bei dem Gedanken an die blonde Frau, die in dem Haus verschwunden war, spürte er eine unglaubliche Erregung. Kleevers kranke Hirnwindungen ergriffen Besitz von ihm. *Ja, ich werde es noch einmal tun. Ich werde herausfinden, wo sie auf Juist untergekommen ist. Sie ist das ideale Opfer. Bei ihr werde ich es noch langsamer tun, werd' ihr Sterben dahinziehen und jede Sekunde genießen, jede einzelne Sekunde, bis sie ihr Leben in meinen Händen aushaucht.*

*   *   *

„Wer war denn der Mann, den du gerade gegrüßt hast?", wollte Christiane wissen, während sie die Treppen hinauf stiegen.

„Das war Harry Kleever, wohnt gegenüber."

„Woher kennst du ihn?"

„Herr Peterson, mein Vermieter, hatte ihn mir kurz vorgestellt."

„Sieht aber irgendwie komisch aus, dieser Herr Kleever."
Wagner, der gerade dabei, war, die Tür seiner Wohnung
aufzuschließen, blickte sie stirnrunzelnd an.
„Komisch? Wie meinst du das?"
„Er hat so einen großen Kopf."
Wagner schmunzelte.
„Mag sein, aber das hat nichts zu sagen. Er scheint nett
zu sein."
Kaum hatten die beiden die Tür von Wagners Ferienwohnung hinter sich geschlossen, fielen sie sich in die
Arme. Erneut kam es zu einem innigen Kuss. Sie umschlangen sich wie zwei wilde Tiere, unbändig und gierig;
sie gaben dem Verlangen, sich endlich hinzugeben, wil-
lenlos nach.
Sie griff zu den Knöpfen seines Hemdes und öffnete sie.
Auch er öffnete mit zitternden Fingen die wenigen Knöpfe
ihrer Bluse. Während er noch mit dem letzten Knopf
kämpfte, schob sie bereits das Hemd über seine Schultern
nach hinten. Wenig später glitt auch ihre Bluse hinunter
auf den Boden. Während ihre Zungen sich gierig umschlängelten, glitten ihre Hände über die nackte Haut, so,
als wollten sie den entblößten Oberkörper des anderen
überall gleichzeitig streicheln. Als Christianes Hände zu
seinem Gürtel gingen, um diesen zu öffnen, griff auch er
zu der prächtigen Gürtelschnalle ihrer Hose. Mit einem
kurzen Handgriff war die Schnalle gelöst. Er öffnete ihren
Hosenknopf, dann den Reißverschluss. Ihre Hose rutschte
fast von alleine nach unten. Seine Hand glitt nach hinten
in ihren Slip. Er spürte die nackte Haut ihres strammen
Pos. Für einen Moment ließen ihre Lippen von einander
ab. Auch sie öffnete seine Hose und schob sie runter. Als
sie einen kurzen Blick nach unten warf, fiel ihr sofort die

Beule, die sich in seinen Boxershorts abmalte, ins Auge. Sie presste ihren Körper hemmungslos dagegen und ließ ihn ihr wildes Verlangen durch kreisende Bewegungen des Unterleibes spüren. Dabei griff sie mit beiden Händen seinen Kopf und zog mit gierig geöffnetem Mund seine Lippen wieder an die ihren. Das wilde Spiel ihrer Zungen brachte sie in eine vorher nicht gekannte Ekstase. Bald lagen sie völlig entkleidet auf dem Bett, gefangen vom unbändigen Rausch ihrer Gefühle, der Welt entrückt.

Sie vergaßen ihre Umwelt; vergaßen die Zeit und irgendwann ließen sie erschöpft voneinander ab. Ihre Körper lagen tief atmend nebeneinander, schlapp, entkräftet und matt.

„Das war herrlich", hauchte sie nach einer Weile des tiefen Schweigens.

„Ja." Seine Stimme wirkte kraftlos. „Das war herrlich."

Sie schob sich an ihn heran, legte ihren Kopf auf seine Schulter und strich mit der Hand über seine Brust. Deutlich spürte sie, wie sein Brustkorb sich bei jedem Atemzug hob und senkte.

„Du pustest, als hättest du gerade einen Marathonlauf hinter dich gebracht", kommentierte sie seine tiefen Atemzüge.

„So, wie ich mich fühle, müssen es wohl zwei Marathonläufe gewesen sein, Marathonläufe, die ich jederzeit wiederholen möchte."

Sie schob sich noch näher an ihn heran.

„Ja. Ich möchte es auch wiederholen."

Er strich mit seiner Hand über ihre Haare.

„Christiane, du bist wunderbar." Er atmete noch einmal tief durch. „Es war unglaublich schön. Ich kann mich nicht daran erinnern, dass ich jemals vorher so etwas Intensives erlebt habe. So schön war nicht einmal mit..."

Wagner brach den Satz ab.

Sie hob ihren Kopf und blickte ihn fragend an.

„Mit wem war es nicht einmal so schön?"

„Mit Gabi."

„Wer ist Gabi?"

„Gabi war meine Frau."

„Deine Frau?"

„Ja."

„Bist du etwa Witwer?"

„Nein. Bin geschieden."

Sie legte den Kopf wieder auf seine Schulter.

„Warum habt ihr euch scheiden lassen?"

„Sie wollte nicht mehr mit mir zusammen sein, weil ich so viel gearbeitet hab'. Es gab Zeiten, in denen ich jede Woche zwanzig Überstunden gemacht habe. Als ich dann nach Hause gekommen war, bin ich nur noch müde ins Bett gefallen. Gabi war den ganzen Tag lang allein zu Hause und wenn ich dann endlich auch da war, konnte sie mit mir nichts mehr anfangen. Eines Tages erklärte sie mir, dass sie sich von mir scheiden lassen wollte."

„Hatte sie einen anderen?"

„Nein. Sie konnte nur diese Art des Zusammenseins nicht mehr ertragen."

„Soll ich dir mal ganz ehrlich etwas sagen, Günter?"

„Was?"

„An Gabis Stelle hätte ich mich wahrscheinlich auch scheiden lassen. Keine Frau erträgt Einsamkeit in der Ehe."

Er zog seine Augenbrauen hoch.

„Du redest so, als hättest du Erfahrung mit der Ehe. Warst du auch schon verheiratet?"

Christiane setzte sich auf, zog ihre Beine an und legte die Hände über die Knie.

„Wenn man es ganz genau nimmt, Günter, dann bin ich noch verheiratet."

„Was?", kam es langgezogen aus seinem Mund. „Du bist verheiratet?"

Auch er setzte sich hin.

„Es ist nicht so, wie du denkst, Günter. Mein Mann und ich leben in Scheidung. Der Scheidungstermin wurde immer wieder verschoben, weil er aus beruflichen Gründen keine Zeit hatte. Er ist Geschäftsmann, immer viel unterwegs. Mein Mann ist fast zwanzig Jahre älter als ich, und irgendwann wurde mir bewusst, dass das nicht zusammen passt. Als ich ihn damals kennen lernte, war ich noch jung, war naiv. Er war der wohlhabende Geschäftsmann, fuhr eine Nobelkarosse, besaß eine beeindruckende Villa und hatte sogar eine eigene Jacht. Sein beruflicher Erfolg faszinierte mich und der Altersunterschied störte mich nicht im Geringsten. Mit den Jahren aber lebten wir uns auseinander. Während er mit seinen Freunden zum Golfen oder auf die Jagd ging, veranstalteten die Frauen seiner Freunde Partys, denen ich natürlich auch immer beiwohnte. Ich spürte immer mehr, dass ich in die extravagante Welt dieser Frauen nicht hineinpasste. Es war einfach nicht mein Ding. So viel Arroganz auf einen Haufen, es ging bei ihnen immer nur um den neusten Schmuck oder die teuren Sportwagen, die ihre Männer ihnen schenkten. Das alles war nicht meine Welt." Sie blickte ihn an und lächelte. „Du bist meine Welt und das, was gerade zwischen uns beiden passiert ist, war auch für mich das Schönste, was ich in der letzten Zeit erlebt habe.

Ich kann mich nicht daran erinnern, schon mal so hingabevoll geliebt worden zu sein."

„Vermisst du denn dieses wohlhabende Leben nicht?"

„Nein. Auch wenn ich in meiner Ehe fast alles haben konnte, wonach mir der Sinn stand. Es war nicht das Leben, was ich mir eigentlich immer erträumt hatte. Wie soll ich es dir erklären? Nach der Heirat ließ ich mich einfach vom Schicksal dahintreiben, hatte nicht mehr Gewalt über mein Leben, wie ein Stein, der einen Abhang hinunterrollt. Ich wollte raus aus diesem Leben, wollte wieder selbstständiger und unabhängiger werden. Hinzu kam, dass mein Mann immer egozentrischer wurde. Er dachte nur an sich und sein Vergnügen. Selbst die Unterhaltungen mit ihm fielen einseitig aus. Er erzählte, ich schwieg. Ich musste mir die Geschichten von seinen Jagdausflügen, von seinen Golferfolgen und seinen neuen Vertragsabschlüssen anhören und wenn ich ihm mal etwas erzählen wollte, winkte er nur ab und meinte, dass er momentan keine Zeit dafür hat, sich solche Nichtigkeiten anzuhören. Als ich ihm mitteilte, dass ich die Scheidung will, meinte er nur, dass er diesen Schritt schon viel früher von mir erwartet hätte. Er willigte sofort ein und meinte aber sogleich, dass er erst mal sehen muss, wann er den Scheidungstermin irgendwann dazwischen schieben könnte. Bis das soweit sei, würde er selbstverständlich weiterhin für mein finanzielles Auskommen sorgen. Obwohl er sich mit einem Ehevertrag abgesichert hatte, überließ er mir weiterhin seine Bank- und Kreditkarten."

„Dann kannst du ja weiterhin ein Leben im Überfluss genießen."

„Ich könnte schon, aber ich tue es nicht. Ich leb´ von dem, was ich selbst verdiene. Mir soll niemand etwas nachsagen."

Wagner ließ sich wieder nach hinten auf das Bett fallen.

„Da bin ich aber erleichtert, denn ich dachte für einen Moment, du wärst so eine Ehefrau, die allein in den Urlaub fährt, um sich mal zwischendurch mit anderen Männern auszutoben."

„An Sex hatte ich überhaupt nicht gedacht, als ich nach Juist kam. Es ging mir nur um Ruhe und Erholung. Dennoch fühlte ich mich, so allein, wie ich war, irgendwie einsam. Plötzlich sah ich einen sympathischen Mann auf einer Bank im Kurpark sitzen und dachte mir, dass ich mich mit ihm etwas unterhalten könnte. Ich dachte nicht im Entferntesten daran, dass es zwischen uns beiden so funken könnte."

„Du hast also ein Leben im Reichtum und Saus und Braus einfach so hinter dich gelassen? Ich kenne keine andere Frau, die freiwillig so etwas aufgeben würde."

Ihr Gesichtsausdruck wurde plötzlich ernst und nachdenklich.

„Woran denkst du?", wollte er wissen.

Ein kurzes Zucken der Mundwinkel, dann sah sie ihn an.

„Ich hab´ dir nicht alles erzählt."

Schweigen.

Fragende Blicke.

„Willst du `s nicht erzählen?"

Sie atmete tief durch.

„Ich sagte dir gerade, dass ich jung und naiv war, als ich meinen Mann kennen lernte. Das stimmt nicht ganz, denn ich war berechnend und abgebrüht, wollte diesen Mann haben, denn er versprach ein wohlhabendes Leben. Als junge Frau war es leicht für mich, ihn zu umgarnen. Er fiel auf mich rein und so erreichte ich mein Ziel. Denk jetzt bitte nicht, ich sei gefühlskalt. Die Ehe mit ihm verlief anfangs sogar sehr harmonisch, in jeder Beziehung. Ich mochte ihn wirklich. Ja, ich war auch wirklich verliebt in ihn. Irgendwann aber wurde ich wach und merkte, dass ich den falschen Weg eingeschlagen hatte." Sie blickte ihm in die Augen. „Du bist der erste Mensch, dem ich die Wahrheit über meine Ehe anvertraue. Wenn diese Geschichte deine Einstellung zu mir jetzt geändert hat und du nichts mehr von mir hältst, Pech für mich. Du meintest gerade, es sei ein Leben im Reichtum und in Saus und Braus. Ich würde es eher ein Leben aus Sein und Schein nennen. Wie ich dir schon sagte, das ist nicht meine Welt und ich sehe es jetzt mit ganz anderen Augen." Sie schaute ihn immer noch fragend an.

Wagner zuckte mit den Schultern.

„Warum sollte sich meine Einstellung zu dir ändern? Wegen einer Jungendsünde, die du heute ganz offensichtlich bereust?" Er verschränkte die Arme hinter dem Kopf und blickte zur Decke. „Wir leben nicht in der Vergangenheit, sondern jetzt und hier."

Sie wirkte erleichtert, schloss für einen Moment die Augen und atmete tief durch. *War doch gar nicht so schlimm.*

Ein Lächeln husche über ihre Lippen. Ihre Augen glitten über seinen nackten Körper. *Sehr muskulös, sieht man ihm gar nicht an, wenn er angezogen ist, tolle Bauchmuskulatur, treibt bestimmt viel Sport.*

Dann fiel ihr Blick auf seinen erschlafften Penis.

„Da sieht aber jemand ganz schön geschafft aus, aber wer so fleißig war, hat auch eine Pause verdient."

Wagner schwieg und ließ sie gewähren, als ihre Hand streichelnd über seinen Körper glitt. Er genoss es, als sie damit begann, seine Brust mit zärtlichen Küssen zu bedecken. Er schloss die Augen und spürte, wie sie langsam nach unten glitt und ihr Mund zarte Küsse auf seinen Bauch hauchte. Als ihre Lippen ihn schließlich dort verwöhnten, wo er es am liebsten hatte, stöhnte er lustvoll auf und gab sich einfach seinen Gefühlen hin.

„Da ist aber jemand wieder sehr schnell wach geworden", hörte er ihre Stimme, wie aus weiter Ferne.

Ihr heißer Körper glitt wieder nach oben.

„Warum machst du nicht weiter?"

Sie blickte ihm in die Augen und lächelte.

„Weil ich dich noch einmal so richtig spüren möchte."

Wenig später drang er erneut in ihr ein und ihr wildes und hemmungsloses Liebesspiel dauerte noch länger, als beim ersten Mal.

Irgendwann lagen sie wieder erschöpft nebeneinander, noch abgehetzter und entkräfteter, als beim ersten Mal.

„Schade", sagte er nach einer Weile, „das ich kein Raucher bin. Als Raucher würde ich mir jetzt eine Zigarette anzünden. Oder noch besser, eine richtig dicke Zigarre."

Ein kurzes Lächeln huschte über ihr Gesicht.

„Ich bin froh, dass du kein Raucher bist, denn Rauchen im Bett find ich ätzend."

Dann herrschte wieder Schweigen.

Als Wagner zu ihr hinüberschaute und ihren Körper zum ersten Mal ganz in Ruhe betrachtete, kam er zu dem Schluss, dass sie gar nicht so dürr war, wie er gedacht hatte. Ganz im Gegenteil, Christiane hatte in seinen Augen eine tolle Figur, sportlich schlank und die kleinen Brüste waren einfach wunderschön.

Ihr Blick war zur Decke gerichtet. Sie lag reglos da und wirkte mit einem Mal sehr ernst.

„Warum bist du plötzlich so ruhig?", wollte er wissen.

„Ich frag´ mich gerade, wie es mit uns weitergehen soll."

„Wie meinst du das?"

„Was passiert, wenn unser Urlaub vorbei ist? Du fährst wieder nach Hamburg und ich nach Duisburg. Was wird dann aus unserer Beziehung?"

Das ist wieder typisch Frau", ging es Wagner durch den Kopf. *Kaum ist es mal so richtig schön und unbeschwert, da wälzen sie schon wieder Probleme.* Dennoch musste er sich eingestehen, dass es mit Christiane auch für ihn mehr war, als nur unglaublich guter Sex. Er fühlte sich zu ihr hingezogen. War das vielleicht Liebe?

„Ich möchte nicht, dass es nach dem Urlaub einfach zu Ende ist", holte sie ihn aus seinen Gedanken.

Er holte tief Luft.

„Es ist wunderschön, einfach mit dir hier zu liegen und unser Beisammensein zu genießen. Über das, was kommt, sollten wir uns vielleicht später Gedanken machen."

„Später?" In ihrer Stimme klang Enttäuschung. „Bitte, sag´ mir ganz ehrlich, was du für mich empfindest."

Er rieb sich nachdenklich über seine dünne Nase.

„Ich weiß nicht genau, wie ich ´s dir erklären soll." Er wirkte für einen Moment unsicher. „Ich verspüre dir gegenüber eine unglaubliche Zuneigung und tief im Inneren sagt mir eine Stimme, dass ich dich nie mehr gehen lassen soll."

Sie schaute ihn an; fragende Blicke.

„Liebst du mich?"

Warum müssen Frauen immer so direkte Fragen stellen? Ist das Liebe? Ich weiß es doch selbst nicht.

„Und was empfindest du für mich?", stellte er die Gegenfrage.

Sie atmete tief durch. Dann kroch sie zu ihm hinüber und hauchte einen zarten Kuss auf seine Wange.

„Ich glaub', ich hab mich in dich verliebt."

„Du glaubst? Was heißt das, du glaubst?"

„Nein, ich glaube es nicht. Ich weiß es. Ich liebe dich."

Sie legte ihren Kopf auf seine Brust. Ihre Arme umschlangen ihn; klammerten sich an ihm fest.

„Ich möchte dich nicht wieder verlieren, Günter, nie mehr."

Er nahm sie ebenfalls in den Arm und hielt sie fest.

„Liebst du mich auch?", fragte sie erneut.

„Ja." Seine Stimme klang zurückhaltend.

Christiane schloss die Augen und atmete erneut tief durch. Obwohl es nicht mehr möglich war, verspürte sie das Bedürfnis, sich noch dichter an ihn heran zu pressen.

„Ich bin so glücklich", hauchte sie, „so unendlich glücklich. Dieser Moment darf nie zu Ende geh'n."

Das Glücksgefühl, welches sie in diesem Augenblick verspürte, ließ sie erschaudern, ließ ihr eine Gänsehaut über den Rücken laufen. Sie fühlte sich so frei und unbeschwert, wie noch nie, irgendwo auf einer Wolke aus Glücksseligkeit.

Er spürte Tränen, die aus ihren Augen auf seine Brust tropften.

„Was ist los? Warum weinst du?"

„Ich weine vor Glück. Ich war noch niemals so glücklich. Bitte, Günter, sag mir, dass du mich nie mehr alleine lässt."

„Ich würde 's dir gerne sagen, Christiane, doch du weißt genau wie ich, dass es nicht einfach so möglich ist. Könntest du deine Zelte in Duisburg einfach abrechen? Könntest du deine Wohnung aufgeben und deinen Job hinschmeißen, um zu mir nach Hamburg zu ziehen?"

„Nein."

„Da auch ich mich nicht einfach nach Duisburg absetzen kann, müssen wir eine Lösung für unser Problem suchen."

„Ja, das müssen wir."

Er streichelte mit der Hand über ihre Haare.

„Außerdem", meinte er, „kennen wir uns jetzt gerade mal ein paar Stunden. Ist es nicht zu früh, sich jetzt schon ernste Gedanken über die Zukunft zu machen?"

„Was willst du damit sagen?"

„Versteh´ mich nicht falsch, aber um über eine gemeinsame Zukunft zu reden, sollte man sich erst mal besser kennen lernen. Es ist wunderschön, mit dir zusammen zu sein und ich fühle mich auf wundersame Weise zu dir hingezogen. Doch können wir beide uns sicher sein, dass es nicht nur eine herrliche Urlaubsromanze ist, die einem normalen Alltagsleben nicht standhalten könnte?"

„Aber du hast gesagt, du liebst mich."

„Ja. Ich lieb dich, aber als ich mit meiner geschiedenen Frau zusammen kam, hab ich sie auch geliebt. Diese Liebe hatte allerdings nicht lange Bestand."

„Willst du damit sagen, dass unsere Liebe keine Chance hat?"

„Nein, natürlich nicht, aber du weißt so gut wie ich, dass das Leben nicht nur aus Urlaub besteht."

Christiane setzte sich auf und blickte ihn an. Eine dicke Träne rollte ihre Wange hinab.

„Gehörst du auch zu den Männern, die sich im Urlaub eine leichtgläubige Frau aussuchen, ihr erzählen, dass sie sich unsterblich in sie verliebt haben, damit sie die Frauen ins Bett bekommen und wenn es dann ernst wird, den Schwanz einziehen?"

„Denkst du so etwas von mir?"

Sie schüttelte den Kopf.

„Nein, eigentlich nicht. Bitte entschuldige, aber gerade war es so schön mit dir, ich war so unendlich glücklich, ich schwebte auf Wolke sieben und du hast mich dort wieder herunter geholt."

„Erstens hast du mit der Fragerei nach dem Danach angefangen und zweitens gibt es keinen Grund, nicht mehr auf Wolke sieben zu schweben. Wir werden unsere Tage auf Juist weiterhin genießen. Ich bin mir sicher, dass es wunderschöne Tage sein werden."

„Du hast Recht. Nach dem Urlaub bleiben wir in Kontakt, können miteinander telefonieren und uns an den freien Wochenenden besuchen. Irgendwann wird unsere Zeit schon kommen."

Wagner setzte sich auf.

„Weißt du", fragte er sie, „was ich jetzt hab?"

„Nein. Was hast Du?"

„Hunger."

Sie zog ihre Augenbrauen nach oben.

„Möchtest du wieder ins Restaurant gehen, Günter?"

„Eigentlich hab´ ich keine Lust, mich jetzt noch einmal anzuziehen. Ich möchte hier ungestört mit dir zusammen sein und wenn du nichts dagegen hast, die ganze Nacht."

„Und was möchtest du dann essen?"

„Ich habe dir doch von den Pizzen erzählt, die in meinem Gefrierfach schlummern. Was hältst du davon, wenn ich die in den Backofen schiebe? Dazu hätte ich noch eine Flasche Rotwein. Den Wein bekam ich von meinem Vermieter Herrn Peterson zur Begrüßung geschenkt."

Christiane nickte.

„Eine gute Idee, Günter. Ich würde auch gerne die Nacht bei dir verbringen, aber da ich meine Zahnbürste und alles was man sonst noch braucht, nicht immer mit mir herumschleppe,..."

Mehr konnte sie nicht sagen, denn Wagner legte ihr die Hand auf den Mund.

„Bitte, bleib heute Nacht bei mir, Christiane. Alles, was man für die nötige Körperhygiene braucht, hab ich da, und die Zähne kannst du dir morgen putzen, wenn du wieder zu Hause bist. Eine Frau, die von der Natur mit so viel Schönheit gesegnet wurde, wie du, braucht sich morgens nicht zu stylen."

„Du alter Schleimer."

„Also, was ist jetzt? Bleibst du?"

„Ja, aber nur, wenn du mir gleich eine Pizza servierst. Ich habe nämlich auch Hunger."

Sie legte sich wieder auf den Rücken, streckte die Arme aus und rekelte sich genussvoll im Bett.

Wagner blickte sie lächelnd an. Dann beugte er sich über sie und gab ihr einen Kuss."

„Christiane, du bist wunderschön."

Auch in ihrem Gesicht stand ein breites Lächeln.

„Anstatt hier wieder herum zu schleimen, solltest du lieber die Pizza in den Ofen schieben."

Wagner stand auf.

„So eine Pizza ist schnell fertig. Wenn es soweit ist, dann lade ich dich zu einem Nacktdinner auf dem Balkon ein."

„Nackt? Du bist ja verrückt. Was sollen die Leute von uns denken?"

„Da mach dir mal keine Sorgen. Der Balkon dieser Ferienwohnung ist von außen nicht einsehbar."

„Du bist verrückt, Günter. Dennoch nehm´ ich deine Einladung zum Nacktdinner an, denn es ist mein aller erstes Nacktdinner. Ich freu´ mich drauf."

Während er in der kleinen Küche verschwand, lag sie auf dem Bett und blickte zum Fenster. Draußen war es mittlerweile schon dunkel geworden.

„So ganz allein hätte ich mich in der Dunkelheit sowieso nicht nach Hause getraut", sagte sie. „Ich habe viel zu viel Angst vor der Frauen mordenden Bestie, die hier auf der Insel ihr Unwesen treibt."

„Ich hätte dich auch nicht gehen lassen", erklang seine Stimme aus der Küche.

Das erinnerte Wagner daran, dass er morgen Vormittag unbedingt mit dem Inselpolizisten reden wollte.

Eine halbe Stunde später saßen die beiden nackt an einem kleinen Tisch auf dem Balkon und genossen die Pizza und den Rotwein. Als einzige Lichtquelle diente eine Kerze, welche der Szenerie eine romantische Atmosphäre verlieh.

„Weißt du auch", hauchte sie und griff nach seiner Hand, „dass das der schönste Abend ist, an den ich mich erinnern kann?"

Er lächelte.

„Ja, Christiane, dank deiner Anwesenheit ist es ein wunderschöner Abend."

„Leider werde ich morgen früh nicht lange bei dir bleiben können, Günter. Ich habe eine Verabredung."

Sein Lächeln erstarb.

„Eine Verabredung? Mit wem?"

„Mit meiner ehemaligen Arbeitskollegin Niki. Sie ist, der Liebe wegen, schon vor Jahren von Duisburg nach Juist gezogen und arbeitet nun im hiesigen Rathaus. Wir haben uns für morgen verabredet, um mal wieder über alte Zeiten zu plaudern. Ich freue mich auf das Treffen mit Niki."

Sie blickte ihm in die Augen.

„Du bist mir doch deshalb nicht böse, oder?"

„Natürlich nicht."

„Wir haben ja noch einige Tage ganz für uns", gab sie zu verstehen, „und diese Tage werden wir zu zweit genießen."

Er nickte.

„Ja, und es werden bestimmt wunderschöne Tage."

Wagner dachte daran, dass ihm Christianes Verabredung eigentlich ganz recht war, denn so konnte er in aller Ruhe zur Juister Polizeiwache gehen, um sich beim Inselpolizist über die Morde zu informieren.

Als die Kerze vor ihnen schon fast heruntergebrannt war, mussten beide feststellen, dass die Luft sich mit fortschreitender Nacht immer mehr abkühlte.

„Langsam aber sicher wird mir kalt, Günter." Christiane verschränkte ihre Arme und zog die Schultern hoch. „Ich bekomme schon eine Gänsehaut."

„Dann schlag` ich vor, dass wir wieder reingehen, uns ins Bett legen und so lange Kuscheln, bis du wieder warm bist."

„Das ist ein sehr guter Vorschlag."

Christiane stand auf, leerte ihr Weinglas, blies die Kerze aus und begab sich in die Ferienwohnung. Er trank ebenfalls seinen letzten Schluck Wein und folgte ihr.

Ein halb abgebrannter Kerzenstummel, zwei leere Weingläser und zwei, mit Pizzakrümel übersäte Teller blieben zurück.

*   *   *

Harry Kleever saß in seiner Küche und blickte aus dem Fenster. Er trank heute Morgen schon die dritte Tasse Kaffee. Dabei ließ er die, auf der anderen Straßenseite liegende Haustür nicht aus den Augen.

Er war müde, denn er hatte sich die halbe Nacht damit um die Ohren geschlagen, die besagte Haustür zu beobachten.

Sein Plan, die junge Frau, die sich der Feriengast von gegenüber geangelt hatte, beim Nachhause gehen zu verfolgen, um ihre Unterkunft ausfindig zu machen, war nicht aufgegangen. Als die Frau um Mitternacht die Wohnung immer noch nicht verlassen hatte, stand für ihn fest, dass sie bei diesem Wagner übernachtete.

Kleever hatte einige Male darüber nachgedacht, ob er sich sein nächstes Opfer nicht doch besser auf dem Festland suchen sollte. Doch je öfter die junge Frau von gegenüber vor seinem geistigen Auge erschien, desto größer wurde das Verlangen danach, sich genau dieser Frau anzunehmen. *Sie wirkt so schlank, so herrlich schlank, gebrechlich und hilflos. Ja, ich will sie. Ich muss sie haben.*

Für einen Augenblick ging sein Blick auf die Fensterbank. Dort stand ein gerahmtes Foto, das Foto einer jungen Frau, die freudig in die Kamera lächelte. Die Frau auf dem Bild war Maria, die Maria, die Kleever so geliebt hatte, die ihm auf tragische Weise genommen wurde. *Ach, Maria.* Kleever atmete tief durch. Sein Kopf senkte sich langsam nach unten. Er starrte auf den Boden. *Warum hab´ ich wieder dieses Verlangen? War doch glücklich hier, war alles gut. Ich sollte es lassen, damit aufhören.* In seinen Gedanken sah er wieder die beiden Mordopfer vor sich. *Sie mussten sterben, wollten mir alles nehmen.* Der Blick ging wieder zur Tür des gegenüberliegenden Hauses. *Die Kleine hat mir nichts getan, sollte sie in Ruhe lassen.* Seine Gedankengänge rissen ihn geistig hin und her, irgendwo zwischen einer imaginären Vernunft und einem wahnsinnigen Verlangen. Erst im letzten Jahr hatte er den Roman des schottischen Schriftstellers Robert Louis Stevenson gelesen, Dr. Jekyll und Mr. Hyde. Er fühlte sich genauso, wie die Hauptfigur dieses Romans; war gefangen von einer grausamen Ambivalenz, die ihn einfach nicht losließ. Hatte er noch vor wenigen Sekunden daran gedacht, die junge Frau von Gegenüber in Ruhe zu lassen, so ergriff nun wieder die Mordgier Besitz von ihm. *Ich werd ´s tun, muss es tun, brauche es.*

Sein Blick ging zur Uhr. Es war kurz vor acht. Dann starrte er wieder auf die gegenüber liegende Haustür. *Hab Zeit, sehr viel Zeit. Ja, für dich, mein Mädchen, nehme ich mir alle Zeit der Welt.*

Dann geschah das, worauf er gewartet hatte. Die Tür öffnete sich. Zunächst trat Wagner heraus, und dann kam sie. Kleever verspürte bei ihrem Anblick ein aufregendes Kribbeln. Er sah, wie sich die beiden auf der anderen Straßenseite küssten. Dann schritt sie davon und Wagner verschwand wieder im Haus.

Noch bevor die junge Frau die nächste Straßenecke erreicht hatte, verließ Kleever mit einem Fahrrad sein Grundstück.

128

Er radelte gemächlich los und folgte der jungen Frau vor ihm in einigem Abstand. Kleever blieb immer wieder stehen und tat so, als prüfe er mit der Hand den Luftdruck im vorderen Fahrradreifen. Zu seiner Erleichterung drehte sie sich nicht ein einziges Mal um. Die Frau vor ihm durchschritt den ganzen Ort und nachdem sie in die Billstraße in Richtung Loog eingebogen war, ließ er den Abstand zu ihr noch größer werden. Er stieg von seinem Rad und schob es. Sollte sie überraschender Weise doch noch irgendwo abbiegen, konnte er sie mit dem Fahrrad schnell wieder einholen. Doch sie bog nirgendwo ab. In dem Moment, als sie das Örtchen Loog fast erreicht hatte, schwang er sich wieder auf sein Rad und fuhr näher an sie heran. Als sie in Loog schließlich das Haus betrat, in dem sie sich einquartiert hatte, grinste Kleever. Er kannte die Leute, denen das Haus gehörte sehr gut. Nach einem schweren Orkan im letzten Herbst war das Dach dieses Hauses zur Hälfte abgedeckt worden. Kleever hatte mitgeholfen, als das Dach neu gedeckt wurde.

Hier wohnst du also, mein Mädchen. Das passt ja ausgezeichnet.

Er machte kehrt und radelte zügig zurück.

Wieder zu Hause angekommen, griff er zum Telefon und rief den Besitzer der Unterkunft, in die sein auserwähltes Opfer verschwunden war, an.

„Moin Sören", sagte er, nachdem die Verbindung stand. „Hier ist Harry. Als ich vorhin bei dir vorbei geradelt bin, verschwand eine junge Frau in deinem Haus. Sie kam mir irgendwie bekannt vor, sieht genau so aus, wie eine frühere Freundin von mir, die ich gerne mal wiedersehen möchte. Ich bin mir aber nicht sicher, ob sie es wirklich ist. Kannst du mir sagen, wie sie heißt?"

„Die junge Dame heißt Christiane Vandekamp. Sie kommt aus Duisburg", erklärte der Mann am anderen Ende der Leitung.

„Dann ist es doch nicht meine frühere Freundin, sieht ihr aber verdammt ähnlich. Schade, ich hätte sie wirklich gerne wieder gesehen. Da kann man nichts machen. Ich danke dir, Sören."

Er verabschiedete sich und legte auf.

Du heißt also Christiane, mein Mädchen. Wieder sah er sie vor seinem geistigen Auge. *Eigentlich schade um dich, zartes Mädchen. Ich will es eigentlich nicht tun, Christiane.* In seinen Gedanken sah er, wie sich seine Hände um ihren Hals legten. *Ich muss es tun.* Während seine Augen irgendwo ins Leere starrten, huschte ein Lächeln über sein Gesicht, ein Lächeln, welches bösartiger nicht sein konnte.

*   *   *

Als Günter Wagner die Juister Polizeiwache betrat, war niemand darin zu sehen.

„Moin, moin!", sagte er laut, um seine Anwesenheit kund zu tun.

Mit einem freundlichen „Moin", auf den Lippen erschien der Polizist aus einem Nebenraum.

„Was für eine Überraschung", meinte er, nachdem er seinen Besucher erkannt hatte. „Der Herr Hauptkommissar Wagner. Was führt Sie zu mir? Können Sie sich mittlerweile daran erinnern, wo Sie das erste Mordopfer gesehen hatten?"

Wagner schüttelte den Kopf.

„Nein, aber ich hörte von diesem zweiten Mord und wollte mich bei Ihnen nach Einzelheiten erkundigen."
Der Polizist schob verwundert seine Augenbrauen nach oben.
Wagner lächelte.
Ja, ich weiß, ich verbringe hier meinen Urlaub und es sollte mich nicht interessieren, doch wenn in meiner unmittelbaren Umgebung Morde geschehen, dann lässt mir das keine Ruhe. Manchmal bedaure ich es, dass ich Polizist mit Leib und Seele bin."
Sein gegenüber grinste.
„Herr Wagner, Ihre Kollegen von der zuständigen Mordkommission sind noch auf der Insel mit den Ermittlungsarbeiten beschäftigt. Die können Ihnen bestimmt mehr darüber erzählen, als ich."
„Ich glaub' nicht, dass es gut wäre, die Kollegen bei ihrer Arbeit zu stören. Es könnte den Eindruck erwecken, als wolle ich mich in ihren Ermittlungsarbeiten einmischen. Sie kennen doch ebenfalls der Stand der Ermittlungen, oder?"
Der Inselpolizist nickte.
„Eigentlich schon. Um dem Mörder auf die Spur zu kommen, wurde eine Sonderkommission ins Leben gerufen, die Sonderkommission Juist zwei."
„Juist zwei?" Wagner blickte ihn fragend an. „Das ist aber eine komische Bezeichnung für eine Sonderkommission."
„Die nennt sich so, weil ein zweiter Mord passiert ist. Gestern hab' ich mich noch mit dem Leiter dieser Kommission unterhalten. Eigentlich gibt `s nichts Neues. Der Mörder leistete, genau wie beim ersten Opfer, ganze Arbeit. Er hinterließ keinerlei Spuren."
„Weiß man denn schon, wer das zweite Opfer war?"

131

„Lesen Sie denn keine Zeitung, Herr Wagner?"

„Nein, im Moment lese ich eigentlich grundsätzlich keine Zeitung, weil ich während meines Urlaubs von all dem, was auf der Welt geschieht, einfach nichts wissen will. Außerdem kam ich gestern erst wieder zurück nach Juist. Ich war kurz auf Helgoland."

„Der Name des zweiten Opfers konnte zunächst nicht ermittelt werden. Nachdem das Foto der ermordeten Frau aber in allen Zeitungen veröffentlicht wurde, meldeten sich sofort die Angestellten des Juister Hotels, in dem sie abgestiegen war. Sie hieß Silke Schumann und wie sich herausstellte, wurde sie an ihrem ersten Urlaubstag ermordet. Silke Schumann war ledig und wohnte ich Berlin, wo sie eine Modeboutique führte."

Der Inselpolizist schritt hinter den Tresen seines Büros, begab sich zu seinem Schreibtisch und nahm eine darauf liegende Zeitung zur Hand.

„Das ist die heutige Tageszeitung", erklärte er und reichte sie seinem Besucher. „Da die Sonderkommission auf die Mithilfe der Inselbewohner, beziehungsweise der Feriengäste hofft, wurde der Mordfall in der Presse sehr detailliert geschildert. Nehmen Sie die Zeitung ruhig mit, Herr Wagner. Hab´ sie schon gelesen."

Wagners Blick fiel auf die Titelseite. Sofort fiel ihm die dick gedruckte Schlagzeile auf. >DIE BESTIE VON JUIST Polizei tappt immer noch im Dunklen<.

„In Innenteil der Zeitung finden Sie Einzelheiten, Herr Wagner. Wie gesagt, ich weiß auch nicht mehr, als das, was die Presse berichtet. Sollten Sie trotzdem mehr wissen wollen, dann setzen Sie sich mit der Sonderkommission in Verbindung." Er reichte Wagner eine Karte.

„Unter dieser Telefonnummer sind die Kollegen der Mordkommission zu erreichen."

Wagner nahm die Karte und schob sie in seine Brusttasche. Dann bedankte er sich bei seinem Kollegen, verabschiedete sich und verließ die Wache.

Mit der zusammengefalteten Zeitung in der Hand machte er sich auf den Weg zum Kurpark. Eigentlich wollte er sich dort auf eine Bank setzen, um sich den Bericht über den Mordfall ganz in Ruhe durchzulesen. Im Kurpark war es alles andere als ruhig. Es wimmelte dort von lärmenden Kindern, die sich überall auf den Bänken breit gemacht hatten. Einige von ihnen tobten um den Brunnen herum und bespritzten sich ausgelassen mit Wasser.

Wagner schüttelte missmutig den Kopf. *Den Kurpark kannst du vergessen, Junge. Da sind wohl die gesamte Jugendherberge und das Seeferienheim versammelt, furchtbar.*

Ohne lange zu überlegen, machte er sich zum Strand auf. Er war sich sicher, dass er dort auf jeden Fall ein ruhiges Plätzchen findet.

Sein Blick ging zum Himmel. Die wenigen Wolken schienen sich gerade aufzulösen und die Sonne hatte, obwohl es noch relativ früh war, bereits sehr viel Kraft. Er dachte daran, sich am Strand ein lauschiges Plätzchen nahe den Dünen zu suchen. Dort würde er sein Hemd ausziehen und sich in die Sonne legen. Er hatte sowieso den ganzen Tag Zeit, denn sein nächstes Treffen mit Christiane sollte erst heute Abend sein.

Der Gedanke an Christiane zauberte ein Lächeln auf seine Lippen. Je mehr er an sie dachte, desto mehr wurde ihm bewusst, wie sehr er sich in sie verschossen hat.

Ein ruhiges Plätzchen direkt an den Dünen war schnell gefunden. Er zog sein Hemd aus, setzte sich in den Sand und ließ seinen Oberkörper nach hinten auf die Schräge einer Düne fallen. Genussvoll verschränkte er die Arme hinter den Kopf und blickte nach oben. Dort zogen ein paar weiße Schäfchenwolken langsam über den tiefblauen Himmel.

Wagner atmete tief durch. *Genau das, was ich brauch´, Entspannung pur.* Er schloss die Augen und sofort sah er Christiane vor sich. *Junge, du bist ein Glückspilz. Warum kann das Leben nicht immer so schön sein?* Mit einem erneuten Lächeln auf den Lippen stellte er fest, dass er eigentlich nur drei Dinge im Leben braucht. *Eine ruhige Insel, Sonnenschein und Christiane.*

Obwohl es noch früh am Tag war, überfiel ihn eine angenehme Müdigkeit. Ohne es eigentlich zu wollen, nickte er ein und träumte. In seinem Traum saß er wieder mit Christiane nackt auf dem Balkon. Mit einem Mal waren der kleine Tisch und die Stühle vom Balkon verschwunden. Stattdessen stand dort ein Bett. Christiane streckte im Traum ihre Hand nach ihm aus, zog ihn ins Bett und sie gaben sich wieder hemmungslos ihren Gefühlen hin.

*   *   *

Harry Kleever hatte seine Einkäufe erledigt. Eigentlich wollte er sich auf den Nachhauseweg machen, doch neben dem Kurpark, dort, wo die Straße zum Hafen wegführte, traf er einen Bekannten, mit dem er noch etwas plauderte.

Sein Blick fiel in die Carl-Steegmann-Straße, die Straße, an deren Ende die Juister Polizeiwache lag. Als er sah, wer dort gerade die Polizeiwache verließ, klingelten bei ihm alle Alarmglocken. Dieser Wagner, der Feriengast von gegenüber hatte ganz offensichtlich den Inselpolizisten aufgesucht. Kleever wurde unsicher. Wagner wohnte bei ihm gegenüber. Hatte er etwas gesehen?

Als er bemerkte, dass Wagner nun genau in seine Richtung kam, gab er seinem Gesprächspartner zu verstehen, dass er sofort weg musste, um etwas Dringendes zu erledigen.

Bevor Wagner ihn entdecken konnte, war er verschwunden. Nachdem er mit hastigen Schritten den Kurpark zu seiner Linken passiert hatte, bog er rechts in die Wilhelmstraße ein. Nun war er endgültig aus Wagners Blickfeld verschwunden. Während er gemächlich weiterging, arbeitet sein Gehirn auf Hochtouren. Er dachte daran, dass Wagner gesehen haben könnte, wie eines seiner Opfer in sein Haus gekommen war. *Dieser Wagner hat sie auf einem der Fotos erkannt,* ging es ihm durch den Kopf. *Gut, dass ich auf so etwas vorbereitet bin.*

Harry Kleever hatte alle Möglichkeiten, die ihn mit den Morden in Zusammenhang bringen konnten, durchgespielt. Solange niemand wusste, dass beide Mordopfer bei ihm waren, brauchte er sich keine Sorgen zu machen. Nun aber lag die Vermutung nah, dass dieser Wagner etwas gesehen hatte und für Kleever stand fest, dass er jetzt handeln musste. Die Geschichte, die er der Polizei erzählen würde, hatte er sich sorgfältig zurechtgelegt.

Kleever bog in die nächste Straße nach rechts ab. Diese führte geradewegs auf die Polizeiwache zu.

„Moin, Herr Kleever", begrüßte der Polizist ihn. „Was führt Sie zu mir?"

Kleever grüßte zurück und erklärte, dass er die beiden Mordopfer kannte.

Der Polizist sah ihn mit großen Augen an.

„Und da melden Sie sich jetzt erst?", kam es überrascht aus seinem Mund.

„Ich weiß es auch erst seit heute, dass ich die Mordopfer schon mal gesehen habe", rechtfertigte Kleever sich. „Momentan hab´ ich sehr viel Arbeit. Ich gestalte meinen kompletten Garten um, neue Bäume pflanzen und so weiter. Ich hatte in den letzten Tagen nicht einmal die Zeit, meine Zeitung zu lesen. Erst heute bin ich dazu gekommen, die Zeitungen der letzten Tage durchzusehen. Da habe ich die Fotos der toten Frauen entdeckt."

„Dann mal raus mit der Sprache. Woher kennen Sie die Frauen?"

„Ich kenne Sie nicht. Ich hab Sie lediglich gesehen. Sie waren beide bei mir. Zuerst stand die Blonde vor meiner Tür. Sie erklärte mir, dass Bekannte von ihr vor Jahren in meinem Haus abgestiegen waren, um hier auf Juist ihren Urlaub zu verbringen. Diese Bekannten hatten ihr mein Haus empfohlen und nun wollte sie wissen, ob noch eine Wohnung bei mir frei wäre. Ich gab ihr zu verstehen, dass ich im Moment ausgebucht bin. Wie sie so da gestanden hatte, ´nen schweren Koffer dabei, tat sie mir leid. Ich hab´ ihr ´ne Tasse Kaffee angeboten, aber sie lehnte ab und fragte mich, ob sie kurz mal auf meine Toilette durfte. Natürlich durfte sie. Danach verschwand sie sofort wieder, um sich auf die Suche nach einer Unterkunft zu machen. Einige Tage später erschien dann die schwarzhaarige Frau, ein verdammt hübsches Ding. Sie stellte sich als

Silke Schumann vor und sagte mir, dass sie ihre Schwester Kerstin Schumann, die in eine meiner Ferienwohnungen untergekommen war, besuchen wollte. Bei mir wohnte aber keine Kerstin Schuhmann. Da fiel mir die Blondine wieder ein. Sie hatte der Schwarzhaarigen tatsächlich ähnlich gesehen. Ich beschrieb ihr die blonde Frau und erklärte ihr, dass ich ausgebucht bin und ihre Schwester sich eine andere Unterkunft gesucht hatte. Darauf hin verschwand die Frau wieder. Am gleichen Abend hab ich die Schwarzhaarige zufällig noch mal getroffen. Es war auf der Strandpromenade. Sie wollte in ein Restaurant gehen. Ich erfuhr von ihr, dass sie ihre Schwester immer noch nicht gefunden hatte. Nach ein paar Metern, die wir gemeinsam gegangen waren, trennten sich unsere Wege. Sie folgte der Promenade und ich ging hinunter zum Strand."

„Wissen Sie noch, an welchem Tag das war?"

Kleever zuckte mit den Schultern.

„Nein. Ich hab´ im Moment so viel um die Ohren, dass ich mir den Tag nicht gemerkt habe. Es war vielleicht vor drei Tagen, vielleicht aber auch vor vier oder fünf."

„Herr Kleever, Ihre Aussage könnte Licht ins Dunkle bringen. Ich werde die Kollegen der Mordkommission verständigen. Sie werden sich mit Ihnen in Verbindung setzen. Wo sind Sie heute zu erreichen?"

„Ich werd´ zu Hause sein."

„Ich denke, die Kollegen werden noch heute bei Ihnen vorbeischauen, um Ihre Aussage aufzunehmen."

Kleever blickte den Polizisten an und wirkte für einen Moment unsicher.

„Ist noch was?", fragte der Polizist.

137

„Es geht mich zwar nichts an", meinte Kleever, „aber ich sah gerade Herrn Wagner aus der Wache kommen. Er wohnt genau bei mir gegenüber, beim alten Peterson. Was wollte der denn bei der Polizei? Hat man ihm etwa die Brieftasche geklaut?"

Der Polizist lachte.

„Nein. Herr Wagner ist ein Kollege von mir, Hauptkommissar bei der Hamburger Kripo. Er hat mich lediglich besucht."

Kleever zog überrascht seine Augenbrauen hoch.

„Herr Wagner ist von der Kripo? Dann ist er also wegen der schrecklichen Frauenmorde auf Juist."

„Nein. Herr Wagner ist privat hier, macht Urlaub. Mit den Leuten von der Mordkommission, die hier ermitteln, hat er nichts zu tun. Eigentlich schade, denn Hauptkommissar Wagner gehört zu den fähigsten Kollegen, die ich bisher kennen gelernt habe." Der Polizist blickte Kleever fragend an. „Erinnern Sie sich noch an das Mordopfer, das man im letzten Jahr am Billriff gefunden hat?"

Kleever nickte.

„Natürlich erinnere ich mich dran. War ja tagelang das Gesprächsthema auf der Insel."

„Es war Hauptkommissar Wagner, der die zuständige Sonderkommission leitete. Dank seiner überragenden Ermittlungsmethoden konnten die Täter sehr schnell überführt und verhaftet werden. Wagner ist ein ganz ausgekochtes Schlitzohr. Dem Mann macht so schnell niemand etwas vor." Der Polizist nahm das Telefon zur Hand. „Bitte entschuldigen Sie mich, Herr Kleever, aber ich werde jetzt umgehend die zuständigen Kollegen über Ihre Aussage informieren. Schließlich sollen die Ermittlungsarbeiten zügig vorangehen."

Kleever verabschiedete sich und verließ die Wache.

Auf dem Weg zu seinem Haus dachte er an Wagner.

Gut, dass ich weiß, mit wem ich es zu tun habe. Wenn dieser Typ so ein ausgekochtes Schlitzohr ist, muss ich vorsichtig sein. Er wird wohl bald selbst in die Ermittlungen eingreifen, spätestens dann, wenn ich mich seiner kleinen Freundin angenommen hab. Wollen wir doch mal sehen, wer ausgekochter ist, dieser Wagner oder ich.

*   *   *

Wagner wusste nicht, wie lange er geschlafen hatte, als er durch das laute Gekreische einer Möwe, die nur ein paar Meter über ihn hinweg flog, aus seinen Träumen gerissen wurde.

Er blickte sich um. Der Strand vor ihm war fast menschenleer. Nur ganz hinten, direkt am Meer, schlenderten ein paar Urlauber barfuß über den Sand, während die Wellen der Nordsee ihre Füße umspülten.

Wagner setzte sich auf und reckte sich. Ein Blick auf seine Armbanduhr verriet ihm, dass er fast zwei Stunden geschlafen hatte. Eigentlich hatte er überhaupt nicht schlafen wollen. *Scheißegal, hab Urlaub, kann schlafen, soviel ich will.* Er schloss kurz die Augen und dachte an seinen Traum. *Was für ein Traum.* Die Vorstellung, mit Christiane zusammen zu sein, zauberte ein Lächeln in sein Gesicht.

Wagner atmete tief durch und schaute sich um. Sein Blick fiel auf die Tageszeitung, die ihm der Inselpolizist mitgegeben hatte und die nun neben ihm im Sand lag. Er nahm sie zur Hand und blätterte sie auf.

Im Innenteil der Zeitung stieß er auf den Bericht mit der fett gedruckten Überschrift >Noch keine Spur von der

Juister Bestie<. Daneben entdeckte er das Foto der Ermordeten.

Es durchzuckte ihn, wie ein Stromschlag. Bei der Frau auf
dem Foto handelte es sich um die schwarzhaarige Schönheit, die einen Tag vor seiner Helgolandreise aus dem
Haus von gegenüber gekommen war, die Frau, deren
Gesichtszüge dem ersten Mordopfer ähnelten. Und bevor
Wagner weiterdenken konnte, durchzuckte ihn eine
weitere Erkenntnis. Plötzlich wusste er wieder, wo er das
erste Mordopfer gesehen hatte. Die blonde Frau war
einige Tage vorher ebenfalls in dieses Haus gegangen
und hatte sich beim Hineingehen kurz umgeschaut. Dieser
kurze Moment hatte ausgereicht, ihre Gesichtszüge deutlich zu erkennen. Wagner sah sie wieder ganz deutlich vor
sich. Seine Gedanken begannen, zu kreisen. Beide Mordopfer waren im Haus von Harry Kleever gewesen. Das
bedeutete, Kleever könnte etwas mit den Mordfällen zu
tun haben, mittelbar oder unmittelbar. Und auch wenn
Kleever nichts mit den Morden zu tun haben sollte, er
kannte die Mordopfer. Die Identität des ersten Opfers
stand immer noch nicht fest. Obwohl ihr Foto überall
aushing, hatte Kleever sich nicht bei der Polizei gemeldet.
Auch er musste die Fotos gesehen haben. Wagner fragte
sich, was dieser Kleever zu verbergen hatte und je mehr
er darüber nachdachte, desto mehr wuchs sein Ver-
dachtsmoment.

Er griff in seine Brusttasche und zog die Karte heraus, die
der Inselpolizist ihm gegeben hatte. Seine Entscheidung
stand fest. Die Kollegen von der Mordkommission
mussten sofort informiert werden.

Dass er eigentlich nichts anderes wollte, als bei einem
entspannten Sonnenbad seinen Urlaub zu genießen, hatte

er bereits vergessen. Das einzige, was nun relevant war, das waren diese Mordfälle.

Wagner griff zu dem kleinen, ledernen Etui, welches seitlich an seinem Gürtel befestigt war und nahm sein Handy heraus. Dann wählte er die auf der Karte angegebene Telefonnummer. Es dauerte nur wenige Sekunden, bis er einen Kollegen der Mordkommission am Apparat hatte.

Wagner outete sich als Kripobeamter, der auf Juist seinen Urlaub verbringt. Dann erklärte er seinem Kollegen ohne Umschweife die Sachlage. Das, was Wagner als Antwort bekam, verschlug ihm fast die Sprache.

„Danke für den Hinweis, Herr Wagner", meinte der Mann am anderen Ende der Leitung, „aber uns ist bereits bekannt, dass sich beide Mordopfer kurz im Haus von Herrn Kleever aufgehalten haben. Dank der Aussage von Herrn Kleever kennen wir nun auch den Namen des ersten Mordopfers."

Mit einem kurzen „Oh", tat Wagner seine Überraschung kund.

Am liebsten hätte er den Kollegen am Telefon mit Fragen durchlöchert, doch er hielt sich zurück. Schließlich waren es nicht seine Ermittlungen.

„Dann hat sich mein Anruf wohl erledigt", gab er zu verstehen.

„Trotzdem vielen Dank für Ihren Hinweis, Herr Kollege und noch einen schönen Urlaub."

Damit war das Gespräch beendet.

Wagner saß im Sand unterhalb der großen Dünen und starrte nachdenklich vor sich hin. Dann griff er noch einmal zur aktuellen Tageszeitung und las sich alles, was dort über die Bestie von Juist geschrieben stand, aufmerksam durch. Laut Zeitungsbericht war die Identität des ersten Mordopfers noch nicht bekannt.

Warum behaupten die Kollegen der Mordkommission in der Zeitung, dass sie nicht wissen, wer das erste Opfer ist?, ging es ihm durch den Kopf.

Er überlegte, ob es einen Grund dafür geben konnte, den Namen der Frau in der Presse zu verschweigen, doch ihm fiel kein triftiger Grund ein. Dann aber kam er zu der Erkenntnis, dass man, als die Zeitung in den Druck ging, offensichtlich noch nichts von Kleevers Aussage wusste.

Wagner spielte mit dem Gedanken, die Wahlwiederholung seines Handys zu aktivieren, um dem Kollegen der Mordkommission doch noch ein paar Fragen zu stellen.

Lass es, Junge, hättest es auch nicht gern, wenn dir Kollegen, die nichts mit deinen Ermittlungsarbeiten zu tun haben, ins Handwerk pfuschen, und außerdem, du hast Urlaub.

Er blickte zum Himmel hinauf. Dieser war nun vollends wolkenlos und von einer tiefblauen Farbe, die fast schon unwirklich wirkte. Wagner atmete durch, versuchte, sich zu entspannen und seine Gedanken wieder in andere Wege zu leiten. Doch irgendwie wollte es ihm nicht gelingen.

Wenn dieser Kleever tatsächlich erst heute ausgesagt hat, warum hielt er sein Wissen über die Identität des Mordopfers so lange zurück?

Ihm war bewusst, dass die Kollegen der Mordkommission auch nicht auf den Kopf gefallen waren. Sie werden den Grund für diese späte Aussage schon kennen. Trotzdem ließ ihn diese Frage nicht mehr los.

Ich werde zur Wache gehen und den Inselpolizist fragen. Der wird es bestimmt wissen.

Keine zehn Minuten später betrat er die Juister Wache und erzählte dem Beamten, was er von dem Kollegen der Mordkommission zu hören bekommen hatte. Es wunderte Wagner nicht einmal, dass auch der Inselpolizist darüber Bescheid wusste.

„Kurz nachdem sie mich heute Morgen verlassen hatten, Herr Wagner, erschien Herr Kleever bei mir und sagte aus, dass beide Mordopfer kurz in seinem Haus waren."

„Und warum fiel ihm das erst heute ein?"

„Herr Kleever gestaltet im Moment seinen Garten um und hatte in den letzten Tagen so viel zu tun, dass er nicht einmal dazu kam, die Zeitung zu lesen. Dazu kam er erst heute und als er die Frauen auf den Fotos erkannt hatte, meldete er es umgehend der Polizei."

Wagner zuckte kurz mit den Schultern.

Dann ist es Herrn Kleever genauso ergangen, wie mir. Auch ich hab das Foto des zweiten Mordopfers erst heute in der Zeitung entdeckt. In dem Moment, als ich das Foto sah, wusste ich, dass ich das Gesicht des ersten Opfers ebenfalls vor Kleevers Haus gesehen habe."

„Die beiden Mordopfer waren übrigens Geschwister."

„Geschwister?"

„Ja. Kerstin und Silke Schumann. Die Kollegen von der Mordkommission faxten mir die Daten über die beiden Frauen vor einer halben Stunde rüber."

„Was dagegen, wenn ich mir diese Unterlagen mal ansehe?"

„Natürlich nicht, Herr Wagner. Darf ich fragen, warum Sie sich dafür interessieren? Sagten sie nicht, Sie wollten sich erholen und nicht mit laufenden Ermittlungen beschäftigen?"

Ein kurzes Schmunzeln huschte über Wagners Gesicht.

„Sie haben Recht. Eigentlich wollte ich mich erholen. Doch wenn hier zwei so brutale Morde geschehen, dann lässt es mir keine Ruhe. Wenn ich ehrlich bin, dann würde ich jetzt am liebsten zu den ermittelnden Kollegen gehen, um ihnen bei diesem Fall unter die Arme zu greifen."

Der Inselpolizist griff in einen Ablagekorb und entnahm das oberste Blatt.

„Das hier sind die gefaxten Daten", sagte er und reichte Wagner das Papier.

Günter Wagner nahm das Fax zur Hand und las sich die persönlichen Daten der Mordopfer durch. Er stellte fest, dass das erste Opfer, Kerstin Schumann, genau wie er, in Hamburg wohnte und als er den Namen der Straße las, in der Kerstin Schumann zu Hause war, wurde ihm bewusst, dass die junge Frau nur ein paar Häuserblocks von seiner eigenen Wohnung entfernt gewohnt hatte.

„Was für ein Zufall", kam es leise über seine Lippen.

„Was für ein Zufall?", wiederholte der Inselpolizist seine Worte.

„Diese Kerstin Schumann wohnte ganz in meiner Nähe."

Sein Gegenüber schob die Augenbrauen hoch.

„Na, das ist wirklich ein Zufall. Kannten Sie diese Frau etwa?"

Wagner schüttelte den Kopf.

„Nein."

Noch einmal studierte Wagner das Fax. Dabei prägte er sich die persönlichen Daten der Mordopfer genau ein. Schließlich reichte er das Schreiben wieder zurück.

Er verabschiedete sich und verließ die Wache.

Der Inselpolizist blickte ihm nachdenklich hinterher.

Dieser Wagner, durch und durch Vollblutpolizist, selbst im Urlaub lässt ihn seine Arbeit nicht los. Lieber Gott, lass mich niemals so werden. Wo bleibt da noch der Spaß im Leben?

Eigentlich wollte Wagner zurück zum Strand, doch irgendwie stand ihm nicht mehr der Sinn danach.

Wagner beschloss, erst einmal in seine Ferienwohnung zu gehen. Dort angekommen, begab er sich auf den Balkon. Der Balkon lag auf der Nordseite des Hauses und deshalb war es hier noch etwas kühler, als dort, wo die Sonne mit all ihrer Kraft die Luft aufheizen konnte.

Er setzte sich auf einen Stuhl und lehnte sich zurück. Die zwei ermordeten Frauen gingen ihm nicht aus dem Sinn. Sie waren Schwestern. Das konnte kein Zufall sein. Wagner war sich fast sicher, dass der Mörder die beiden Geschwister ganz gezielt getötet hatte. Obwohl dieser Kleever einen triftigen Grund dafür hatte, erst jetzt auszusagen, so wurde Wagner das Gefühl nicht los, dass der Mann von gegenüber mehr wusste, als er zu gab. Wagner selbst hatte gesehen, dass am Tag seiner Ankunft auf Juist vor Kleevers Haus ein Gespann vorgefahren war. Der von mächtigen Kaltblütern gezogene Wagen hatte zwei Paletten Terrassenplatten, einige Töpfe mit immergrünen Heckenpflanzen und zwei Pflanzcontainer mit kleinen Bäumchen geladen. Die komplette Ladung wurde hinter das Haus in Kleevers Garten gebracht. Kleever hatte demnach tatsächlich viel zu tun. Doch hatte er wirklich keine Zeit, um einen Blick in die Zeitung zu werfen? Das Küchenfenster von Wagners Ferienwohnung lag zur Straße hinaus und jedes Mal, wenn er abends in die Küche ging und hinausblickte, dann konnte er deutlich erkennen, dass in der unteren Wohnung des gegenüber liegenden Hauses, der Wohnung, in der Kleever lebte, der Fernseher lief. Außerdem stand Kleever fast tagtäglich vor seinem Haus auf der Straße, um Stunden lang mit irgendwelchen Leuten aus der Nachbarschaft zu plaudern. *Kleever hatte mehr als genug Zeit, um die Zeitung zu lesen,* ging es Wagner durch den Kopf. *Warum kam seine Aussage so spät? Er kam in die Wache, kurz nachdem ich sie verlassen hatte. Hatte er mich beim Verlassen der Wache beobachtet und geglaubt, dass ich ganz zufällig gesehen hab, wie die beiden Frauen sein Haus betraten? Vielleicht dachte er, dass ich den Polizisten darüber informiert hab. Könnte das der Grund für seine plötzliche Aussage sein? Junge, mit diesem Mann stimmt was nicht. Kleever, ein Mörder? Was für ein Motiv hätte er, die Frauen zu töten? Zwei Schwestern, vielleicht ein Familienkonflikt? Aber was hat Kleever mit dieser Familie zu tun?*

Immer neue Fragen hämmerten durch seinen Kopf. Bald war er sich sicher, dass das Mordmotiv bei den Opfern zu suchen war. Man müsste den privaten Bereich der Opfer durchleuchten, dann würde man bestimmt einen Ansatzpunkt finden.

Wagner ertappte sich dabei, wie er unruhig mit den Fingern auf die Armlehnen des Stuhles trommelte. Es fuchste ihn, dass es nicht sein Fall war. Sollte er sich doch bei den zuständigen Kollegen melden und ihnen seine Hilfe anbieten? Nein, sie würden ihn garantiert belächeln, denn wer ist schon so blöd und arbeitet freiwillig, und das noch im Urlaub?

Der Gedanke daran, dass die Ermittler auf der Insel ihre Arbeit nur auf Juist beschränken könnten und nicht daran dachten, das private Umfeld der Opfer zu durchleuchten, machte ihn unruhig. Das nervöse Trommeln seiner Finger wurde immer schneller.

Dann sprang er auf.

„Ich muss was unternehmen", murmelte er und lief auf dem Balkon hin und her.

Dann stand sein Entschluss fest. Er wollte noch einmal zur Wache gehen. Wenn er den Inselpolizist darum bitten würde, sich nach dem neusten Stand der Ermittlungen zu erkundigen, würde dieser bestimmt nicht nein sagen.

In dem Moment, in dem er das Haus verließ, um zur Wache zu gehen, trat Kleever aus der gegenüber liegenden Tür.

„Moin, Herr Wagner", kam es freundlich aus seinem Mund. Dabei hob er grüßend die Hand.

„Moin", grüßte Wagner zurück.

Ohne ein weiteres Wort machte sich Wagner auf den Weg zur Polizeiwache.

Kleever blickte ihm hinterher.

Sieht gar nicht wie ein Polizist aus, ging es Kleever durch den Kopf. *Bei der Kripo sitzen sie bestimmt den ganzen Tag lang am Schreibtisch herum, um ihre Fälle zu lösen, typische Sesselfurzer.* Ein bösartiges Grinsen machte sich in Kleevers Gesicht breit. *Warte ab, Wagner, du bist genauso, wie die Polizisten, die mich damals auf der Wache verprügelt haben. Ich werde dir deinen Urlaub so richtig verderben.*

Bald war Wagner um die Ecke gebogen. Auch seine Gedanken waren bei dem Mann, der ihn gerade so freundlich gegrüßt hatte.

Egal, was dieser Kleever mit den Morden zu tun hat, dachte er, *er lässt sich absolut nichts anmerken. Ich werde ihn mal in ein belangloses Gespräch verwickeln und ihn dabei unauffällig ausfragen. Vielleicht verplappert er sich dabei. Er kann schließlich nicht ahnen, dass ich Polizist bin.*

Wenig später stand er wieder in der Polizeiwache und erklärte dem Polizisten ganz offen und ehrlich, dass er nicht möchte, dass seine ermittelnden Kollegen davon erfahren, wie sehr ihn dieser Fall beschäftigt. Er gab dem Beamten zu verstehen, dass diese Morde ihm keine Ruhe ließen und er deshalb unbedingt alles über den neusten Stand der Ermittlungen wissen möchte.

„Wenn Sie bei den Kollegen der Mordkommission anrufen", meinte Wagner zum Inselpolizisten, „um sich danach zu erkundigen, dann wird man ihnen wahrscheinlich bedenkenlos Auskunft darüber geben. Wenn ich, als Polizist im Urlaub, dort anrufe, werden die Kollegen garantiert anders reagieren, denn mich gehen diese Mordfälle offiziell nichts an."

Wagners Gegenüber grinste.

„Ich soll die Ermittler also unauffällig für Sie ausfragen, Herr Wagner?"

„Ja, so ungefähr hab ich mir das gedacht."

Der Polizist atmete einmal tief durch.

„Ich bewundere Ihre Arbeitsmoral, Herr Wagner. Leute, die ihren Beruf so ernst nehmen, gibt es leider viel zu selten."

In seiner Gedanken dankte er noch einmal Gott dafür, dass er selbst nicht so war. Er kratzte sich nachdenklich am Kopf. Dann nickte er.

„Wären Sie mir nicht von Anfang an so sympathisch, gewesen, Herr Wagner, dann hätte ich mich auf so etwas niemals eingelassen, aber so."

Der Inselpolizist griff zum Telefon. Als er einen der Beamten der Mordkommission am Apparat hatte, bat er ihn um die neusten Erkenntnisse der Ermittlungen, denn schließlich wollte er als Inselpolizist immer auf dem neusten Stand sein. Nach wenigen Sekunden war das Gespräch beendet.

„Wollte der Kollege Ihnen keine Auskunft geben?", wunderte Wagner sich und sah ihn fragend an.

„Nein, er ruft mich sofort zurück. Er sagte, dass er nicht jedem, der anruft, den Stand der Ermittlungen darlegen kann."

„Der Kollege denkt mit", meinte Wagner.

Das Telefon klingelte und der Inselpolizist nahm das Gespräch entgegen. Während er dem Mann am anderen Ende der Leitung aufmerksam zuhörte, machte er sich auf einem Blatt Papier einige Notizen. Das Telefonat dauerte eine ganze Weile. Dann bedankte er sich für die Auskunft und beendete das Gespräch.

Wagner blickte ihn neugierig an.

„Und? Gibt `s etwas Neues?"

„Eigentlich nicht. Man weiß jetzt aber einiges über die Mordopfer. Dass Silke Schumann, die Frau, die man in den Goldfischteichen fand, aus Berlin kam und dort eine Modeboutique besaß, war ja bereits bekannt. Sie war ledig und führte, nach Aussagen ihrer Mitarbeiterinnen ein sehr ausschweifendes Leben. Sie verpasste nicht eine Party und wechselte die Männer, wie andere die Schuhe. Silke Schumann hatte aber auch eine andere Seite. In der Nähe ihrer Boutique befindet sich ein Kinderheim, für das sie sich sehr einsetzte, das heißt, sie veranstaltete regelmäßig Tombolas, in denen man teure Kleidungsstücke aus ihrer Kollektion gewinnen konnte. Bei diesen Tombolas machten nicht nur ihre Stammkunden, sondern auch andere namhafte Geschäftsleute und sogar Politiker mit. Der Erlös dieser Tombolas lag in der Regel bei zehn-bis zwanzigtausend Euro und kam komplett dem Kinder-heim zugute. Nach den Aussagen von ihren Bekannten war Silke Schumann überall sehr beliebt und es gab niemanden, dem sie einen Grund gegeben hätte, sie umzubringen. Ihre Schwester Kerstin, das andere Mord-opfer, wohnte, wie sie ja wissen, in Hamburg. Ihr Lebens-gefährte hatte sie bereits als vermisst gemeldet. Er hatte beruflich im Ausland zu tun und als er wieder nach Hause kam, da war Kerstin nicht aufzufinden. Zum Zeitpunkt des Mordes war der Mann nachweislich in Kanada. Auch er gab an, dass Kerstin Schumacher keine Feinde hatte, ganz im Gegenteil sie war ebenfalls sehr beliebt. Ihr Le-bensgefährte konnte sich auch nicht erklären, warum sie nach Juist gefahren war. Er meinte, dass sie den Namen Juist nicht ein einziges Mal erwähnt hätte. Der, oder die Täter hinterließen an den Leichen der beiden getöteten Schwestern keine Spuren, die bei den Ermittlungen hilf-reich sein können. Man tappt absolut im Dunkeln und hofft, dass vielleicht doch noch ein Zeuge auftaucht, der den entscheidenden Hinweis gibt."

Wagner nickte.

„Vielen Dank, dass Sie sich die Mühe gemacht haben."

„Gern geschehen. Wenn ich ganz ehrlich bin, dann in-teressiert diese Geschichte mich genauso. Die Morde sind schließlich auf meiner Insel passiert. Half Ihnen diese Auskunft denn weiter, Herr Wagner?"

Als Antwort bekam er ein leichtes Kopfschütteln.

Dann meinte Wagner:

„Die zuständigen Kollegen arbeiten sehr gut, aber es brachte sie nicht weiter. Wenn der Täter, ich gehe davon aus, dass es sich um einen einzigen Täter handelt, sämtliche Spuren verwischt hat, dann haben wir es mit jemandem zu tun, der gezielt vorgeht, jemand der seine Taten genau geplant hat. Hier liegt kein Mord im Affekt vor, sondern Mord, für den es ein triftiges Motiv geben muss. Die Tatsache, dass die beiden Opfer Geschwister waren, unterstreicht diese Vermutung." Wagner blickte den Inselpolizist fragend an. „Wissen Sie, ob die ermittelnden Kollegen das Personal des Hotels, in dem Silke Schumann auf Juist wohnte, nach Besuchern der Frau befragt haben?"

„Solche Befragungen fanden statt. Silke Schumann hatte keinen Besuch und sie wurde auch mit niemandem zusammen gesehen. Überall im Hotel waren entsprechende Aushänge der Polizei angebracht. Man rief alle dazu auf, sachdienliche Hinweise sofort zu melden."

Wagner kratzte sich nachdenklich am Kopf.

„Weiß man eigentlich, ob die Mordopfer noch mehr Geschwister haben?"

„Keine Ahnung."

„Wenn ja, dann könnten diese ebenfalls in Gefahr sein."

„Sie meinen, dass da jemand eine ganze Familie ausrotten will?"

Wagner nickte.

„Es deutet doch alles darauf hin."

„Soll ich die ermittelnden Kollegen noch einmal anrufen und sie danach fragen?"

„Wenn es Ihnen nichts ausmacht."

Ohne zu zögern griff der Inselpolizist zum Telefon. Der Mann am anderen Ende der Leitung wunderte sich über den erneuten Anruf und als ihm die Frage gestellt wurde, ob die Mordopfer noch weitere Geschwister hatten, stutzte er.

„Warum wollen Sie das wissen?", fragte er.

„Weil diese Geschwister dann auch in Gefahr wären. Es deutet doch alles darauf hin, dass hier jemand eine ganze Familie ausrotten will."

„Man sagte uns, dass keine weiteren Angehörigen bekannt sind, aber Sie haben natürlich Recht. Wir werden dieser Sache auf den Grund gehen. Danke für den Hinweis."

Als der Ermittler seinen Gesprächspartner fragte, ob er bei seiner Überlegungsgabe nicht zur Kripo wechseln möchte, musste der Inselpolizist grinsen.

Er beendete das Gespräch und wandte sich wieder an Wagner.

„Anscheinend gibt es keine Angehörigen, aber man will in diese Richtung noch einmal gründlich nachforschen."

Wagner bedankte sich noch einmal für die Auskünfte und verließ die Wache.

Sein Weg führte ihn zur Strandpromenade. Dort setzte er sich auf die Außenterrasse des Panorama-Cafés. Von hier aus hatte er eine wunderschöne Aussicht auf das offene Meer.

Er bestellte sich einen Kaffee und lehnte sich zurück. Sein Blick ging auf die graublau wirkende See. Weit hinten am Horizont erkannte er einen riesigen Frachter, der mit Containern beladen, in weiter Ferne über das Wasser zu schweben schien. Dann sah es so aus, als ob das große Schiff langsam im Meer versank, und als der Kellner wenig später den Kaffee brachte, schauten von dem Frachter nur noch die Masten heraus. Der Rest war bereits hinterm Horizont verschwunden.

Wagner dachte wieder an die Morde. *Wie würdest du jetzt vorgehen, wenn es Deine Ermittlungen wären?* Er wirkte hoch konzentriert. *Ich würde meine Beziehungen spielen lassen, das Umfeld der Opfer genauer abklopfen.* Zum wiederholten Mal sagte er sich, dass es aber nicht seine Ermittlungen waren. Doch der Versuch, seine Gedanken in andere Bahnen zu lenken, misslang. Für einen kurzen Moment dachte er an Christiane und an den wunderschönen Abend, den die beiden miteinander verbracht hatten. Dann aber füllten erneut die Morde seine kompletten Gedankengänge aus.

Die Situation war für ihn fast unerträglich. Zwei Morde in seinem Umfeld und er konnte nur zusehen.

Wagner fasste einen Entschluss.

Auch wenn seine Ermittlungsmethoden nicht immer im Rahmen des Erlaubten abliefen, so waren sie doch sehr erfolgreich. Er wollte das persönliche Umfeld von Kerstin Schumann, die ja ganz in seiner Nähe in Hamburg gewohnt hatte, etwas genauer überprüfen lassen. In ihren privaten Unterlagen mussten seiner Meinung nach die Hinweise zu finden sein, die auf die Spur des Mörders führten. Wagner wusste auch schon ganz genau, wie er vorgehen würde.

Arne Besinski, bei dem hab´ ich noch etwas gut.

Arne Besinski hatte lange Zeit im Gefängnis gesessen, weil man ihm fünf Einbrüche in Juweliergeschäfte nachweisen konnte. Besinski war ein Meister seines Faches. Mit viel Geschick hatte er die Alarmanlagen der Geschäfte still gelegt und sämtliche Schlösser geöffnet, ohne auch nur die geringste Spur zu hinterlassen. Er drang ein, nahm sich die wertvollsten Dinge mit und als er die Geschäfte wieder verließ, schloss er hinter sich wieder ab. Es gab nicht die geringsten Kratzer an den Schlössern. Die Polizei stand vor einem Rätsel, als die Juweliere den Verlust wertvoller Schmuckstücke meldeten, ohne dass es einen offensichtlichen Einbruch gab. Dann aber gab ein angeblicher Freund von Besinski der Polizei einen Hinweis und als man bei ihm zu Hause einen Teil des Diebesgutes fand, war er geliefert. Ein umfangreiches Geständnis brachte Strafmilderung. Kaum hatte er seine Strafe abgesessen und das Gefängnis als freier Mann verlassen, da wollte man ihm einen Raubmord anhängen. Bei einem Einbruch in ein Juweliergeschäft wurde der Juwelier, der noch nach Geschäftsschluss in seinem Laden arbeitete, umgebracht. Die Art und Weise, mit der die Schlösser geöffnet worden waren, deutete auf Besinski hin und als man dann noch Werkzeug fand, auf dem seine Fingerabdrücke waren, war für die Polizei der Fall klar. Der Juwelier hatte den Einbrecher erwischt und Besinski hatte ihn umgebracht. Ein fehlendes Alibi und die erdrückenden Beweisstücke hätten ihn dieses Mal lebenslänglich hinter Gittern gebracht. Damals leitete Hauptkommissar Wagner die Ermittlungen. Irgendein Gefühl sagte ihm, dass dieser Besinski kein Mörder war. Wagner durchforstete Besinskis Leben und fand in dessen Freundeskreis schließlich einen Verdächtigen. Der angebliche Freund, der Besinski bereits damals verpfiffen hatte, war ihm von Anfang an verdächtig erschienen. Für die Tatzeit hatte er allerdings ein Alibi. Eine Nutte hatte ausgesagt, dass er die ganze Nacht bei ihr verbracht hatte. Wagner setzte sich in die Bar, in der diese Nutte arbeitete und kam mit ihr ins Gespräch. Er gab sich als reicher Geschäftsmann aus, der gleich morgen zum Juwelier marschieren wollte, um seiner Frau eine teure Kette zu kaufen. Als die Nutte ihn fragte, wie viel er denn für so eine Kette ausgeben wollte, wusste Wagner, dass sie angebissen hatte. Er nannte eine nicht unerhebliche Summe und sie bot ihm an, ihm mehrere Ketten in dieser Preislage zu zeigen, angeblich Erbstücke ihrer reichen Oma, die sie zu Geld machen wollte. Wagner begleitete sie in ihre Wohnung und ließ sich dort die Schmuckstücke zeigen. Es war der Schmuck, der beim Raubmord entwendet worden waren. Der Rest war Routine. Die Nutte gestand sehr schnell, dass sie mit Besinskis angeblichem Freund gemeinsame Sache gemacht hatte. Er besorgte ihr den Schmuck und sie ihm das Alibi. Das Werkzeug mit Besinskis Fingerabdrücken war vorher aus dessen Keller gestohlen worden, um es absichtlich am Tatort zu hinterlegen. Arne Besinski, der sich damals schon für immer im Knast gesehen hatte, schwor Wagner ewige Dankbarkeit. Besinski hatte sich mittlerweile mit einem gut gehenden Schlüsseldienst selbstständig gemacht und selbst die Polizei nutze des Öfteren seine Dienste.

Wagner saß auf der Restaurantterrasse und blickte aufs Meer hinaus, ohne der unendlich erscheinenden Weite, die sich seinen Augen bot, Aufmerksamkeit zu schenken. Soeben hatte er einen Entschluss gefasst. Er winkte dem Kellner zu.

„Zahlen bitte."

Die Kaffeetasse war noch halb voll, doch Wagner hätte nicht eine Sekunde mehr hier sitzen können. Seine innere Unruhe zog ihn zurück in seine Ferienwohnung.

Dort angekommen, nahm er ein Notizbuch aus der Seitentasche seines Koffers. In diesem Buch befanden sich die Telefonnummern von all seinen Bekannten. Die wichtigsten Nummern hatte er natürlich in seinem Handy gespeichert, aber Besinskis Nummer gehörte nicht dazu.

Unter dem Buchstaben B wurde er sehr schnell fündig und bald hatte er Besinski an der Strippe.

Dieser war sehr überrascht, als Wagner sich meldete.

„Der Herr Hauptkommissar Wagner. Wat für `ne Überraschung." Besinskis Aussprache ließ sofort seine ursprüngliche Herkunft erkennen. In Gelsenkirchen geboren, konnte er bis heute sein Ruhrpottplatt nicht ablegen. „Wie geht et Ihnen? Soll ich Ihnen irgendein Schloss öffnen? Ham se sich ausgesperrt? Sie wissen ja, für Sie maloch ich grundsätzlich umsonst."

Wagner schmunzelte.

„Ich hätte da ein Anliegen. Es ist allerdings etwas brisant."

„Etwat brisant? Wat meinen se damit?"

„Es verstößt gegen das Gesetz."

„Wat?", kam es überrascht aus Besinskis Mund. „Sie wollen mich verarschen, oder?"

„Nein."

„Dann lassen se ma hören."

„Zunächst möchte ich Ihnen aber sagen, dass Sie nicht verpflichtet sind, auf mein Anliegen einzugehen. Ich bin Ihnen nicht böse, wenn Sie nein sagen."

„Reden se nich um den heißen Brei rum, Herr Wagner. Wat ham se auf `m Herzen?"

„Versprechen Sie mir, dass niemand etwas von dieser Sache erfährt?"

„Natürlich versprech ich Ihnen dat. Ham se etwa vergessen, datt ich ohne Sie jetzt wahrscheinlich eingekerkert wäre? Ich jedenfalls werd `s nich vergessen. Wat immer se von mir wollen, Herr Wagner, ich steh tief in Ihrer Schuld."

Wagner zögerte noch einen Moment.

„Herr Besinski, ich kenne niemanden, der so geschickt irgendwo eindringen kann, wie Sie. Sie öffnen Schlösser und verschließen sie wieder, ohne die geringsten Spuren zu hinterlassen."

„Wo soll ich für Sie einsteigen?"

„Zunächst möchte ich Ihnen erklären, worum es hier geht." Wagner erzählte ihm, dass er seinen Urlaub auf Juist verbringt und dass hier diese schrecklichen Morde passiert waren. Er gab ihm auch zu verstehen, dass er mit den Ermittlungen nichts zu tun hat und ihm deshalb die Hände gebunden sind. Wagner meinte, dass die Morde ihm aber keine Ruhe ließen und er deshalb in der Wohnung eines der Mordopfer nach Hinweisen suchen wollte und dass so etwas aber illegal war.

„Ich soll also in die Wohnung des Mordopfers einsteigen", stellte Besinski fest.

„Ja, aber es gibt ein Problem. Wenn man Sie dabei erwischt, dann kann ich nichts für Sie tun. Dieser Einbruch hat nichts mit offizieller Polizeiarbeit zu tun."

„Da machen se sich mal keine Sorgen, Herr Wagner. Mich erwischt man nich. Wo wohnt se denn, die Frau?"

Wagner gab ihm die Hamburger Adresse durch und Besinski notierte sie sich.

„Und wonach soll ich suchen? Wat für Hinweise erwarten se?"

Günter Wagner holte tief Luft.

„Ich weiß es nicht genau. Niemand weiß, warum das Mordopfer hier auf Juist war. Wenn Sie irgendeinen Hinweis finden würden, der auf Juist hindeuten könnte, würde mir das vielleicht weiterhelfen."

„Wohnte die Frau allein in der Wohnung?"

„Ja. Sie hatte zwar einen Lebensgefährten, aber der besitzt eine eigene Wohnung und ist meistens beruflich unterwegs. Sie sollten aber auf jeden Fall sehr vorsichtig sein."

„Kein Problem. Ich weiß, wie man so wat macht."

„Hört sich an, als wären Sie noch voll im Training."

„Keine Angst, Herr Wagner. Seit damals hab ich `ne saubere Weste und dat Schlösseröffnen is jetzt rein beruflich."

„Wann könnten Sie diese Sache in Angriff nehmen, Herr Besinski?"

„Wenn allet gut geht und nix dazwischen kommt, heute Nacht."

„Bitte passen Sie gut auf, Sie wissen ja,..."

„Ja ich weiß, dieses Mal könn´ se mir nich helfen. Aber wie gesacht, mich erwischt man nich."

„Danke, Herr Besinski."

„Ich bin et, der Ihnen für die Ewigkeit zum Dank verpflichtet is. Ich werd´ mich morgen bei Ihnen melden, Herr Hauptkommissar."

Nachdem das Gespräch beendet war, bekam Wagner ein schlechtes Gewissen.

Scheiße. Einmischung in Ermittlungsarbeiten, Anstiftung zum Einbruch, wenn das mal gut geht.

Dann aber sagte er sich, dass es hier schließlich um einen grausamen und brutalen Doppelmord geht, und in so einem Fall alle Mittel recht sind, auch illegale.

Wagners Ermittlungsmethoden lagen oft weit weg von dem, was man legal nennen konnte. Er hatte da ganz eigene Vorgehensweisen. Hätte er sich immer im Rahmen der üblichen Ermittlungsmethoden bewegt, dann wäre die Hälfte aller Fälle nicht gelöst worden. Dass er sich manchmal außerhalb der Legalität bewegte, konnte ihm bisher noch nie jemand nachweisen. Dafür taktierte er viel zu geschickt. Sicher, es gab schon einige Versuche von gegnerischen Anwälten, ihm Missachtung der Dienstvorschriften unterzujubeln, doch die scheiterten, weil niemand etwas gegen ihn in der Hand hatte und weil der Staatsanwalt, der von seinen Erfolgen begeistert war, hinter ihm stand.

Plötzlich hörte er durch das geöffnete Fenster seiner Ferienwohnung Stimmen. Draußen auf der Straße unterhielten sich irgendwelche Leute. Er meinte, die Stimme von Kleever zu hören.

Wagner trat an das Küchenfenster und blickte hinunter auf die Straße. Unten vor der Haustür stand Kleever zusammen mit seinem Vermieter. Die beiden plauderten miteinander. Der alte Peterson mit seiner leicht gebückten Körperhaltung wirkte neben dem hünenhaften Kleever wie ein kleiner Gnom.

Die Gelegenheit, Kleever ein wenig auszufragen, ging es Wagner durch den Kopf.

Er verließ das Haus.

Nachdem er die beiden Männer mit dem üblichen „Moin" begrüßt hatte, wandte er sich an seinen Vermieter.

„Gut dass ich Sie treffe, Herr Peterson. Ich hätte da ein Anliegen. Ich habe die Wohnung eigentlich für mich allein angemietet, muss aber zugeben, dass ich letzte Nacht nicht allein hier geschlafen hab. Wissen Sie, ich hab eine Frau kennen gelernt und es hat bei uns sofort gefunkt. Es wäre möglich, dass es nicht die einzige Nacht bleibt, die sie bei mir in der Ferienwohnung verbringt. Ich weiß ja nicht, in wie weit Sie solche gelegentliche Untermieter dulden, Herr Peterson. Wissen Sie, ich möchte da keine

Schwierigkeiten bekommen, weil ich ja nur für eine Person Miete bezahle."

Peterson lachte.

„Da machen Sie sich mal keine Sorgen, Herr Wagner. Die Ferienwohnung ist eigentlich für zwei Personen ausgelegt und Sie bezahlen nicht pro Person, sondern pauschal für die Ferienwohnung. Wohnt Ihre neue Bekannte auch auf Juist?"

„Ja. Sie wohnt in einem Fremdenzimmer in Loog."

„In diesem Fall", meinte Peterson, „geht uns Insulanern die Kurtaxe nicht verloren. Es spricht also nichts dagegen, wenn Sie und Ihre Bekannte die Nächte dort verbringen, wo Sie es für richtig halten."

„Da bin ich aber froh", gab Wagner zu verstehen. „Ich hatte deshalb schon ein schlechtes Gewissen. Wissen Sie, ich hätte nicht gedacht, dass man hier auf Juist so tolle Frauen kennen lernen kann." Er wandte sich an Kleever. „Aus Ihrem Haus kam letztens auch so eine tolle Frau, Herr Kleever. Es war so eine schwarzhaarige Schönheit, hatte eine wunderschöne Figur mit allem was dazu gehört." Wagner deutet mit den Händen üppige Brüste an. „Wohnt diese Frau bei Ihnen, Herr Kleever?"

Wagner blickte ihn abschätzend an. Die Unsicherheit, die für einen Moment über Kleevers Gesicht huschte, war ihm nicht entgangen.

Da Klever nicht sofort reagierte, übernahm Peterson die Antwort.

„Genau über diese Frau haben wir uns gerade unterhalten", sagte er. „Es war nämlich die Frau, die man später ermordet in den Goldfischteichen gefunden hatte."

„Was?" Wagner spielte den Unwissenden. „Das ist ja grausam."

Während Peterson schilderte, dass auch das erste Mord-opfer bei seinem Nachbarn an der Tür geschellt hatte und dass die beiden Frauen Geschwister waren, schwieg Kleever. Sein Gehirn arbeitete auf Hochtouren.

Diese Frage hat er doch absichtlich gestellt, ging es Kleever durch den Kopf. *Will mich aushorchen, dieser miese, kleine Polizist. Denkt, ich weiß nicht, wer er ist.*

Bei ihm klingelten alle Alarmglocken.

Als Peterson die ganze Geschichte erzählt hatte, meinte Kleever nur:

„Genauso war es."

Dann gab er an, dass er noch viel zu tun hatte und verschwand in seinem Haus.

Wagner und sein Vermieter blieben alleine zurück.

„Harry ist ein Kerl, wie ein Schrank", meinte Peterson. „Er ist stark, wie ein Büffel, aber tief in seinem Inneren ist er ein sehr sensibler Mensch. Als er die Frauen auf den Fotos erkannt hatte, hatte er sich sofort zur Polizei begeben, um davon zu erzählen. Diese grausamen Morde haben ihn tief getroffen und jetzt, wo klar ist, dass beide Frauen vorher bei ihm waren, macht es ihm noch mehr zu schaffen."

„Es geht mich zwar nichts an", sagte Wagner, „aber was wollten die Frauen denn bei Ihrem Nachbarn?"

Peterson beantwortete diese Frage mit der gleichen Ge-schichte, die Wagner vom Inselpolizisten gehört hatte.

„Das ist ja wirklich eine schlimme Sache", meinte Wagner schließlich.

Peterson nickte.

„Dieser Mörder hält die ganze Insel in Atem. Wir hoffen alle, dass diese Bestie bald geschnappt wird."

Als Wagner sah, wer da plötzlich um die Straßenecke bog und auf sie zu kam, spiegelte sich Freude und Überraschung in seinem Gesicht.

Es war Christiane.

„Ich hatte gehofft, dich hier anzutreffen„ sagte sie zu Wagner, als sie die beiden Männer erreicht hatte. „Meine Freundin Niki musste überraschender Weise arbeiten. Jetzt wollen wir uns morgen einen schönen Tag machen, denn da hat sie definitiv frei."

Bevor Wagner auf sie einging, meinte er zu seinem Vermieter:

„Das ist Frau Vandekamp, die Frau, von der ich Ihnen schon erzählt habe, Herr Peterson."

Peterson reichte der jungen Frau die Hand.

„Angenehm, Frau Vandekamp. Ich habe Herrn Wagner schon gesagt, dass nichts dagegen spricht, wenn Sie bei ihm übernachten."

Christiane errötete für einen Moment.

Günter Wagner erfasste die Situation und erklärte ihr, dass er seinem Vermieter schließlich informieren musste, dass es jetzt quasi einen zweiten Untermieter gibt.

„So", sagte Peterson schließlich. „Dann werde ich das junge Glück mal allein lassen. Ich habe noch dringende Einkäufe zu erledigen."

Er verabschiedete sich und ging in Richtung Dorfmitte davon.

Christiane blickte Wagner an.

„Weiß jetzt schon die ganze Insel, dass wir zwei etwas miteinander haben?" Bevor er antworten konnte, fuhr sie fort: „Scherz beiseite. Hast du schon zu Mittag gegessen?"

Wagner schaute auf seine Uhr.

„Halb Zwölf. So früh esse ich eigentlich nie."

„Und wann isst du immer?"

„Verschieden, kommt darauf an, wie viel Hunger ich hab."

„Was hältst du davon, Günter, wenn wir es uns in deiner Wohnung noch etwas gemütlich machen und danach essen gehen?"

Er grinste.

„Wo nach?"

Als Antwort bekam er zunächst nur ein Lächeln und einen Kuss.

„Das wirst du schon sehen, wenn wir oben in der Wohnung sind."

Wagner öffnete die Haustür und machte eine einladende Geste.

„Dann lass ich mich doch mal überraschen. Bitte einzutreten."

Während die beiden im Haus verschwanden, war ein Augenpaar auf sie gerichtet. Harry Kleever stand, hinter der Gardine versteckt, am Fenster. Ihm war das Geschehen auf der Straße nicht entgangen.

Schau an, die Kleine ist wieder da.

Christianes Anblick versetzte seine Gedanken in Aufregung. In seinen kranken Gehirnwindungen war sie als nächstes Opfer regelrecht einprogrammiert, unumstößlich. Er musste sie haben, sie und keine andere. Das Verlangen, sich endlich ihr anzunehmen, wurde immer größer; schien sich ins Unermessliche zu steigern. Was für einen drogensüchtigen der Anblick seiner nächsten Dosis Heroin oder Morphium war, war für Kleever der Anblick von Christiane. Er brauchte sie, brauchte sie bald; musste seine unstillbare Sucht befriedigen. Vor seinem geistigen Auge sah er wieder, wie seine Hand ihren Hals umfasste und langsam zudrückte. Es war, als könne er

163

fühlten, wie ihr vor Angst bebender Körper verzweifelt nach Luft rang. *Ja, ja.*

Diese Gedanken ließen seine Hände erzitterten, aber ihm war klar, dass er sich noch etwas gedulden musste. Schließlich sollte alles genau geplant werden. Außerdem wäre die ganze Vorfreude weg, würde er sich jetzt schon mit ihr beschäftigen. *Diese Mal werde ich es ganz besonders genießen. Dass ich dabei so einem Polizisten-schwein so richtig weh tun werde, wird meinen Plan krönen.* Harry Kleever war bereits geistig einige Szenarien durch gegangen. Er hatte sich vorgestellt, wo er es machen wollte und wie er es machen wollte. Und jedes Mal, wenn er daran dachte, verspürte er diese unglaubliche Erregung. Bisher hatte er aber alle Pläne wieder verworfen, weil er meinte, irgendwelche Risiken entdeckt zu haben. Ein Risiko wollte er nicht eingehen. Dafür stand zu viel auf dem Spiel. Nichts durfte das herrliche Leben, welches er hier auf der Insel genoss, gefährden. Sein Vorhaben musste perfekt inszeniert sein. Aber er war sich sicher, dass er bald einen genialen Plan finden wird. *Du wirst mir viel Freude bereiten, kleine Christiane, und Dir, Wagner, du mieses Polizistenschwein, werde ich viel Leid bereiten.*

*   *   *

Für Christiane Vandekamp und Günter Wagner raste dieser Tag dahin, wie ein Düsenjet.

Nachdem sie mittags in einem Restaurant gespeist hatten, zog es sie zum Strand. Ihre Schuhe hatten sie ausgezogen, denn was konnte es Schöneres geben, als mit nackten Füßen über den weichen Sand zu laufen. Sie folgten dem Meeressaum in Richtung Osten. Immer wieder umspülten die schäumenden Wellen ihre Füße. Hand in Hand schlenderten sie dahin. Sie redeten über Gott und die Welt und immer wieder blieben sie stehen, mal für eine Umarmung, mal für einen innigen Kuss. Die beiden wirkten, wie zwei ausgelassene Kinder, die sich um nichts anderes kümmerten, als den Moment, den sie gerade durchlebten.

In der Ferne erblickten sie die Inseln Norderney, deren Hotelkomplexe von ihrem Standort aus, wie eine Hochhaussiedlung wirkten.

„Warst du eigentlich schon mal auf Norderney, Günter?"

„Nein, und ich möchte auch nicht nach Norderney, denn der einzige Ort, an dem ich jetzt sein möchte, ist hier neben dir."

Christiane lachte und gab ihm einen Kuss.

„Ist dir eigentlich schon aufgefallen, dass wir zwei die einzigen Menschen an diesem Strandabschnitt sind?"

Er blickte sich um.

„Tatsächlich."

Weit hinter ihnen, dort, wo die Strandkörbe standen, herrschte auf der weiten Sandfläche reger Betrieb. Dort tummelten sich viele Feriengäste, die von hier aus wie kleine Punkte wirkten.

„Ich hab gar nicht gemerkt", meinte Wagner, dass wir so weit gelaufen sind." Er blickte auf seine Uhr. „Kein Wunder, wir sind ja auch schon mehr als einer Stunde unterwegs."

„Was ist schon eine Stunde, Günter? Mit dir möchte ich Jahre unterwegs sein." Sie schob sich an ihn heran und küsste ihn. „Was hältst du davon, wenn wir uns irgendwo in den Sand setzen?"

Er blickte sich um.

„Hier gibt es aber nirgendwo ein lauschiges Plätzchen. Wenn wir uns hierhin setzen", er deutete auf den Sand zu ihren Füßen, „dann werden wir in spätestens einer viertel Stunde einen nassen Hinter bekommen, weil die Flut kommt."

Sie deutete auf den langen Wall aus großen Dünen, der in ein paar Hundert Meter Entfernung parallel zu Strand verlief.

„In den Dünen gibt es bestimmt ein lauschiges Plätzchen."

„Weißt du denn nicht, dass die Dünen nicht betreten werden dürfen?"

„Das weiß ich schon, aber wenn wir es uns ganz vorne an den Rand der Dünen setzen, wird wohl niemand etwas sagen."

„Sieh dich um, Christiane. Siehst du hier irgendwo auch nur einen Menschen? Hier ist niemand, der etwas sagen könnte."

„Was willst du damit andeuten?"

„Dass wir es ruhig wagen sollten, ein paar Meter in die Dünen zu gehen."

Zehn Minuten später lagen die zwei in den Dünen. Sie hatten es sich in einer Mulde, die vom Strand aus nicht einsehbar war, gemütlich gemacht.

Er lag auf dem Rücken und sie hatte sich an ihn heran gekuschelt. Ihr Kopf ruhte auf seiner Brust.

„Es ist wunderschön, hier mit dir ganz allein", säuselte sie leise.

„Ja. Wir sollten uns diesen Ort hier merken. Er gibt mir das Gefühl, als wären wir beide ganz allein auf der Insel."

„Sag mal, Günter, bist du auch so glücklich, wie ich?"

Er legte seinen Arm um sie und zog ihren Körper noch näher an sich heran.

„Ja. Ich bin auch glücklich."

„So, wie jetzt, müsste es immer sein."

Er atmete tief durch.

„Solange wir hier auf der Insel sind, wird es so schön bleiben, Christiane, und wenn uns danach der Alltag wieder einholt, dann treffen wir uns so oft, wie möglich."

„Vielleicht sollte ich mir einen Job in Hamburg suchen. Dann bin ich immer in deiner Nähe."

Er lächelte.

„Wenn das alles mal so einfach wäre."

Christiane hob ihren Kopf und blickte ihn an.

„Warum soll das nicht einfach sein? Meine Freundin Niki ist auch der Liebe wegen nach Juist gezogen und hat ihren Arbeitsplatz von der Stadtverwaltung Duisburg zum Rathaus Juist verlegt."

„Und da bekam sie ohne Weiteres einen Job auf der Insel? Ich kann mir vorstellen, dass es nicht einfach ist, an so einen Arbeitsplatz heranzukommen."

„Na ja, ich muss zugeben, dass sie gute Beziehungen hatte. Peter, ihre große Liebe, arbeitet auch im Rathaus."

„Hast du denn gute Beziehungen nach Hamburg?"

„Ich hatte schon mit vielen Hamburgern zu tun, doch leider immer nur bei McDonalds. Der einzige lebende Hamburger, den ich kenne, der bist du."

Wagner lachte.

„Glaubst du, dass es einfach sein wird, in der heutigen Zeit einfach so einen vernünftigen Job zu bekommen, Christiane?"

„Warum nicht? Ich könnte mich bei der Hamburger Stadtverwaltung bewerben. Die Arbeitsbereiche bei der

Stadt kenne ich aus dem ff. Da macht mir niemand etwas vor. In Duisburg halte ich sogar Referate für Kollegen ab. Ich unterrichte sie in verschiedenen Aufgabenbereichen, angefangen von allgemeinen Verwaltungsaufgaben bis hin zu PC-Kursen. Ich möchte ja nicht angeben, Günter, aber mit meinem Wissen und meinem Können dürfte es mir nicht schwer fallen, die Hamburger zu überreden, mir einen Arbeitsplatz zu überlassen."

„Ich wusste gar nicht, dass du so eine Streberin bist."

„Das hat nichts mit einer Streberin zu tun. Wenn ich einen Job annehme, dann setze ich mich auch dafür ein."

Wagner schaute zum Himmel. Sein Blick schien in die weite Ferne gerichtet zu sein.

„Ich stelle mir gerade vor, wie es wäre, wenn du in Hamburg leben würdest. Es wäre ein Traum, denn dann wären wir immer beieinander." Er schloss die Augen. „Das wäre wunderschön, Christiane."

„Ja, dann könnten wir immer zusammen sein."

„Ich möchte dir jetzt nicht die Träume wegnehmen, Christiane, aber ein Zusammenleben mit mir ist nicht so einfach, wie du es dir vielleicht vorstellst. Mein Job ist oft sehr zeitraubend. Deshalb verließ mich sogar meine Frau. Oft wollten wir es uns so richtig gemütlich machen, oder einfach mal gemeinsam essen gehen. Dann ging das Telefon und ich musste weg."

„Hast du als Polizist denn keine geregelten Dienstzeiten?"

„Ich arbeite bei der Kripo und die Verbrecher halten sich nicht an irgendwelche Zeiten."

„Das ist mir egal. Die Hauptsache ist, dass ich in deiner Nähe sein kann." Sie schob sich über sein Gesicht und hauchte einen zarten Kuss auf seine Lippen. „Günter, ich liebe dich."

„Ich lieb dich auch."

Sie lagen in der Mulde zwischen den Dünen und waren glücklich miteinander. Sie gestanden sich ihre Liebe zueinander und schmiedeten Zukunftspläne. Dabei vergaßen sie die Zeit.

Erst als Christiane irgendwann belanglos auf ihre Uhr schaute, stellte sie fest, dass es fast schon Abend war.

„Es ist schon spät, Günter. Wir sollten langsam zurück gehen, sonst werden wir im Dunklen unterwegs sein."

„Du hast Recht." Wagner erhob sich. „Wenn es nach mir ging, dann könnte ich mit dir die ganze Nacht über hier in dieser Mulde verbringen. Doch leider wird es nachts immer feucht und kalt."

Christiane stand ebenfalls auf.

„Diesen Platz hier müssen wir uns unbedingt merken, Günter. Es wäre schön, wenn es nicht das letzte Mal ist, dass wir es uns in dieser Sandmulde hier gemütlich machen. Es ist ein Ort zum Träumen."

Wagner nickte.

„Ja, und deshalb ernenne ich diesen Ort hier offiziell zu unserer Traumstelle. Nächstes Mal nehmen wir uns eine Decke mit. Dann können wir uns wenigstens ausziehen."

„Wir können uns doch auch ohne Decke ausziehen."

„Theoretisch schon, aber wenn man auf einer Decke liegt, bekommt man keinen Sand ins Getriebe."

„Wie meinst du das, Günter?"

Er blickte sie nur an und grinste.

Jetzt erst verstand sie seine Bemerkung.

„Wo du Recht hast, da hast Du Recht. Eine Decke wäre wirklich angebracht."

„Wir sollten uns aber jetzt etwas beeilen, Christiane, sonst machen die Geschäfte gleich zu."

„Willst du etwa noch einkaufen gehen?"

„Ja, denn ich hab eine Idee, wie wir diesen herrlichen Tag beenden können."

Sie blickte ihn neugierig an.

„Und wie?"

„Wir besorgen und eine Flasche Wein und zwei Gläser. Dann gehen wir zurück zum Strand, setzen uns in einen Strandkorb und genießen die schöne Aussicht auf das offene Meer. Als Krönung des Abends werden wir uns den unvergleichbar schönen Sonnenuntergang anschauen."

„Das hört sich verdammt romantisch an."

„Es wird bestimmt romantisch, und wenn dir irgendwann kalt wird, dann gehen wir zu mir in die Ferienwohnung, damit ich dich die ganze Nacht lang wärmen kann."

„Günter, deine Idee ist großartig."

Die zwei verließen ihre verschwiegene Mulde, die sie als ihre Traumstelle bezeichneten und stiegen die Düne hinab zum Strand. Unten angekommen, drehte Wagner sich noch einmal um und blickte die Dünen hinauf.

„Suchst du was?", fragte Christiane neugierig.

„Nein. Ich präge mir nur diese Düne hier genau ein, damit wir unsere Traumstelle auch wieder finden."

Dann marschierten die beiden los und hielten mit zügigen Schritten auf die Ansammlung von Strandkörben zu, die in der weiten Ferne wie winzige Punkte wirkten.

Sie waren glücklich und ausgelassen. Beide freuten sich auf den Abend im Strandkorb. Hätten sie auch nur geahnt, dass ihre Zweisamkeit beobachtet und belauscht wurde, dann wäre ihnen die Freude vergangen.

Nur wenige Meter von der Mulde entfernt, in der das glückliche Paar gelegen hatte, erhob sich eine Gestalt. Es war Harry Kleever. Er hatte sich die ganze Zeit über hinter einem dichten Sanddornbusch versteckt und jedes Wort, was die beiden gesprochen hatten, mitbekommen.

Kleever grinste. Sein Plan stand nun fest.

Er schaute dem Paar aus sicherer Entfernung hinterher. Dann fiel sein Blick in die Mulde, in der sie gelegen hatten. *Diese Sandmulde gefällt dir also, meine kleine Christiane. Du wirst eure Traumstelle bald wiedersehen, denn du wirst darin sterben, wirst hier dein Leben aushauchen, ganz langsam.* Als Kleever daran dachte, dass Wagner die Leiche seiner Geliebten genau dort finden würde, wo er glückliche Momente mit ihr verbracht hatte, wurde sein Grinsen noch breiter. Er hasste Polizisten und nun konnte er bei einem von ihnen einen Teil seines Hasses abladen.

Harry Kleever hatte sich bereits unauffällig an die Fersen der beiden geheftet, als sie heute das Haus verließen, um in ein Restaurant zu gehen. Kleever brauchte einen perfekten Plan und deshalb wollte er wissen, was die zwei so alles unternahmen. In sicherer Entfernung hatte er gewartet, bis sie die Gaststätte wieder verlassen hatten, um ihnen dann wieder zu folgen. Als die beiden schließlich am Meer entlang spazierten, ließ er den Abstand zu ihnen sehr groß werden. Hier konnte er sie nicht mehr aus den Augen verlieren, deshalb folgte er ihnen erst wieder, als ihr Vorsprung gute fünfhundert Meter betrug. Dabei blieb er in der Nähe der Dünen. Nach einiger Zeit überquerte Kleever den breiten Dünensaum und folgte ihnen im Schutz der großen Sandberge. Bald schon hatte er die Wilhelmhöhe, die zu seiner rechten Seite lag, hinter sich gelassen. Immer wieder stieg er nach oben, um das Pärchen nicht aus den Augen zu verlieren. Kleevers Weg war nicht einfach zu bewältigen, denn regelmäßig erschwerten dichtgewachsene Büsche das Weiterkommen.

Er bewegte sich trotzdem zügig voran und als er erneut auf eine Düne stieg, um nach den beiden am Strand zu sehen, stellte er fest, dass er bereits parallel zu ihnen unterwegs war.

Dann änderten die beiden plötzlich ihre Laufrichtung und kamen auf die Dünen zu. Kleever versteckte sich sofort in den Büschen. Er erkannte, dass die zwei irgendwo zwischen den Dünen verschwanden und nicht mehr auftauchten. Daraufhin war er vorsichtig zu der Stelle geschlichen, an der er sie das letzte Mal gesehen hatte. Bald hatte er ihre Stimmen gehört, schlich sich, immer die Deckung wechselnd, leise an sie heran und erkannte, dass sie in einer Mulde lagen. Er robbte durch den Sand, bis er hinter einem dicht gewachsenen Sanddornbusch erneut eine Deckung fand. Von hier aus konnte er sie zwar nicht mehr sehen, aber es war ihm möglich, unbemerkt ihr Gespräch zu belauschen.

Als Kleever sich bewusst wurde, dass es hier an diesem einsamen Ort weit und breit keine Zeugen geben würde, wenn er sich Christiane annimmt, wurde er unruhig. Für einen Moment spielte er mit dem Gedanken, aufzustehen, diesen Wagner kurzerhand die Gurgel umzudrehen, und sich dann genussvoll mit Christiane zu beschäftigen, doch diesen Gedanken verwarf er schnell wieder. Wagner wirkte ihm gegenüber zwar schmächtig und Kleever war sich eigentlich sicher, dass dieser Polizist kein echter Gegner für einen starken Mann, wie er es war, darstellte, doch bei so einem direkten Angriff könnte immer noch etwas schief gehen.

Kleever hielt sich weiterhin zurück und belauschte sie. Er hatte viel Zeit und viel Geduld, und für diese Geduld würde bald belohnt werden. Als die beiden in der Mulde aufstanden, um zurück zu gehen, hatte Kleever seinen Plan bereits ausgearbeitet.

Jetzt stand er vor der Sandmulde und blickte böse lächelnd hinein.

Bald werden wir uns hier wiedersehen, Christiane, nur du und ich, ganz allein.

*   *   *

Günter Wagner fühlte sich gut.

Auf einem wunderschönen Tag mit einem romantischen Ausklang folgte eine Nacht, geprägt von Zuneigung und Hingabe. Der Morgen danach begann, wie der Abend endete. Kaum hatten die beiden ihre Augen geöffnet, loderten die Flammen der Begierde in ihnen. Erneut gaben sie sich dem Verlangen ihrer Liebe hin.

Eine Stunde später stand Wagner am geöffneten Küchenfenster und winkte Christiane, die nun aufgebrochen war, um sich mit ihrer Freundin Niki zu treffen, hinterher. Erst als sie um die nächste Straßenecke gebogen war, verließ er das Fenster.

Er fühlte sich großartig. *Junge, du hast das große Los gezogen.* Obwohl seine Geliebte ihn gerade erst verlassen hatte, freute er sich schon auf das nächste Wiedersehen mit ihr. Für den heutigen Tag lag die Planung fest. Christiane traf sich heute Vormittag mit ihrer ehemaligen Arbeitskollegin Niki. Nikis Mann wird gegen zwölf Uhr in seiner Mittagspause von der Arbeit nach Hause kommen, um gemeinsam mit seiner Frau zu essen. Zu dieser Zeit wollte sich Wagner mit Christiane treffen, um mit ihr in das gleiche Restaurant, in dem sie gestern so gut gegessen hatten, einzukehren. Der Nachmittag würde dann aber wieder Niki und Christiane gehören. Vorausgesetzt, es wird heute nicht zu heiß, plante Wagner, nachmittags noch eine Runde zu joggen. Den Abend wollten er und Christiane erneut im Strandkorb bei einem romantischen Sonnenuntergang ausklingen lassen.

Wagner ließ sich auf das Sofa fallen und atmete tief durch. Allein der Gedanke an Christiane zauberte ihm ein Lächeln ins Gesicht. *Junge, du bist ein Glückspilz.*

Der Klang einer E-Gitarre riss ihn aus seinen Gedanken. Es war der Klingelton seines Handys, Smoke on the water von Deep Purple, einen Rocksong, den er liebte.

Er nahm das Gespräch entgegen.

„Ich bin ′s", meldete sich eine männliche Stimme.

Wagner erkannte die Stimme sofort, Arne Besinski, der Mann, der für ihn heimlich die Hamburger Wohnung von Kerstin Schumann durchsuchen sollte.

„Kann ich sprechen?", fragte Besinski.

„Ja."

„Also, die Wohnung der Schumann hab ich mir letzte Nacht vorgenommen, hab eine Stunde allet genauestens durchsucht. Sie können mir glauben, ich bin dabei sehr gründlich vorgegangen. Wie Sie ′s wollten, suchte ich ganz gezielt nach ′nem Hinweis, der wat mit Juist zu tun hat. Zunächst fand ich allerdings nix. Hab den PC in der Wohnung angeschaltet, den Internetverlauf abgerufen. Treffer, ich fand Seiten über Juist, allgemeine Infos über die Insel und so. Ganz besonders hatte se sich aber für ganz bestimmte Ferienwohnungen interessiert, Wohnungen, die alle einem gewissen Harry Kleever gehören. Soll ich Ihnen die Anschrift der Wohnungen durchgeben, Herr Wagner?"

„Nein, das ist nicht nötig. War das alles, was in der Wohnung auf Juist hinwies?"

„In der Wohnung ja, aber..."

Besinski machte eine Sprechpause.

„Jetzt spannen Sie mich nicht so auf die Folter, Besinski, aber, was?"

„Nachdem ich allet wieder so hergerichtet hatte, wie ich `s vorfand, bin ich wieder raus aus der Wohnung. Wissen se, Herr Wagner, bin ja nich auf den Kopf gefallen. Drum weiß ich auch, wo man ebenfalls Hinweise auf das Privatleben der Leute finden kann."

„Wollen Sie damit andeuten, dass Sie auch den Keller durchsucht haben?"

„Nee."

„Jetzt machen Sie es nicht so spannend, Besinski."

„Dat Schloss von `nem Briefkasten lässt sich leichter öffnen, als dat einer Tür. Der Briefkasten war prall gefüllt, hauptsächlich mit irgendwelcher Werbung. Aber et waren drei Briefe dabei. Die Briefe nahm ich mit, um se bei mir zu Hause unter die Lupe zu nehmen."

„Und?" Wagners Stimme klang ungeduldig.

„Der erste Brief enthielt die Rechnung von `ne Versicherung, der zweite `ne Gehaltsabrechnung und der dritte war von `nem Notar. Genau dieser Brief wird Sie interessieren, Herr Wagner."

Besinski schwieg erneut. Er schien es zu genießen, seinen Gesprächspartner auf die Folter zu spannen.

„Mensch Besinski, kommen Sie endlich mal zum Punkt."

„Soll ich Ihnen dat Schreiben mal vorlesen, Herr Wagner?"

„Ja, verdammt noch mal."

Wagner war sich sicher, dass der Mann am anderen Ende der Leitung jetzt grinste.

„Dann hören se ma gut zu, Herr Wagner.

Betrifft Erbsache Anna Maria Gerber.

Sehr geehrte Frau Schumann,

noch einmal möchte ich Ihnen und Ihrer Schwester bzgl. der o.a. Erbsache das Angebot unterbreiten, Sie nach Juist zu begleiten, um die notwendigen Formalitäten für Sie zu erledigen. Sollten Sie das Angebot in Betracht ziehen, bitte ich Sie darum, mit meinem Sekretariat einen Termin zu vereinbaren.

Mit freundlichen Grüßen

Die Unterschrift kann ich nich entziffern. Der Originalbrief liecht übrigens wieder verschlossen im Briefkasten. Ich hab Ihnen von `ner Kopie, die ich davon gemacht hab, vorgelesen.“

„Besinski, Sie sind ein Genie. Wenn Sie mir jetzt noch die Daten des Notars, Anschrift, Telefon, usw., durchgeben würden, bin ich Ihnen zu Dank verpflichtet.“

Arne Besinski gab die gewünschten Informationen durch und Wagner notierte sie.

„Noch einmal vielen Dank, Herr Besinski.“

„Keine Ursache, und wenn se mich noch ma benötigen, Sie wissen ja, bin immer für Sie da, Herr Wagner.“

Damit war das Gespräch beendet.

Die ermordeten Schwestern hatten also irgendetwas geerbt, ging es Wagner durch den Kopf. *Fragt sich nur, was? Es muss von großem Wert gewesen sein, so wertvoll, dass man sie deshalb umbrachte.*

Wagners Gehirn arbeitet auf Hochtouren. Die Vermutung, dass Harry Kleever etwas damit zu tun haben muss, verdichtete sich immer mehr. Für einen Augenblick dachte Wagner daran, seine zuständigen Kollegen von der Mordkommission über diese ominöse Erbsache zu informieren, doch was sollte er ihnen erzählen? Er konnte ja schlecht sagen, dass er einen vorbestraften Einbrecher in die Wohnung des Mordopfers beordert hatte.

Mit den Worten: „Frechheit siegt", wählte er die Rufnummer, die er sich soeben notiert hatte, die Nummer des Notariats.

„Notariat Kanzlei Drikellang und Sohn, Sie sprechen mit Frau Wollbaring Rottenmeier. Was kann ich für Sie tun?", meldete sich eine raue Frauenstimme.

„Guten Morgen, Frau Wollbaring Rottenmeier, Wagner, Mordkommission Hamburg. Wir ermitteln in einem Doppelmord und die Mordopfer gehören ganz offensichtlich zum Klientel Ihrer Kanzlei. Wären Sie bitte so nett, und verbinden mich mit dem Herrn Notar?"

„Der Herr Notar befindet sich zurzeit im Urlaub. Wenn Sie mir sagen, worum es geht, dann kann ich Ihnen vielleicht weiterhelfen, Herr..., wie war noch gleich Ihr Name?"

„Wagner."

„Also, Herr Wagner, worum geht es?"

„Um eine Erbsache. Es betrifft die Geschwister Kerstin und Silke Schumann."

„Und was genau wollen Sie da wissen?"

„Ich möchte gerne wissen, was genau es mit dieser Erbsache auf sich hat."

„Wenn Sie wollen, dann suche ich Ihnen die Akte heraus. Wann werden Sie hier sein?"

„Wie meinen Sie das, wann ich da sein werde?"

„Wann Sie hier sein werden, um Einsicht in die Akte zu nehmen."

„Entschuldigen Sie, gute Frau, aber die Morde fanden auf Juist statt und genau dort befinde ich mich jetzt. Die

Ermittlungen finden hier statt und ich benötige ganz dringend die Informationen aus Ihrer Akte."

„Erstens bin ich keine gute Frau, sondern Frau Wollbaring Rottenmeier und zweitens sollten Sie als Polizist genau wissen, dass eine Einsicht ohne richterlichen Beschluss nicht möglich ist."

Die gehörige Portion Arroganz, die in ihrer Stimme mitschwang, war nicht zu überhören.

Wagner schluckte.

„Natürlich weiß ich das, Frau Wollbaring Rottenmeier, aber da die Gefahr besteht, dass noch ein weiterer Mord passiert, wenn wir den Täter nicht möglichst schnell dingfest machen, bleibt dafür keine Zeit."

„Soso", kam es abfällig aus dem Hörer. „Nur weil die Herren von der Polizei keine Zeit für einen kurzen Anruf haben, soll ich mich strafbar machen?"

„Bitte, Frau Wollbaring Rottenmeier, machen Sie doch ein einziges Mal eine Ausnahme. Es geht schließlich um Leben und Tod."

„Wenn Sie schon mit so einem Brio an die Arbeit gehen, dann sollten Sie auch die Vorschriften beachten. Da kann ich keine Ausnahme machen."

Während Wagner noch überlegte, welche Bedeutung sich hinter dem Wort Brio verbirgt, bekam er von Frau Wollbaring Rottenmeier zu hören, dass die Arbeit in einer Kanzlei schließlich auch gewissen Regeln unterworfen ist und dass sie streng darauf achtet, dass bei ihr alles regelkonform verläuft, und zwar ohne Ausnahme.

„Liebe Frau Wollbaring Rottenmeier", kam es fast flehend aus Wagners Mund, „Wenn Sie mir gegenüber wenigstens andeuten würden, was die Geschwister Schumann auf Juist geerbt haben, dann könnte das bei den Ermittlungen

178

von großen Nutzen sein. Regeln sind schließlich dafür gemacht worden, dass man sie ab und zu auch mal bricht."
„Das schlägt dem Fass den Boden aus." Die Empörung in ihrer Stimme war nicht zu überhören. „Meinen Sie etwa, ich möchte meine Arbeit verlieren? Ich sollte Sie für so eine Dreistigkeit bei Ihrer Dienststelle melden. Die Regeln brechen, das ist ja unerhört."
„Und wenn ich Sie dafür mal zum Essen einlade?"
„Wie können Sie es wagen? Wollen Sie mich bestechen? Außerdem lasse ich mich noch lange nicht von jedem zum Essen einladen. Merken Sie sich das. Wenn Sie Akteneinsicht brauchen, dann besorgen Sie sich einen richterlichen Beschluss und schicken einen Kollegen damit vorbei."
Damit war das Gespräch beendet.
Wagner starrte kopfschüttelnd auf sein Handy. *So eine Sumpfkuh. Der Name Wollbaring Rottenmeier sagt eigentlich alles. Ist bestimmt der Drache der Kanzlei.*
Unwillkürlich dachte er an die Zeichentrickserie Heidi und daran, dass es in dieser Serie ja auch so ein arrogantes Fräulein Rottenmeier gab.
Er musste sich resigniert eingestehen, dass dieser Versuch, an Informationen zu kommen, kläglich gescheitert war. Er konzentrierte sich, um alle vorhandenen Fakten neu zu sortieren. Besinskis Angaben zufolge hatte sich Kerstin Schumann für Kleevers Ferienwohnungen interessiert. Kleever hatte auch tatsächlich angegeben, dass die junge Frau bei ihm war, um sich nach einer freien Wohnung zu erkundigen. Das passte alles zusammen.
Nachdenklich strich er sich mit dem Finger über seine schmale Nase. Sein Gehirn arbeitete auf Hochtouren. *Wenn man auf Juist seinen Urlaub verbringen möchte und*

sich im Internet eine Ferienwohnung aussucht, dann ist das ein ganz normaler Vorgang. Wenn man dann die richtige Wohnung gefunden hat, unternimmt man im Allgemeinen den nächsten Schritt für seine Buchung. Man ruft an und fragt, ob die ausgesuchte Wohnung für den gewünschten Zeitraum noch frei ist. Kein Mensch fährt in den Urlaub, wenn er nicht einmal weiß, ob er die gewünschte Wohnung überhaupt beziehen kann. In diesem Moment war er sich sicher, dass Kleever gelogen hatte.

Wagner erhob sich, schritt zum Küchenfenster hinüber und schaute hinaus. Sein Blick fiel auf Kleevers Haus.

Dieser Kleever weiß etwas über die Erbsache Schumann. Es kann nur einen Grund dafür geben, dass die beiden Schwestern bei ihm aufgetaucht sind. Sie wollten mit ihm über das Erbe reden. Fragt sich nur, was die beiden Frauen geerbt haben? Für einen Moment schloss Wagner die Augen. *Im Schreiben des Notars ging es um die Erbsache Anna Maria Gerber. Wer zum Teufel ist Anna Maria Gerber?*

„Sie hat unmittelbar mit der Erbsache zu tun", sagte Wagner leise zu sich selbst, „und sie hat etwas mit Juist zu tun."

Hatte Frau Gerber vielleicht auf Juist gewohnt? War sie verstorben und hinterließ den Schumannschwestern etwas Wertvolles? Etwas, das sich Kleever unter den Nagel gerissen hat? Ich muss wissen, ob es auf Juist eine Frau Gerber gibt oder gab.

Wagner ärgerte sich darüber, dass er in diesem Fall nicht offiziell ermittelte, denn dann wäre es kein Problem, an solche Informationen zu kommen. Schließlich konnte er nicht einfach beim Einwohnermeldeamt anrufen, ohne dass ihm dort dumme Fragen gestellt wurden.

Plötzlich kam ihm Christianes Freundin Niki in den Sinn. Niki arbeitete im Rathaus. Vielleicht konnte sie ja solche Informationen besorgen. *Ich werde Christiane heute Mittag drauf ansprechen.*

Ein zaghaftes Klopfen an der Tür riss ihn aus seinen Gedanken.

Als er öffnete, stand eine grauhaarige Frau, gekleidet mit einem bunt geblümten Kittel vor ihm. Es war Frau Peterson. Wagner hatte sie seit seiner Ankunft noch nie ohne diesen Kittel gesehen.

„Moin Herr Wagner."

„Guten Morgen Frau Peterson."

Er blickte sie fragend an.

„Ich wollte Sie nicht stören, Herr Wagner, aber ich sah vorhin Ihre Bekannte weggehen und da wollte ich fragen, ob die junge Frau heute wieder bei Ihnen nächtigen wird?"

Wagner blickte sie überrascht an.

„Ich sprach bereits mit Ihrem Mann darüber, Frau Peterson. Er sagte, dass nichts dagegen spricht, wenn sie hier schläft."

Frau Peterson lachte.

„Es spricht ja auch nichts dagegen. Eigentlich wollte ich Sie nur fragen, ob ich Ihnen mehr Frühstücksbrötchen bringen soll, falls sie wieder hier schläft."

„Das ist eine sehr gute Idee, Frau Peterson. Es wäre wirklich nett von Ihnen, wenn Sie ab morgen zwei Brötchen mehr bringen."

„Wie heißt Ihre Bekannte eigentlich?", fragte Frau Peterson neugierig.

„Sie heißt Christiane und kommt aus Duisburg. Eigentlich hat sie ein Zimmer in Loog angemietet."

„Das, mit dem Zimmer in Loog erzählte mir schon mein Mann. Ich werde Ihnen also ab morgen zwei Brötchen mehr bringen." Sie blickte Wagner abschätzend an. „Hat der Urlaub Ihnen bis jetzt gefallen Herr Wagner?"

„Ja, sehr gut sogar."

„Das glaube ich Ihnen. Die Leute, die bei uns Urlaub machen, sagen immer, dass sie sich hier auf der Insel so herrlich von ihrem Berufsstress erholen können. Geht es Ihnen auch so?"

Wagner nickte.

„Auch ich bin deshalb hier."

„Was machen Sie eigentlich beruflich, Herr Wagner, wenn man fragen darf?"

Wagner hatte noch nicht oft mit Frau Peterson gesprochen, aber die wenigen Gespräche, die bisher stattfanden, glichen einer Fragestunde.

„Seien Sie mir bitte nicht böse, Frau Peterson, aber wie ich gerade sagte, möchte ich mich von meinem Berufsstress erholen und deshalb während meines Urlaubs auch nicht über den Beruf reden."

Man sah Frau Peterson die Enttäuschung darüber an, dass ihre Neugier nicht befriedigt wurde.

Dennoch sagte sie:

„Das kann ich verstehen." Mit den Worten: „Dann wünsche ich Ihnen noch einen schönen Tag", wandte sie sich ab und wollte gehen.

„Entschuldigen Sie, Frau Peterson", meinte Wagner. „Ich hätte da eine Frage. Kennen Sie eine Frau Gerber?"

Wagners Vermieterin drehte sich um.

„Frau Gerber? Warum wollen Sie das wissen?"

„Ich hörte, wie sich ein paar Leute über eine Frau Gerber unterhielten", log Wagner. „Leider bekam ich das Gespräch nicht so richtig mit, aber nach dem, was ich hörte, muss diese Frau Gerber auf Juist etwas ganz Besonderes sein."

„Ich kenn keine Frau Gerber, die auf Juist was ganz Besonderes ist. Die einzige Frau Gerber, die ich kannte, war meine Nachbarin von Gegenüber, doch sie lebt nicht mehr. Maria Gerber liegt seit einem halben Jahr auf dem Friedhof. Wirklich schade um sie. Ich habe sie gemocht. Sie war immer eine echte Freundin von mir."

„Es tut mir leid für Sie, Frau Peterson. Eine echte Freundin zu verlieren ist doch bestimmt sehr schmerzhaft. Das einzige was dann immer bleibt, sind Erinnerungen und der Besuch auf dem Friedhof. Der Dünenfriedhof ist übrigens sehr schön gelegen."

„Maria liegt nicht auf dem Dünenfriedhof. Sie liegt auf dem kleinen Friedhof neben der evangelischen Kirche."

Frau Peterson wirkte etwas betroffen.

„Man merkt Ihnen an, dass Sie Ihre Freundin vermissen. In welchem Haus hatte Frau Gerber denn gewohnt?"

„Ihr gehörte das Haus direkt gegenüber. Jetzt gehört es Herrn Kleever. Maria hatte ihn im Testament als Alleinerbe eingesetzt. Harry Kleever verdiente dieses Erbe. Der Mann hat sich immer gut um Maria gekümmert. Er tat immer alles für sie. Wir sind alle froh, dass das Haus keinen fremden Besitzer bekommen hat."

„Dann war Herr Kleever der Lebensgefährte von Maria Gerber?"

„Nein, wo denken Sie hin? Harry Kleever arbeitete für Maria. Er war Hausmeister und Verwalter in einem. Maria brauchte sich schon seit Jahren um nichts mehr kümmern. Harry nahm ihr sämtliche Arbeit ab. So einen fleißigen und hilfsbereiten Menschen, wie Harry Kleever, den findet man nur ganz selten."

„Seit wann arbeitete Herr Kleever denn für Maria Gerber?"

Frau Peterson blickte Wagner verwundert an.

„Sie sind aber ganz schön neugierig, Herr Wagner. Warum möchten Sie das denn wissen?"

Er zuckte mit den Schultern und runzelte dabei die Stirn.

„Ach, nur so. Es ist halt eine seltene Geschichte, wenn jemand für seinen Fleiß dermaßen belohnt wird."

„Da haben Sie allerdings Recht. Harry war genauso überrascht, wie wir alle, als sich nach Marias Tod herausstellte, dass sie ein Testament hinterlassen hatte."

„Herr Kleever wusste also vor dem Tod von Frau Gerber noch nichts davon, dass er das Haus erbt?"

Frau Peterson schüttelte den Kopf.

„Nein. Erst am Tag ihrer Beerdigung erschien ein Notar und verkündete, dass es ein Testament gab, in dem Harry Kleever als Alleinerbe eingetragen ist."

„Sagen Sie, Frau Peterson, woran ist Frau Gerber denn gestorben?"

„Sie hatte sich eine Salmonellenvergiftung eingefangen, die sie nicht überlebte."

„Wie ist sie denn an Salmonellen gekommen? Ich meine, da muss man doch verdorbene Lebensmittel gegessen haben oder so."

„Das hat man nicht herausgefunden. Die Leute vom Gesundheitsamt haben ihre Wohnung nach den Erregern durchsucht und nichts gefunden. Außerdem speiste Herr Kleever immer gemeinsam mit Maria und er war kerngesund. Man vermutet, dass die Bakterien vielleicht von einem Vogel stammen könnten, mit dem sie im Garten in Berührung gekommen war."

„Sie sind aber gut informiert. Mich wundert, dass die Leute vom Gesundheitsamt solche Informationen einfach so weitergeben."

„Sie haben es nicht weitergegeben. Harry Kleever hat uns alle darüber informiert."

Plötzlich hallte eine Stimme durch den Flur.

„Änne, wo bleibst du denn?"

Es war die Stimme von Herrn Peterson.

„Ich komme sofort", antwortete seine Frau und erklärte Wagner, dass sie jetzt los muss, weil sie gemeinsam mit ihrem Mann noch wichtige Dinge zu erledigen hat.

Dann verschwand sie.

Zurück blieb ein Hauptkommissar Günter Wagner, dessen Gehirn intensiv damit beschäftigt war, die neue Informationsflut zu verarbeiten.

Plötzlich taucht ein Testament auf, von dem niemand vorher etwas wusste. Hatte Kleever es gefälscht, um an das Haus zu kommen? War er vielleicht auch ein Mörder und hatte Maria Gerber getötet? Mord durch Salmonellen? Warum nicht? Ältere Leute überleben so etwas oft nicht.

Was ist mir den anderen Morden. Gab es ein weiteres Testament? Hatte Frau Gerber darin vielleicht die Geschwister Schumann bedacht? Das könnte die mysteriöse Erbsache sein, über die er keine Informationen hatte. Das würde wiederum bedeuten, dass Kleever auch der Mörder der beiden Schwestern sein könnte. Ein klassisches Mordmotiv. Wagner atmete tief durch.

„Ich brauch´ jetzt erst mal frische Luft", sagte er zu sich selbst, „einen klaren Kopf."

In seinen Gedanken versunken verließ er die Freienwohnung. Als er auf die Straße trat, fiel sein Blick auf

Kleevers Haus. Bei diesem Anblick machte sich ein mulmiges Gefühl in seiner Magengegend breit.

Wagner wandte sich ab und ging die Straße entlang. Er hatte kein festes Ziel, lief aber in Richtung Dorfmitte. Während er die Dünenstraße entlang schlenderte, ärgerte er sich erneut darüber, dass er mit den Ermittlungen nichts zu tun hatte. *Ich muss meine Informationen richtig sortieren. Sobald ich mir sicher bin, dass ein dringender Tatverdacht gegen Kleever besteht, werde ich die zuständigen Kollegen informieren.* Er atmete tief ein und spürte, wie gut ihm die frische Luft tat.

Nachdem er am Ende der Dünenstraße die Katholische Kirche passiert hatte, bog er in eine kleine Parkanlage ein. *Die Kirche!,* ging es ihm plötzlich durch den Kopf. *Frau Gerbers Grab befindet sich auf dem Friedhof der evangelischen Kirche.*

Wagner wusste nicht, warum, aber er beschloss, sich das Grab von Maria Gerber anzusehen.

Er durchquerte den Park. Von hier aus waren es nur wenige Meter bis zur evangelischen Kirche. Er war oft genug daran vorbei gelaufen.

Wenige Minuten später führte ihn sein Weg an den Gräbern vorbei. Der Friedhof war klein und deshalb fand er das gesuchte Grab sehr schnell.

Als er den Namen der Verstorbenen las, stutzte er. Auf dem Grabstein aus dunklem Granit stand in weißen Buchstaben Eva Maria Gerber.

In dem Moment, als es den Namen sah, wusste er, dass hier etwas nicht in Ordnung war. Bei den Geschwistern Schumann ging es um die Erbsache Anna Maria Gerber. Warum also stand auf dem Grabstein Eva Maria Gerber?

Ein Schreibfehler? *Nein,* schloss Wagner diese Vermutung aus. *So einen Schreibfehler gibt es bei den Deutschen Behörden nicht. Die sind viel zu genau. Und ein Notariat kann sich solche Fehler auch nicht leisten, schon gar nicht mit einer Frau Wollbaring Rottenmeier.* Wagner wusste nicht, wie sich so etwas erklären ließ. Gab es zwei Maria Gerbers? Eine Eva Maria und eine Anna Maria? Und sollte es wirklich zwei Testamente gegeben haben? Ein echtes und ein gefälschtes?

Frau Peterson hatte erklärt, dass erst am Tag von Frau Gerbers Beerdigung ein Notar erschienen war, der ein Testament vorlegte, ein Testament, welches Kleever zum Alleinerben machte. Wer war dieser Notar und woher kam er so plötzlich?

Um all diese Fragen zu klären, müssten beide Erbsachen Gerber untersucht werden, doch Wagner waren die Hände gebunden.

Erneut dachte er daran, die ermittelnden Kollegen zu informieren. Doch die reine Vermutung, dass Kleever in diese Morde verwickelt war, reichte nicht aus, um ihn als dringenden Tatverdächtigen festzunageln.

Günter Wagner verließ den Friedhof und machte sich auf den Rückweg zu seiner Wohnung. Er hatte soeben den Entschluss gefasst, sich seinen Trainingsanzug überzustreifen, um eine Runde zu joggen. Das Laufen förderte die Durchblutung und so hoffte er, seinen Kopf wieder etwas frei zu bekommen. *Am Strand entlang bis ich so richtig schwitze, dann eine kurze Verschnaufpause und wieder zurück.*

Eine viertel Stunde später bewegte er sich im schnellen Laufschritt über den sandigen Untergrund des Strandes.

Um punkt zwölf Uhr saß Günter Wagner in dem Restaurant, in dem er bereits gestern gemeinsam mit Christiane gespeist hatte. Den Tisch für zwei Personen hatte er bereits am Vortag reserviert. Er wartete auf Christiane, die eigentlich jeden Moment auftauchen musste.

Immer wieder ging sein Blick zur Tür.

Wagner wirkte etwas erschöpft. Obwohl er durchtrainiert war und ihm so ein Lauf, wie er ihn heute Vormittag absolviert hatte, normalerweise nicht viel abverlangte, fühlte er sich irgendwie kraftlos.

Er bedankte sich beim Kellner, als dieser ihm das bestellte Glas Bier brachte. Genussvoll setze er das Glas an und trank es mit einem kräftigen Zug halb leer.

Wagner schaute auf seine Uhr. Fünf nach Zwölf.

Er spürte, wie sein Magen knurrte.

Ich weiß, wir haben großen Hunger, führte er ein geistiges Zwiegespräch mit seinem Magen, *aber es gibt ja gleich was Leckeres zu essen.*

Erneut ging sein Blick zur Eingangstür der Gaststätte. *Hoffentlich kommt Christiane bald.* Er ergriff das halbvolle Bierglas und leerte es mit einem Zug. Der Kellner, der zufällig in seine Richtung schaute, blickte ihn fragend an. Es war derselbe Kellner, der Christiane und ihn bereits gestern bedient hatte. Wagner hob das leere Glas kurz an und nickte dabei dem Kellner zu, die nonverbale Bestellung eines neuen Bieres.

Den großen Durst, den er verspürte, schob er dem ausgiebigen Strandlauf zu. Er war sich durchaus bewusst, dass es nicht gut war, den Flüssigkeitsverlust, der ein

Resultat seiner sportlichen Betätigung war, mit alkoholischen Getränken auszugleichen, aber das Bier schmeckte ihm heute besonders gut. Warum sollte er also nicht genau das trinken, worauf er Appetit hatte?

Wagner hatte den Endschluss gefasst, Christiane während des Essens die ganze Wahrheit über seinen Beruf zu erzählen. Sie sollte wissen, dass er bei der Kripo arbeitete. Christiane sollte ebenfalls erfahren, dass er sich mit den Morden auf Juist befasste, wenn auch nicht dienstlich. Obwohl, ein guter Polizist ist immer im Dienst. Er hatte diesen Entschluss gefasst, weil er einfach mal mit jemanden darüber reden musste. Christiane sollte von seinen Verdachtsmomenten gegenüber Harry Kleever erfahren.

Während er noch darüber nachdachte, wie er es ihr am Schonendsten beibringen könnte, brachte der Kellner das bestellte Bier, perfekt gezapft, mit einer Schaumkrone, die jeder Bierwerbung gerecht gewesen wäre.

Wagner bedankte sich.

Seine Blicke schweiften durch das Lokal und blieben an einer großen Wanduhr hängen.

Zehn nach Zwölf, ging es ihm durch den Kopf. Ein kontrollierender Blick auf seine Armbanduhr bestätigte ihm diese Uhrzeit. *Jetzt könntest du aber langsam kommen, Christiane.*

Diese Situation erinnerte ihn an einen Kollegen. Dieser Kollege hatte es auch nie geschafft, pünktlich zum Dienst zu erscheinen. Er kam grundsätzlich zehn Minuten zu spät und jedes Mal hatte er eine andere Ausrede. Erst als sich andere Kollegen darüber beim Chef beschwerten und dieser ein ernstes Wörtchen mit dem notorischen Zuspätkommer redete, änderte sich das.

Wagner dachte daran, dass Christiane nach dem Treffen mit ihrer Freundin eventuell noch einmal nach Hause gegangen war, um sich etwas frisch zu machen. Wer weiß, vielleicht wollte sie sich für ihn hübsch machen? So etwas kann bei Frauen manchmal lange dauern. Doch andersherum wollten sie sich um Punkt Zwölf im Restaurant treffen. Er war eigentlich überzeugt davon, dass Christiane nicht zu den Frauen gehörte, die beim Zurechtmachen die Zeit vergaßen. Es musste einen anderen Grund dafür geben, dass sie noch nicht hier war.

Um sich die Zeit des Wartens zu vertreiben, blickte er sich in der Gaststätte um. Die meisten Tische im Restaurant waren besetzt. Einige der Gäste speisten bereits. Aus dem Augenwinkel heraus sah Wagner, wie ein Gast am Nebentisch ein Stück von seinem saftigen Steak, welchen hübsch angerichtet auf seinem Teller lag, abschnitt und sich dieses genussvoll einverleibte. Bei diesem Anblick lief ihm das Wasser im Mund zusammen und das Hungergefühl, welches ihn plagte meldete sich erneut mit einem dezenten Magenknurren.

Zwischendurch ging sein Blick immer wieder zur Tür und dann erneut auf die Uhr. Die Zeit zog sich wie Kaugummi dahin, doch von Christiane war nichts zu sehen.

Mittlerweile war es zwanzig nach Zwölf. Er wurde unruhig. Warum kam sie nicht? Gehörte sie vielleicht doch zu dem Menschenschlag, der von Pünktlichkeit nicht viel hält? Oder hatte sie ihn einfach versetzt? Nein, so etwas würde Christiane niemals tun. Wagner hatte genug Menschenkenntnis und wusste, dass sie so etwas nicht tun würde. Er war sich sicher, dass es einen triftigen Grund dafür geben musste, dass sie noch nicht aufgetaucht war.

„Wird die Dame heute nicht erscheinen?", erkundigte sich der Kellner, als er an Wagners Tisch trat.

Als Antwort bekam er ein unsicheres Schulterzucken.

Der Kellner blickte ihn fragend an.

„Möchte der Herr schon etwas bestellen?"

„Nein, ich warte noch."

Mit einem kurzen Nicken und einem fadenscheinigen Lächeln zog sich der Kellner wieder zurück.

Weitere fünf Minuten gingen dahin und Christiane war immer noch nicht da.

Wagner wurde unruhig.

Warum kommt sie nicht? Ob irgendwas passiert ist? Sie hat meine Handynummer. Warum ruft sie nicht an und gibt mir Bescheid?

Er zog sein Handy aus der Tasche und warf einen kontrollierenden Blick darauf. Vielleicht hatte er das Handy aus irgendeinem Grund nicht gehört? Doch das Mobiltelefon signalisierte weder einen entgangenen Anruf noch eine Nachricht.

Ohne dass es ihm bewusst war, trommelte er mit den Fingern unruhig auf den Tisch herum.

Welchen Grund konnte es dafür geben, dass Christiane nicht kam, sich nicht einmal meldete? Er dachte daran, dass sie sich vielleicht nicht melden konnte, weil ihr Handy defekt war. Diesen Gedanken verwarf er aber wieder sehr schnell. Sie hätte ihn im Notfall auch anders verständigen können, denn schließlich gab es genügend andere Telefone auf der Insel.

Wenn sie mich nicht anruft, dann werd ich sie anrufen.

Sichtlich nervös wählte er ihre Nummer. Er nahm das Handy ans Ohr und lauschte. Nein, ihr Handy war nicht defekt, alles ganz normal. *Nun geh schon ran, Christiane.*

Doch Christiane ging nicht ran, und als sich schließlich ihre Mailbox meldete, beendete Wagner die Verbindung und schob das Handy zurück in seine Tasche.

Je weiter die Zeit dahin strich, desto größer wurde seine Sorge um Christiane.

Sollte seine Menschenkenntnis doch versagt haben und Christiane hatte ihn einfach versetzt? Dieser Gedanke kam genauso schnell auf, wie er ihn wieder bei Seite schob. Er war davon überzeugt, dass Christiane so etwas niemals tun würde. Sie war nicht der Typ dafür, ihm etwas vorzugaukeln.

In dem Moment, in dem er wieder sorgenvoll zur Tür blickte, öffnete sich diese und Christiane trat ein. Sie schaute sofort zu ihm herüber. Mit schnellen Schritten erreichte sie seinen Tisch und setzte sich, ließ sich regelrecht auf den Stuhl fallen. Sie wirkte abgehetzt, als sie in sein fragendes Gesicht blickte.

„Entschuldige bitte", kam es aus ihrem Mund. „So etwas ist mir noch nie passiert." Sie griff nach seiner Hand. „Du wartest bestimmt schon lange. Tut mir leid. Ich hoffe, du bist mir nicht böse."

Wagner sah sie abwartend an.

„Das ist ganz allein meine Schuld", redete sie weiter. „Wie kann ich das nur wieder gut machen?"

Sie erhob sich, beugte sich zu ihm hinüber und gab ihn einen Kuss.

„Entschuldige bitte", sagte sie noch einmal. „Wie gesagt, es ist meine Schuld."

Er saß immer noch wortlos da und blickte sie fragend an.

„Hast du dir schon etwas bestellt, Günter?"

Wagner schüttelte den Kopf.

„Nein. Aber willst du mir nicht erst einmal erklären, was deine Schuld ist und warum du so spät bist?"

„Ja, natürlich. Niki und ich saßen bis gerade eben im Cafe. Wir hatten uns viel zu erzählen. Dabei vergaßen wir einfach die Zeit. Erst als Nikis Handy klingelte und ihr Mann sich bei ihr erkundigte, warum sie nicht zu Hause sei, bemerkten wir, wie spät es schon war. So etwas ist mir noch niemals passiert."

„Warum bist du denn nicht an dein Handy gegangen?"

„Weil ich es zu Hause vergessen hab. Du hast mich angerufen?"

Er nickte.

„Hast du dir etwa Sorgen um mich gemacht?"

„Ja. Natürlich hab ich das. Hast du mal auf die Uhr geschaut? Da muss man sich ja Sorgen machen."

Christiane beugte sich zu ihm hinüber und blickte ihn lächelnd an.

„Ich liebe dich." Sie schaute sich kurz um und meinte dann ganz leise: „Und ich werd das alles wieder gut machen. Das versprech ich dir." Dabei zwinkerte sie ihm zu.

Wagner wirkte erleichtert.

„Und wie wirst du das wieder gut machen?", wollte er wissen.

„Das wirst du schon sehen."

Der Kellner trat an den Tisch und begrüßte Christiane.

„Da haben Sie es ja doch noch geschafft, zu erscheinen", meinte er freundlich lächelnd und zwinkerte ihr zu. „Der Herr war ja schon sichtlich unruhig. Was darf ich Ihnen zu trinken bringen?"

Christiane blickte auf Wagners Bier.

„Du trinkst heute keinen Wein?"

„Nein. Heute war mir nach Bier."

„Mir bringen Sie bitte ein Gläschen Wein", sagte sie zum Kellner. „Den gleichen, den wir gestern hatten."

„Sehr wohl, die Dame."

Als der Kellner den Tisch wieder verlassen hatte, meinte Christiane: „Du bist süß, Günter. Hast du dir wirklich solche Sorgen um mich gemacht?"

„Na hör mal. Schließlich geht auf der Insel ein brutaler Frauenmörder um, den sie mittlerweile die Bestie von Juist nennen. Ist es dann nicht normal, dass ich mir Sorgen mache?"

Eigentlich wollte Wagner mit ihr über die Wahrheit seines Berufs und seine Verdachtsmomente gegenüber Harry Kleever reden, doch er fasste den Entschluss, damit bis nach dem Essen zu warten.

Er lenkte das Gespräch in eine andere Richtung.

„Wie war denn das Treffen mit deiner Freundin Niki? Dass ihr euch viel zu erzählen hattet, das weiß ich ja schon. Fühlt sich Niki auf der Insel wohl oder vermisst sie die Weite des Festlandes?"

„Niki fühlt sich hier sehr wohl. Das einzige, was ihr noch zu schaffen macht, das sind die tristen Wintermonate. Sie meinte, dass sie sich aber auch daran gewöhnen wird."

„Und mit ihrer neuen Arbeitsstelle ist sie auch zufrieden?"

„Ja. Sie sagte, dass hier alles etwas lockerer gehandhabt wird, als in der Großstadt. Bevor ich es vergesse, Niki kündigte an, uns beide in den nächsten Tagen zum Essen einzuladen. Wann, das wird sie mir noch mitteilen."

Nachdem der Kellner den bestellten Wein an den Tisch gebracht und die Bestellung aufgenommen hatte, plauderten die beiden über Gott und die Welt. Dabei fassten sie sich immer wieder an die Hände und tauschten verliebte Blicke miteinander aus. Auch als sie etwas später speisten, änderte sich daran nichts.

Nach dem Essen fand Wagner es an der Zeit, mit Christiane über seinen Beruf zu reden.

„Christiane, ich möchte dir etwas sagen, was ich bis jetzt noch verschwiegen hatte."

Er redete bewusst leise, denn schließlich sollten die anderen Gäste nicht mithören.

Christianes Gesicht verfinsterte sich mit einem Schlag.

„Bist du etwa doch gebunden?", kam es unsicher aus ihrem Mund.

Er schüttelte den Kopf.

„Nein. Es geht um meinen Beruf."

„Du bist gar kein Polizist?"

„Doch, ich bin Polizist. Ich verschwieg, dass ich bei der Kripo bin und im Kommissariat für Tötungsdelikte arbeite."

Sie runzelte die Stirn.

„Und was ist daran so schlimm?"

„Nun, ich dachte, dass..."

Es war, als fehlten ihm die Worte. Er brach den Satz ab.

„Du dachtest was?", hakte sie nach.

„Es ist so, Christiane, als ich damals meine Frau kennen lernte und sie erfuhr, dass ich mich mit Morden beschäftige, da war sie sichtlich geschockt. Der Gedanke daran, dass ich mich mit Mordopfer befasse, erzeugte bei ihr ein gewisses Unbehagen. Sie brauchte sehr lange, um sich an diese Tatsache zu gewöhnen. Ich befürchtete, dass du eventuell genauso reagieren würdest."

„Warum sollte ich genauso reagieren. Jeder Mensch ist anders. Ich hab´ mich in dich verliebt. Dabei spielt dein Beruf nicht die geringste Rolle."

Er griff nach ihrer Hand.

„Entschuldige, Christiane, dass ich dir nicht von Anfang an die volle Wahrheit gesagt habe."

„Was gibt es denn da zu entschuldigen? Du hast mich ja nicht belogen. Du hast nur nicht alles erzählt." Sie lächelte. „Du hattest Angst, dass ich genau wie deine Ex-frau reagieren könnte, hattest Angst, mich vielleicht wieder zu verlieren. So ist das doch, oder?"

Er nickte. Dabei atmete er einmal tief durch.

Christiane beugte sich lächelnd über den Tisch und küsste ihn.

„Ich liebe dich, Günter."

In dem Moment, in dem sie sich wieder zurück setzte, wurde ihr Gesichtsausdruck ernst.

„Sag mir die Wahrheit, Günter. Du verbringst hier keinen Urlaub, du bist wegen der Frauenmorde dienstlich hier auf Juist."

Er schüttelte den Kopf.

„Nein. Ich hab´ mit den Ermittlungsarbeiten nichts zu tun. Ich bin auf die Insel gekommen, um Urlaub zu machen und um den Alltagsstress zu vergessen."

„Da bin ich aber erleichtert."

„Es gibt aber noch etwas, worüber ich mit dir reden wollte, Christiane."

Sie blickte ihn mit großen Augen an.

„Dann mal raus mit der Sprache."

„Wie ich dir schon sagte", kam es leise aus seinem Mund, „hab ich mit den Ermittlungsarbeiten bezüglich der Frauenmorde nichts zu tun. Ich wollte damit auch nichts zu tun haben, doch durch Zufall stieß ich auf ein paar Ungereimtheiten, die meine Neugier erweckten. Auch wenn ich Urlaub habe, wenn in meiner unmittelbaren Umgebung dermaßen schreckliche Morde geschehen, dann kann ich den Kriminalisten in mir nicht mehr zurück halten. Ich musste mich einfach mit diesem Fall beschäftigen und bin sogar so weit gegangen, dass ich selbst heimlich ermittelt hab. Die Art und Weise meiner Ermittlungen waren ungesetzlich und hätten mich in den Knast bringen können. Doch immerhin hab ich den Kollegen von der Mordkommission, die sich eigentlich mit diesen Mordfällen beschäftigen, nun etwas voraus. Ich konnte einen Tatverdächtigen ausmachen."

Christianes Augenbrauen schoben sich nach oben.

„Was haben deine Kollegen denn dazu gesagt?"

„Sie wissen es noch nicht. Erstens dürften sie niemals erfahren, auf welche Art und Weise ich an meine Informationen gekommen bin und zweitens fehlt mir noch der endgültige Beweis, der den Tatverdacht vollends untermauert."

„Du hast mich jetzt aber ganz schön neugierig gemacht, Günter. Kannst du mir mehr davon erzählen oder darfst du das nicht?"

Er blickte sich kurz im Restaurant um.

„Ich möchte es dir sehr gerne erzählen, aber hier ist nicht der richtige Ort dafür. Was hältst du von einem kleinen Verdauungsspaziergang am Strand entlang?"

„Sehr viel. Ich kann es kaum erwarten, endlich mehr von dieser Geschichte zu erfahren."

„Und ich bin froh, endlich mal mit jemanden, dem ich blind vertraue, darüber reden zu können."

Er winkte den Ober heran und bat um die Rechnung.

Eine viertel Stunde später schlenderten sie am Strand entlang.

„Also, Günter", sie blickte ihn neugierig an, „wer ist der Mörder?"

„Der Mordverdächtige."

„Dann eben der Mordverdächtige."

„Der Mann heißt Harry Kleever. Ihm gehört ein Haus auf Juist, ein großes Haus mit Ferienwohnungen. Du weißt doch, wo ich wohne. Dieses Haus liegt direkt auf der anderen Straßenseite."

„Und wie kommst du darauf, dass dieser Harry Kleever ein Mörder ist?"

„Kleever ist jetzt erst zur Polizei gegangen, um erzählen, dass beide Mordopfer bei ihm zu Hause waren. Überall waren die Fotos der Toten zu sehen und Kleever gab an, nichts davon mitbekommen zu haben, weil er viel zu tun hatte. Ich selbst sah den Mann aber regelmäßig zusammen mit irgendwelchen Leuten auf der Straße stehen. Er stand da und quatschte. In meinen Augen hatte Kleever sehr viel Zeit und ich vermute, dass er die Fotos der ermordeten Frauen schon eher gesehen hat."

„Und warum ging er dann nicht auch schon eher zur Polizei?"

„Das weiß ich nicht, aber es macht ihn sehr verdächtig."

„Und deshalb glaubst du, dass er der Mörder ist?"

„Nein, nicht nur deshalb. Die beiden Mordopfer waren Geschwister. Sie sind wegen irgendeiner Erbsache nach Juist gekommen. Leider weiß ich nicht genau, worum es da geht. Ich habe lediglich einen Verdacht. Das Erbe muss etwas mit Kleever zu tun haben. Kleever selbst erbte sein Haus von einer alten Dame, für die er seit langer Zeit gearbeitet hatte. Die alte Dame hieß Eva Maria Gerber. In einem Brief, den ein Notar an eines der Mordopfer schickte, ging es um eine Erbsache Anna Maria Gerber. Das ist alles sehr merkwürdig. Zunächst dachte ich daran, dass bei der Nennung der Vornamen ein Fehler unterlaufen war, aber ich bin mir mittlerweile sicher, dass es nicht der Fall ist. Da es aber nur eine Maria Gerber hier auf Juist gab, kann ich mir nicht erklären, woher diese unterschiedliche Namensgebung kommt."

„Woher weißt du eigentlich, dass eines der Mordopfer einen Brief von einem Notar bekommen hat? Hast du etwa bei deinen Kollegen angerufen und nachgefragt?"

„Nein. Die Kollegen von der Mordkommission wissen noch nichts von diesem Brief."

„Und wieso weißt du davon?"

Wagner zögerte mit seiner Antwort.

„Sagen wir es so, ich bekam den Hinweis von einem zuverlässigen Informanten."

Christiane runzelte die Stirn.

„Und dieser Informant erzählte dir ganz zufällig von dem Brief und dass es darin um eine Erbsache ging?"

„Na ja, nicht ganz zufällig. Ich half ein wenig nach."

„Und wie?"

Wagner atmete tief durch.

„Also gut, Christiane, ich erzähl es dir. Es gibt da einen Arne Besinski. Diesem Besinski wollte man einen Raubmord in die Schuhe schieben. Alle Indizien sprachen gegen den Mann, doch ich hatte von Anfang an ein ungutes Gefühl bei diesem Fall. Irgendetwas sagte mir, dass Besinski kein Mörder ist. Ich ermittelte gezielt in eine bestimmte Richtung und bald schon stellte sich heraus, dass Besinski in diesem Fall tatsächlich unschuldig war. Nicht, dass er ein unbeschriebenes Blatt ist. Er saß eine ganze Zeit im Gefängnis und musste dort eine Strafe wegen mehrerer Einbrüche in Juweliergeschäfte absitzen. Da ich dank meiner Ermittlungen Besinski vor einer lebenslänglichen Haftstrafe bewahrt habe, versprach der

Mann mir ewige Dankbarkeit. So griff ich jetzt auf ihn zurück. Als Einbrecher ist er ein Meister seines Fachs und als ich ihn darum bat, einen Blick in die Wohnung des ersten Mordopfers zu werfen, hatte er nicht nein gesagt. Dort stieß er auf diesen Brief."

Christiane blickte ihn ungläubig an.

„Du hast jemanden aufgefordert, in eine Wohnung einzubrechen? Das kann ich nicht glauben."

„Es ist aber so. Manchmal löst man Fälle schneller, wenn man sich nicht unbedingt an die Regeln hält."

„Aber diese Morde sind doch gar nicht deine Fälle. Dafür sind doch andere zuständig."

„Ich weiß, aber diese grausamen Morde beschäftigen mich so sehr, dass ich einfach nachforschen musste. Natürlich würde ich gerne nichts anderes tun, als meinen Urlaub zu genießen, aber ich kann es nicht. Vielleicht bin ich zu sehr durch und durch Polizist."

Sie blickte ihn an und schüttelte den Kopf.

„Ganz ehrlich, Günter, ich kann gut verstehen, dass diese schrecklichen Morde dich beschäftigen, doch du solltest wirklich mal lernen, Beruf und Urlaub auseinander zu halten. Warum überlässt du den Fall nicht den Kollegen, die ihn sowieso bearbeiten? Warum erzählst du ihnen nichts von diesem Brief und von deinem Verdacht gegen diesen Harry Kleever? Du könntest ja einfach sagen, dass dir jemand einen anonymen Hinweis gegeben hat und niemand wird dich verdächtigen. Dann könnten deine Kollegen weiter ermitteln und du kannst dich wieder in aller Ruhe deinem Urlaub widmen."

„Die Geschichte vom anonymen Hinweisgeber würden mir die Kollegen nicht abkaufen. Wenn ich ihnen die Wahrheit über die Herkunft dieser Information erzählen würde, dann könnte es mich meinen Job kosten. Und außerdem würde ich den Mörder gerne selbst überführen."

„Es ist also etwas Persönliches zwischen dir und diesem Kleever."

„Nein, das ist es nicht. Bisher besteht ja nur ein Tatverdacht gegen ihn. Harry Kleever, vorausgesetzt er ist der Mörder, fühlt sich anscheinend sehr sicher. Wenn er es wirklich war, dann ist er nicht nur ein eiskalter Mörder, sondern jemand, dem es nicht das Geringste ausmacht, dass er auf grausame Weise Menschen getötet hat. Solche Typen gehören für immer weggesperrt."

„Du würdest es also als eine Art Berufsehre empfinden, wenn du ihn ans Messer liefern könntest?"

„So könnte man es nennen." Während sie nebeneinander am Strand schlenderten, wirkte Wagner mit einem Mal sehr konzentriert. „Wenn ich nur wüsste, was es mit diesen verschiedenen Vornamen auf sich hat. Ich werde das Gefühl nicht los, dass die Namen der Schlüssel zur Lösung des Falles sein könnten. Ich dachte sogar schon daran, deine Freundin Niki zu fragen. Sie arbeitet schließlich im Rathaus und müsste dementsprechend Zugang zu den Daten von allen Juister Bürgern haben."

„Das hat sie auch, und sie könnte sogar einen Blick in die Unterlagen der Erbsache werfen, die Kleever das Haus einbrachte."

Wagner blieb stehen und sah sie mit großen Augen an.

„Willst du damit sagen, dass deine Freundin so etwas ohne Schwierigkeiten tun könnte?"

Christiane zog kurz ihre Schultern hoch.

„Warum nicht? Sie sitzt doch an der Quelle."

„Meinst du, ich könnte sie dazu überreden?"

„Du vielleicht nicht, aber für mich wäre es kein Problem."

„Was willst du ihr denn sagen? Deine Freundin wird sich doch bestimmt darüber wundern, wenn du sie darum bittest, Einsicht in die persönlichen Unterlagen von Leuten, die du nicht einmal kennst, zu erhalten."

„Ganz einfach. Ich sag´ ihr die Wahrheit."

„Das ist keine gute Idee. Niki könnte die ganze Geschichte ausplaudern und was das für mich bedeutet, das ist dir doch klar, oder?"

Christiane verzog das Gesicht.

„Natürlich ist mir das klar, aber Niki wird nicht plaudern. Wenn ich ihr absolute Geheimhaltung verordne, dann wird sie sich auch dran halten."

„Hast du so viel Vertrauen zu ihr?"

„Ich vertraue ihr blind. Außerdem kenne ich ihr großes Geheimnis. Alleine aus diesem Grund würde sie mein Vertrauen niemals missbrauchen."

„Deine Freundin hat ein Geheimnis? Du machst mich neugierig."

„Tja, mein lieber Günter, wenn ich es dir verraten würde, dann wäre es kein Geheimnis mehr. Außerdem wäre es ein großer Vertrauensbruch gegenüber Niki."

„Das hab ich gerne. Erst diverse Andeutungen machen und dann nicht näher drauf eingehen. Du könntest doch wenigstens grob umschreiben, womit dieses Geheimnis etwas zu tun hat."

„Na schön, eine Andeutung werde ich machen, mehr aber auch nicht. Nikis Geheimnis stammt noch aus der Zeit, in der sie mit mir in Duisburg zusammen arbeitete. Es hat etwas mit öffentlichen Ausschreibungen für Bauaufträge zu tun."

Wagner lächelte. Dabei rieb er sich mit dem Finger über seine schmale Nase.

„So ist das also. Deine Freundin hat Dreck am Stecken. Ich hab´ schon davon gehört, dass es bei solchen Ausschreibungen oft verbotene Absprachen und Kungeleien gegeben hat. Dass städtische Mitarbeiter ihre Finger im Spiel haben, ist mir allerdings neu."

„Niki hat keinen Dreck am Stecken", verteidigte Christiane ihre Freundin. „Das, was sie tat, tat sie für eine gute Sache, auf die ich jetzt nicht näher eingehen möchte. Außerdem frag ich mich, wer hier Dreck am Stecken hat. Wer hat denn jemanden beauftragt, in die Wohnung eines Mordopfers einzubrechen?"

Wagner grinste.

„Das war ebenfalls für eine gute Sache, denn es ist der Aufklärung eines Verbrechens dienlich."

Christiane blickte auf ihre Armbanduhr.

„In einer halben Stunde werde ich mich wieder mit Niki treffen. Was hältst du davon, wenn du einfach mitkommst? Niki deutete mir gegenüber an, dass sie dich gerne kennen lernen würde. Du wirst sehen, Niki ist total nett und immer gut drauf. Ich denke, ihre ausgeflippte Art wird dir gefallen. Bei dieser Gelegenheit können wir ihr von deinem Verdacht, dass Harry Kleever ein Mörder ist, erzählen. Ich gebe dir Brief und Siegel, dass sie uns bei den Ermittlungen helfen wird."

„Bei unseren Ermittlungen? Seit wann ermitteln wir zusammen?"

„Seit gerade eben. Ich finde diese Sache aufregend und spannend."

Wagner atmete tief durch.

„Du weißt aber, dass solche privaten Ermittlungen jenseits der Legalität liegen und dass du dich damit strafbar machen kannst?"

„Was kann schon passieren, Günter? Ich vertraue dir und geh´ davon aus, dass du es nicht zulassen wirst, dass man uns bei illegalen Nachforschungen erwischt."

Wagner schüttelte leicht mit dem Kopf.

„Christiane, du bist verrückt."

„Ja, ich bin verrückt und zwar verrückt nach dir."

Sie schlang ihre Arme um seinen Hals und küsste ihn.

Dann machten sie sich wieder auf den Rückweg zum Dorf Juist.

„Christiane, du sagtest doch gerade, dass mir die ausgeflippte Art deiner Freundin Niki gefallen wird. Wie ausgeflippt ist sie denn? Muss ich mich auf etwas Schlimmes gefasst machen?"

Christiane lachte.

„Nein. Lass dich einfach überraschen."

Einige Zeit später saßen die beiden in einem Cafe am Kurpark. Das Cafe hatten Niki und Christiane als Treffpunkt ausgewählt. Niki war allerdings noch nicht erschienen.

„Wir sind noch etwas früh dran", stellte Christiane fest.

„Niki wird aber gleich kommen."

„Ich bin schon richtig gespannt auf deine ausgeflippte Freundin."

Dann deutete Christiane in die Richtung des Kurparks.

„Da kommt Niki ja."

Wagner richtete seinen Blick suchend auf die Grünanlage. Im Kurpark waren einige Leute zu sehen. Sie schlenderten behäbig über die Wege oder saßen auf den Bänken. Eine Frau aber kam zielstrebig auf sie zu.

„Ist es die mit der grünen Bluse?", frage Wagner.

„Das hast du sehr gut erkannt."

Christiane hatte zwar erzählt, dass Niki eine ausgeflippte Art hat, aber sie hatte ihm gegenüber noch keine genauere Personenbeschreibung ihrer Freundin abgegeben. Das einzige, was Christiane verraten hatte, war ihr Alter, nämlich vierunddreißig. Wagners Reaktion auf Nikis Anblick bestand aus einem kurzem Kopfschütteln und einem ungläubigen Lächeln.

Die Frau, die da so zielstrebig auf sie zu kam, trug eine leuchtend grüne Bluse und eine weiße Hose. Das grelle Neongrün ihrer Schuhe stach unbändig in die Augen des Betrachters. Den gleichen Farbton wies auch ihr kleines Handtäschchen auf. Die Figur der Frau konnte man in zwei Worte fassen: Klein und dick. Sie war etwa 1,65 m groß. Wagner schätzte ihr Gewicht auf mindestens 80 kg. Ihre kurz geschorenen, feuerrot gefärbten Haare signalisierten: Ich will auffallen. Und genau das tat sie. Als Niki ihn und ihre Freundin im Cafe entdeckte, winkte sie ihnen schon aus der Entfernung zu. Dabei erschall ein lautes: „Huhu, hier bin ich!" Die Stimme klang grell und durchdringend.

„Das ist also Niki", kam es etwas ungläubig aus Wagners Mund.

„Ja. Das ist Niki."

Als Niki die beiden fast erreicht hatte, konnte Wagner auch ihre Gesichtszüge deutlich erkennen. Das Gesicht wirkte kreisrund und ihre rosigen Wangen hätten zu keinem anderen Gesicht gepasst. Niki lachte und dieses Lachen ließ das runde Gesicht regelrecht strahlen. Obwohl Wagner mit dieser Frau noch kein einziges Wort gewechselt hatte, war sie ihm sofort sympathisch. So ausgeflippt Niki auch aussah, sie wurde von einer Aura aus guter Laune und Wärme umgeben.

Wagner stand zur Begrüßung artig auf.

Christianes Freundin nahm sich sofort seiner an.

„Du bist also der berühmte Günter", kam es überschwänglich aus ihrem Mund. Sie blickte ihn von oben bis unten an. „Scheinst ja wirklich ein strammer Kerl zu sein. Christiane hat bei ihrer Schwärmerei über dich nicht übertrieben."

Wagner war eigentlich nicht auf den Mund gefallen, doch in diesem Moment wusste er nicht so recht, wie er reagieren sollte. Zuerst redet sie ihn mit einem vertrauten Du an und dann gibt sie auch noch lauthals einen Kommentar über sein Aussehen ab. Er antwortete mit einem hilflos wirkenden Grinsen. Sein Blick ging fragend zu Christiane, die einfach nur laut los lachte.

„Was ist los, Günter?", wollte Niki von ihm wissen. „Hat es dir etwa die Sprache verschlagen?"

Sie sah ihn lächelnd an. Dabei schoben sich ihre Augenbrauen weit nach oben.

Wagner blickte in weit aufgerissene Augen. Diese Augen waren groß und blau, und sie schienen auf wundersame Weise lächeln zu können.

„Was hat Christiane denn über mich erzählt?", stelle er eine Gegenfrage.

Niki lachte und meinte:

„Das, was Freundinnen sich untereinander anvertrauen, wird niemals ausgeplaudert, besonders, wenn es so eine delikate Angelegenheit ist."

Stirnrunzelnd richtete er seinen Blick auf Christiane.

Bevor er irgendetwas sagen konnte, redete Niki weiter.

„Du brauchst Christiane gar nicht so strafend anzusehen. Ich versprech' dir, sie hat nur Gutes über dich berichtet. Und keine Angst, es waren keine Intimitäten dabei."

Dann winkte sie dem Kellner zu.

„Herr Ober, bitte ein Kännchen Kaffee und die Eiskarte."

Kaum hatte sie am Tisch Platz genommen, erklang von irgendwo her der alte Schlager „Er hat ein knallrotes Gummiboot".

Mit den Worten: „Wer ist das denn schon wieder?", öffnete Niki ihr signalgrünes Handtäschchen und zog ein Handy heraus.

Sie hielt das Mobiltelefon hoch und blickte Christiane an.

„Wie findest du meinen neuen Klingelton? Einen Kerl mit `nem knallroten Gummiboot wollte ich schon immer haben." Dann lachte sie laut los. Sie lachte so herzhaft, dass Wagner regelrecht in ihren Bann gezogen wurde und auch lachen musste.

Niki nahm das Gespräch entgegen.

„Wer stört?" Dabei kicherte sie. Dann wurde ihr Gesichtsausdruck ernst. „Herr Doktor Müller, was kann ich für Sie tun?" Sie hörte ihrem Gesprächspartner aufmerksam zu. Dann sagte sie: „Mein lieber Chef, es geht um eine Anfrage des Liegenschaftsamtes Emden. Die Unterlagen dazu finden Sie in der Akte L32 / 3.1. Es betrifft das Flurstück 17a, Sektor 2. Es ist der zweite Ordner von links im dritten Regal von unten. Das Antwortschreiben hab´ ich in Ihrem Namen bereits verfasst. Es liegt auf Ihrem Schreibtisch. Sie brauchen es nur noch zu unterschreiben. Ich werd´ es dann gleich morgen in die Post geben."

Jetzt hörte Niki wieder dem Mann am anderen Ende der Verbindung zu. „Ich weiß, Chef, ohne mich, wären Sie wie immer hilflos verloren. Also dann, bis morgen. Und noch was, Chef, das nächste Mal möchte ich an meinem freien Tag nicht mehr gestört werden." Ihr lautes, herzhaftes

Lachen war das letzte, was ihr Chef von ihr hörte, als sie das Gespräch beendete.

Sie blickte Wagner an.

„Mein Chef kann es einfach nicht lassen. Mich wundert es ja, dass er mich nicht auch noch im Urlaub verfolgt. Wer weiß, vielleicht ist er ja insgeheim scharf auf mich."

Ihr Lachen, welches nun folgte, konnte man als dreckig und ordinär bezeichnen, und trotzdem wirkte es auf die anderen am Tisch ansteckend.

Für Wagner stand sehr bald fest: Wer eine Frau, wie Niki an seinem Tisch sitzen hat, der braucht keinen Alleinunterhalter. Niki erzählte Anekdoten aus der Zeit, die sie gemeinsamen mit Christiane in Duisburg verbracht hatte. Mit diesen amüsanten Geschichten unterhielt sie lauthals das halbe Café.

Wagner musste sich eingestehen, dass er schon lange nicht mehr so gelacht hatte. Immer wieder musste er sich die Tränen aus den Augen wischen. Niki schaffte es tatsächlich, dass er die Morde, die ihn so sehr beschäftigten, in ihrer Anwesenheit einfach vergaß.

Selbst, wenn das Tischgespräch zwischendurch in ernste Themenbereiche abglitt, Niki lockerte es durch spitzfindige Kommentare immer wieder auf und sorgte mit neuen, humorgeladenen Anekdoten für Lachsalven in der kleinen Runde.

Nachdem Niki einen zweiten Eisbecher vertilgt hatte, meinte sie: „So, und was machen wir nun?" Sie blickte die beiden am Tisch fragend an. „Wollt ihr hier sitzen bleiben oder lieber einen kleinen Spaziergang unternehmen?"

„Ich bin für den Spaziergang", gab Christiane ihr zu verstehen. „Günter und ich wollten noch etwas Ernstes mit dir besprechen, etwas, das niemand mithören darf."

Niki machte große Augen.

„Das hört sich aber spannend an. Was kann das wohl sein? Wollt ihr zwei etwa heiraten und ich soll die Trauzeugin sein?" Erneut ertönte Nikis dreckiges Lachen.

Wagner schüttelte schmunzelnd den Kopf.

„Also los", sagte Niki. „Ihr habt mich neugierig gemacht. Lasst uns die Marina umrunden und zum Seezeichen gehen. Da können wir ungestört quatschen."

Sie bezahlten und verließen das Cafe.

Wenig später schlenderten sie am Jachthafen vorbei.

Christiane wies mit der Hand auf die Segelboote, die in der Marina lagen. „Es muss schön sein, mit so einem Segler über das Meer zu fahren. Man könnte weit hinaus segeln, zu irgendeiner Insel und dann in einer einsamen Bucht ankern, um dort zu übernachten."

Niki grinste.

„Da hör sich doch einer diese Romantikerin an", sagte sie und lachte jetzt so laut, dass es über den ganzen Hafen schallte. „Leider muss ich dich wieder auf den Boden der Tatsachen holen, Christiane. Wenn du hier los segelst, wirst du im Umkreis von einigen hundert Seemeilen nicht eine einzige Insel mit einer einsamen Bucht zum Ankern finden." Sie blieb stehen. „So, und jetzt möchte ich endlich wissen, was es ernstes zu bereden gibt."

Während sie weiterschlenderten, erzählte ihr Christiane von den Morden und dem Mordverdächtigen. Dann ergriff Wagner das Wort und schilderte die Ungereimtheiten dieser merkwürdigen Erbsache.

Als Nikis Begleiter mit ihren Ausführungen fertig waren, blieb sie erneut stehen. Ihr Gesichtsausdruck wirkte ernst und nachdenklich.

„Das klingt ja unglaublich", meinte sie. „Wenn dieser Kleever wirklich ein Mörder ist, dann gehört er sofort hinter Gitter. Wer weiß, welche Frau er sonst als nächste umbringt?"

„Und deshalb brauchen wir Beweise für seine Schuld", stellte Christiane fest. „Und du könntest uns dabei helfen, diese Beweise zu finden, Niki."

Niki blickte sie ungläubig an.

„Wie soll ich euch dabei helfen?"

Christiane wandte sich an Wagner.

„Sag du es ihr, Günter."

Wagner holte tief Luft.

„Also, Harry Kleever erbte vor einiger Zeit das Haus von Frau Gerber. Wir brauchen genaue Informationen über diese Erbsache. Im Rathaus müssten sich doch Unterlagen darüber finden, wie diese Sache über die Bühne gegangen ist."

Niki nickte.

„Und an was für Unterlagen dachtest du dabei?"

Wagner schob die Schultern nach oben.

„Ich dachte an eine Kopie des Testamentes, an Überschreibungsdokumente, und so weiter, eben alles, was man darüber finden kann. Mich würde auch interessieren, welches der richtige Vorname von Frau Gerber war, Anna Maria oder Eva Maria."

„Und diese Informationen würden den Mörder überführen?"

„Ich weiß es nicht, aber sie könnten wenigstens zur Klärung des Falles beitragen."

Niki blickte ihre beiden Begleiter nacheinander an.

„Ihr wisst, dass ich in Teufels Küche kommen kann, wenn ich euch mit solchen Informationen versorge?"

„Nicht, wenn es niemand erfährt", gab Wagner zu verstehen. „Und ich versprech dir, Niki, es wird niemand erfahren."

Niki kratzte sich unsicher an ihrem feuerroten Haarschopf.

„Ich weiß nicht, ob ich so etwas tun soll."

Nun trat Christiane an sie heran und ergriff ihre Hand. Sie blickte ihr tief in die Augen.

„Bitte, Niki, hilf uns, diesen Mörder zu überführen. Denk doch mal an die guten Zeiten zurück. Da haben wir auch nicht immer nur das getan, was erlaubt war, oder?"

Niki schaute zum Seezeichen hinüber. Doch irgendwie schien ihr Blick an dem segelförmigen Monument, welches die Hafeneinfahrt markierte, vorbeizugehen.

„Also gut. Ich werde mal sehen, was ich tun kann."

Christiane umarmte und drückte sie.

„Danke, Niki."

Als Christiane Niki wieder los ließ, blickte sie Wagner an.

„Und was ist mit dir, Günter? Werde ich von dir nicht gedrückt?"

Als er nicht sofort reagierte, forderte Christiane ihn auf:

„Na los, Günter, nimm sie schon in den Arm."

Bevor er überhaupt Anstalten machte, an Niki heranzutreten, stand sie vor ihm, nahm ihn in die Arme und drückte ihn herzlich.

Als sie ihn wieder frei gab, meinte sie: „Es ist wirklich ein tolles Gefühl, so einen strammen Kerl im Arm zu haben." Sie lachte. „Wenn du nicht mit meiner besten Freundin zusammen wärst, Günter, dann würde ich dich mal so richtig zwischen nehmen."

Erneut hallte ihr dreckiges Lachen über den Jachthafen.

Die drei gingen weiter. Dann kam Niki wieder auf das ernste Thema der Morde zurück. Sie löcherte ihre beiden

Begleiter neugierig mit immer neuen Fragen. Schließlich erreichten sie das Seezeichen. Sie stiegen bis oben hinauf und genossen für eine Weile die Aussicht über den Hafen und das Meer.

*   *   *

Es war später Nachmittag geworden.
Nachdem sich Niki von dem Pärchen verabschiedet hatte, weil bei ihr zu Hause noch eine Menge Arbeit auf sie wartete, schlenderten sie zu zweit Hand in Hand am Strand entlang.
„Deine Freundin ist wirklich unglaublich, Christiane. Der erste Eindruck, den ich von ihr hatte, war sehr negativ. Sie wirkte auf mich sehr vulgär. Ich war fest davon überzeugt, dass sie nicht mehr alle Tassen im Schrank hat. Diese Meinung hab ich aber sehr schnell wieder geändert."
„So geht es den meisten, die Niki zum ersten Mal erleben. Viele rümpfen bereits die Nase, wenn sie ihr Outfit sehen."
„Das kann ich mir gut vorstellen."
„Du hast bei ihrem Anblick auch nicht gerade erbaut drein geschaut, Günter."
„Ist das verwunderlich?"
„Natürlich nicht. Doch jeder, der Niki näher kennen lernt, der wird sehr schnell feststellen, dass dieses schrille Outfit zu ihr passt, wie die Sahne auf den Kuchen. Es gehört bei ihr einfach mit dazu. So ausgeflippt, wie Niki auch ist, sie zählt zu den liebenswertesten Menschen, die ich kenne."
Wagner nickte.
„Ich muss gerade an das Handygespräch denken, welches Niki mit ihrem Chef führte. Das Verhältnis zu ihm scheint ja auch recht locker zu sein."

„Kannst du dir vorstellen, dass jemand zu Niki ein ernstes Verhältnis hat?"

Er schüttelte den Kopf.

„Nein, das kann ich nicht. Irgendwie muss man sie einfach mögen. Als die Gespräche mit ihr vorhin ernster wurden, da war von einer ausgeflippten Niki plötzlich nichts mehr vorhanden und ich hatte das Gefühl, mich mit einer hochintelligenten und sehr gebildeten Frau zu unterhalten."

„Dein Gefühl hat dich nicht getäuscht, Günter. Was die Bildung angeht, ist Niki in ihrem Job unterfordert. Sie besitzt sogar einen Doktortitel."

Wagner blieb stehen und schaute Christiane mit großen Augen an.

„Sie besitzt einen Doktortitel?", kam es ungläubig aus seinem Mund.

„Ja. Sie ist Doktor der Chemie."

„Und warum arbeitet sie dann im Rathaus?"

„Das ist eine lange Geschichte. Niki wollte ursprünglich ihr Hobby zum Beruf machen. Sie war damals fasziniert von den alten Ägyptern und deshalb studierte sie Ägyptologie. Nach einigen Semestern stellte sie aber fest, dass es wohl doch nicht ihr Ding war. Daraufhin wechselte sie das Studienfach. Sie schrieb sich gleich in zwei Fächer ein, Englisch und Chemie. Bei Chemie blieb sie schließlich hängen. Nachdem sie ihren Doktor der Chemie im Sack hatte, verlief alles in ihrem Leben anders, als geplant. Den Job, den man ihr in einer großen Chemiefabrik in Leverkusen versprochen hatte, bekam sie nicht, weil der Konzern stark rationalisierte und eine Menge Stellen einfach gestrichen wurden. Es gab zwar noch weitere Arbeitsstellen, die sie hätte antreten können, aber diese waren an Orten, die viele hundert Kilometer von Duisburg entfernt lagen. Ihre Mutter war eine kränkelnde Frau und Niki wollte sie auf keinen Fall alleine lassen. Sie hatte an einen Umzug in eine Stadt, in der sie Arbeit fand, gedacht. Ihre Mutter wollte sie mitnehmen, doch die alte Dame hatte sich gesträubt. Sie wollte ihre Heimatstadt Duisburg nicht verlassen. Hier wohnten ihre Freundinnen und hier war das Grab ihres verstorbenen Mannes. Nikis Vater war vier Jahre vorher gestorben, Krebs. Ihre Mutter kam mit diesem Verlust nicht klar. Mindestens zweimal in der Woche hatte sie sein Grab besucht. Niki, die ebenfalls noch unter dem frühen Tod ihres Vaters litt, war sehr schnell klar geworden, dass ihre Mutter ohne das gewohnte Umfeld in einer fremden Stadt zugrunde gehen würde. Aus Liebe zu ihrer Mutter hatte sich Niki dafür entschieden, in Duisburg zu bleiben und sich einen anderen Job zu suchen. So landete sie schließlich in der Stadtverwaltung."

„Was für eine rührige Geschichte. Aber warum hat Niki Duisburg nun doch verlassen?"

„Ihre Mutter starb einige Jahre später ebenfalls an Krebs, Ironie des Schicksals. Sie wurde nicht einmal sechzig Jahre alt. Es war ein schwerer Schlag für Niki und als sie sich wenig später in einen Mann, der ganz zufällig im Juister Rathaus arbeitete, verliebte, gab es für sie keinen Grund mehr, in Duisburg zu bleiben. Ganz im Gegenteil. Sie litt unter dem Verlust ihrer Eltern und wurde in ihrem Umfeld immer wieder schmerzhaft an sie erinnert. So hoffte sie, auf Juist Abstand gewinnen zu können."

Wagner nickte.

„Ihr Plan ist offensichtlich aufgegangen. Deine Freundin macht nicht gerade den Eindruck von einem Trauerklos."

„Das täuscht. Natürlich fühlt sie sich hier wohl, aber ich weiß aus Gesprächen mit ihr, dass sie den Tod ihrer Eltern noch lange nicht überwunden hat. Manchmal träumt sie nachts von ihnen. Sie wird dann wach und sitzt weinend im Bett." Christiane nahm seine Hand und blickte ihm in die Augen. „Wir sollten das Thema wechseln. Ich möchte über schöne Dinge reden und nicht über Trauer."

„Und an was für ein Thema dachtest du?"

„Wir sollten zum Beispiel darüber reden, wie wir den Rest des Tages verbringen wollen."

„Hättest du schon einen Vorschlag?"

„Was hältst du davon, wenn wir uns eine Flasche Wein besorgen und uns dann auf deinen Balkon begeben, um das Fläschchen zu leeren? Dort könnten wir den Tag dann zu zweit ausklingen lassen."

„Und was essen wir? Sollen wir etwa verhungern?"

„Hast du noch so eine Pizza in deinem Gefrierfach?"

„Nein."

„Dann werden wir uns vorher noch eine kaufen, vorausgesetzt, du hast Appetit drauf."

Wagner nickte.

„Warum nicht. Wenn ich an die letzte Pizza denke, die ich auf dem Balkon verspeist hab´, dann verspür ich sofort den Wunsch, das gleiche Dinner zu wiederholen. Als Hauptgericht gibt es Pizza und als Aperitif, Vor- und Nachspeise gibt es Christiane. Das ist mein absolutes Lieblingsmenü."

Christiane lachte.

„Dann haben wir ja beinahe den gleichen Geschmack, nur dass bei mir die Zwischengänge Günter heißen."

Sie umarmten und küssten sich. Dann ließen sie voneinander ab und machten sich auf den Weg ins Dorf, um sich mit dem einzudecken, was sie für ihren romantischen Abend brauchten.

Als die beiden nach ihrem Einkauf schließlich das Haus erreichten, in dem Wagners Ferienwohnung lag, trat gerade Herr Peterson vor die Haustür.

„Moin", grüßte er freundlich. „Ich hoffe, Sie hatten einen schönen Tag."

„Wir sind zufrieden", meinte Wagner. „Danke für die Nachfrage."

„Heute Nacht kann es etwas lauter werden", sagte Peterson. „Es ist aber kein Grund zur Beunruhigung."

Wagner blickte ihn fragend an.

„Gibt es irgendwo auf der Insel eine lautstarke Feier?"

„Nein. Die See kann heute sehr laut werden, so laut, dass man das tosende Rauschen der Wellen mit einem Donnergrollen verwechseln kann. Es ist eine Springflut angesagt."

Christiane wurde mit einem Mal blass.

„Das ist doch bestimmt gefährlich", meinte sie ängstlich. „Im Fernsehen haben sie schon mal gezeigt, wie so eine Sturmflut alles überschwemmt hat."

Peterson lachte.

„Junge Frau, ich sagte Springflut und nicht Sturmflut."

„Ist das denn nicht das gleiche?"

„Nein. Bei Sturmflutgefahr gibt das Wetteramt zeitig Warnmeldungen heraus. Eine Springflut ist nicht gefährlich. Immer wenn der Mond und die Sonne in einer bestimmten Konstellation stehen, dann steigt das Hochwasser bei auflaufender Flut deutlich an. Wenn dann noch, so wie es für heute Nacht angesagt ist, starker Seewind herrscht, dann wird es am Strand sehr unruhig. Die Wellen können dann fast bis an die Dünen heran schlagen."

„Und das ist nicht gefährlich?"
In Christianes Stimme schwang Unsicherheit mit.
„Keine Angst, junge Frau", beruhigte Peterson sie. „Eine Springflut ist harmlos. Bei ablandigem Wind bemerkt man sie nicht einmal."
Christiane blickte ihn skeptisch an.
„Was ist ablandiger Wind?"
Peterson lächelte.
Es ist so, junge Frau, wenn der Wind vom Land her weht, nennt man ihn ablandig. Wenn der Wind aber aus Richtung See kommt, dann ist es Seewind. Seewind drückt das Wasser bei Flut gegen das Land und verstärkt die Flutwirkung. Dabei kann die See, so wie es wahrscheinlich heute Nacht sein wird, sehr unruhig werden."
Wagner legte seinen Arm über Christianes Schultern.
„Siehst du", meinte er. „Du brauchst keine Angst zu haben."
Hätte Christiane in diesem Moment gewusst, dass Harry Kleever im Haus auf der gegenüberliegenden Straßenseite wieder hinter seinem Fenster stand und sie mit seinen gierigen Blicken fast verschlang, dann hätte sie Angst bekommen. Und wenn sie dann auch noch in der Lage gewesen wäre, seine bösartigen Gedanken zu lesen, hätte ihre Angst sich ins Unermessliche gesteigert.
Kleever stand hinter seiner Gardine und fixierte sie. Bei ihrem Anblick loderte in ihm das unbändige Verlangen, sie zu töten. Er wusste, es würde bald geschehen und die innere Unruhe, die er nun verspürte glich einem Lampenfieber vor dem großen Auftritt. Sein Plan stand fest. Es war ein genialer Plan, der ihm ein Höchstmaß an Befriedigung verschaffen und gleichzeitig einem gehassten Polizisten einen seelischen Tiefschlag verpassen würde.

Letztendlich gehörte auch der Tod des Polizisten zu diesem Plan.

Ich muss nur noch den richtigen Moment abpassen, ging es durch sein krankes Gehirn, *dann werden wir viel Spaß miteinander haben, Christiane und du, Wagner, wirst leiden.*

Er spürte, wie seine prankenartigen Hände bei diesen Gedanken vor Aufregung zitterten.

Auch als Peterson das Paar auf der anderen Straßenseite verließ und die beiden in der Haustür verschwanden, blieb Kleever hinter der Gardine stehen und beobachtete das gegenüber liegende Gebäude.

*   *   *

Wie Kleever es erwartet hatte, übernachtete Christiane bei Wagner. Bis elf Uhr abends hatte er das Haus von gegenüber nicht aus den Augen gelassen. Dann begab er sich zur Nachtruhe, um pünktlich um sieben Uhr wieder auf seinem Beobachtungsposten zu sein. Er saß auf einem Stuhl hinter dem Fenster. Von hier aus konnte ihm nichts von dem entgehen, was sich draußen auf der Straße abspielte.

Heute sollte es geschehen, heute wollte er seinen Plan umsetzen. Sein ursprüngliches Vorhaben, Christiane in der einsamen Mulde in den Dünen zu töten, hatte er verworfen. Er hatte einen neuen Plan.

Sein Blick ging kurz zu seiner Jacke hinüber, die er griffbereit über eine Stuhllehne gelegt hatte. Alles, was er für seinen Plan brauchte, war bereits in den Jackentaschen verpackt, zwei Schnüre und eine Rolle Klebeband.

Hoffentlich spielen die beiden mit, ging es ihm durch den Kopf.

Sein Plan hing davon ab, was seine beiden Opfer heute unternehmen wollten. Kleever hoffte darauf, dass sie, wie es fast alle Urlauber taten, einen Spaziergang unternehmen werden, einen Spaziergang, der sie aus dem Dorf führen wird. Außerhalb des Dorfes würde niemand darauf achten, wenn er das Paar ansprechen würde, um ihnen ein Angebot zu unterbreiten. Da er Wagner ja bereits vorgestellt worden war, wird es kein Misstrauen ihm gegenüber geben, denn er war für Wagner ja kein Fremder mehr. Er würde den beiden anbieten, ihnen eine Sehenswürdigkeit der Insel zu zeigen, zu der normalerweise kein Tourist Zugang hat, eine Sehenswürdigkeit, die so großartig ist, dass sie diese auf keinen Fall verpassen durften. Natürlich würden sie ihn sofort fragen, was für eine Sehenswürdigkeit das ist, doch er würde ihnen nur antworten, dass er das nicht näher erläutern könnte, da sonst der Überraschungseffekt ausbleiben würde. Ganz egal, wo auf der Insel er sie ansprechen würde, er kannte viele einsame Orte auf Juist, zu denen sonst niemand vordringt. Zu einem solchen Ort würde er sie führen und dort sollte es dann passieren. Zunähst würde er Wagner außer Gefecht setzen. Dazu sollte ein gezielter Kinnhaken, den er aus seiner Zeit als Boxer oft erfolgreich angewandt hatte, ausreichen. Christiane würde er auch zunächst ruhigstellen, um Wagner fesseln zu können. Damit keiner der beiden nach Hilfe rufen konnte, würde er ihren Mund mit Klebeband verschließen. Wagner sollte, wenn er schließlich wieder zu sich kommt, hilflos mit ansehen müssen, wie seine Christiane qualvoll in den Tod befördert wird. Kleever hatte sich fest vorgenommen, sich dabei viel Zeit zu lassen. Er wollte es genießen, wollte spüren, wie Christiane ganz langsam ihr Leben aushauchte. Der Gedanke daran, dass dieser verhasste Polizist dabei zusehen musste, war das Salz in der Suppe. Es war die Krönung seines Planes. Natürlich würde er dann auch Wagner töten. Dieses Mal wollte er seine Opfer anders entsorgen. Zunächst würde er sie gut verstecken, an einem Ort, an dem niemand sie entdecken wird. Bei Einbruch der Dunkelheit wollte er dann mit einer Schaufel losmarschieren, um ein tiefes Grab für die beiden in den sandigen Untergrund zu schaufeln, irgendwo in den Dünen, dort, wo niemand buddeln würde. Vorher aber wollte er ihnen die Kleidung ausziehen, um diese ordentlich gefaltet am Strand zu deponieren. Kleever hatte beobachtet, dass Christiane immer ein kleines Täschchen an ihrem Gürtel trug und er war sich sicher, dass sie darin neben Geld auch noch Kreditkarten verstaut hatte, vielleicht sogar ihren Pass. Bei Wagner war ihm aufgefallen, dass sich auf seiner Gesäßtasche immer eine Geldbörse abmalte. Auch darin waren seiner Meinung nach Dinge, die auf Wagners Person hinwiesen. Wenn Kleever die Kleidung samt Tascheninhalt am Strand ablegen würde, dann könnte man dadurch die Eigentümer der Kleidungsstücke feststellen. Wenn diese aber nicht mehr auffindbar sind und man anhand der Kurkarten feststellt, dass sie die Insel noch nicht verlassen haben, wird man irgendwann davon ausgehen, dass sie sich ihrer Kleidung entledigt hatten, um schwimmen zu gehen. Man wird vermuten, dass sie zu weit hinausgeschwommen sind, vielleicht während der Ebbe, bei ablaufendem Wasser, denn dann hat auch der beste Schwimmer keine

Chance mehr, zurück zu kehren. Das Wasser trägt ihn auf die offene See hinaus.

Kleevers Plan schien perfekt.

Nun saß er hinter seinem Fenster, das gegenüber liegende Haus fest im Visier.

Es dauerte noch eine ganze Weile, bis das Paar, auf das Kleever es abgesehen hatte, endlich das Haus verließ.

Nun hieß es für Kleever, ihnen unauffällig zu folgen.

Das Pärchen wirkte ausgelassen. Dass die beiden für heute Morgen einen Strandspaziergang geplant hatten, spielte Kleever in die Karten.

Nachdem sie das Dorf durchquert hatten und durch den Dünendurchgang am alten Kurhaus zum Strand hinunter geschlendert waren, bogen sie nach links ab.

„Wie sieht es denn hier aus?", wunderte sich Christiane.

Sie deutete auf den Strand. Hier sah es so aus, als wäre ein Müllauto am Strand entlang gefahren und hätte dabei nach und nach seine Ladung verloren.

„Das ganze Zeug wurde wohl über Nacht hier angeschwemmt", stellte Wagner fest.

„Genau so ist es", hörte er einen älteren Mann sagen, der in ihrer Nähe stand und das Gespräch mitgehört hatte.

„Wenn die See so wild ist, wie letzte Nacht, dann sieht es danach hier immer so aus. Dann wird sämtliches Treibgut weit auf den Strand gespült. Man erkennt hinterher immer ganz genau, wo der Flutsaum verlief."

Wagners Blick ging über den fast noch menschenleeren Strand.

„Wer weiß, was da so alles angespült wurde?", meinte er.

„Vielleicht ist ja was Wertvolles dabei."

Der ältere Mann lachte.

„Wenn Sie meinen, dass alte Eimer, Bretter und zerrissene Netze wertvoll sind, dann werden Sie garantiert fündig."

„Mich interessiert aber trotzdem, was dort angespült wurde", sagte Wagner und wandte sich an Christiane. „Komm, lass uns das Zeug mal begutachten."

Er nahm ihre Hand und sie marschierten los. Das meiste Treibgut lag, wie aneinander gereiht, am Strand. Die beiden spazierten am Flutsaum entlang. Dieser glich einer unendlich lang wirkenden Reihe aus Gerümpel.

Nach einer halben Stunde Fußmarsch meinte Christiane: „Der Mann vorhin hatte Recht. Hier liegt wirklich nur Müll herum. Ich würde jetzt lieber direkt am Wasser entlang gehen und mir die Wellen um die Füße spülen lassen."

„Das ist eine gute Idee."

Wenig später schlenderten sie barfuß durch das flache Wasser. Ihre Schuhe trugen sie in den Händen.

„Ich bin schon auf die Unterlagen gespannt, die deine Freundin Niki uns besorgen wird."

„Ich auch, Günter."

„Hoffentlich hat sie auch die Möglichkeit, an diese Sachen heran zu kommen."

„Da mach dir mal keine Sorgen. Niki hat Zugriff auf alles, was sich im Rathaus befindet. Ich hoffe nur, dass uns diese Unterlagen auch weiter helfen." Sie blickte ihren Begleiter an. „Sag mal, Günter, dein Beruf ist doch manchmal bestimmt auch gefährlich, wenn du dich mit Verbrecher herumschlagen musst, oder?"

„Ein großer Teil der polizeilichen Ermittlungen besteht aus Schreibtischarbeit, aber du hast Recht, bei der Recherche zu manchen Mordfällen auf dem Kiez geht es manchmal gefährlich zu. Hamburg ist ein heißes Pflaster. Da gibt es genug Typen, die keine Polizisten mögen. Wenn diese auf dich losgehen, dann musst du dir schon zu helfen wissen."

„Als Polizist bist du doch bestimmt für so etwas gut ausgebildet."

Ein kurzes Lächeln huschte über Wagners Gesicht.

„Wie man `s nimmt. Im Normalfall weiß ich mich zu wehren. Im Alter von sechs Jahren erlernte ich bereits Judo. Dann kam noch Karate und Taekwondo dazu. Diese Kampfsportarten trainiere ich heute noch, wenn es der Job zulässt, dreimal in der Woche."

Christiane nickt anerkennend.

„Dann kannst du ja jeden Verbrecher leicht besiegen."

Wagner schüttelte den Kopf.

„Wenn das mal so einfach wäre. Verbrechensbekämpfung ist kein Kampf Mann gegen Mann. Heutzutage sind die meisten Ganoven bewaffnet. Wenn auf dich geschossen wird, dann hilft es dir recht wenig, wenn du einen Kampfsport beherrscht."

„Wurdest du schon mal beschossen?"

Wagner holte tief Luft und nickte.

„Ja. Ich war schon in einigen Schießereien verwickelt."

„Hast du dabei jemanden erschossen?"

„Nein, das hab ich nicht, und ich bin froh darüber. Allerdings musste ich schon einen flüchtenden Mörder durch einen gezielten Beinschuss außen Gefecht setzen, damit er dingfest gemacht werden konnte."

Sein Blick verfinsterte sich. Plötzlich schien ein dunkler Schatten in seinem Gesicht zu liegen. Er blieb stehen und atmete tief durch. Schmerzliche Gedanken jagten durch seinen Kopf, Gedanken, die er hasste, Gedanken, die ihn immer wieder in einen tiefen, seelischen Abgrund zogen. Wie in Zeitlupe glitt die erschütternde Szenerie an seinem geistigen Auge vorbei, ein Knall, der Schuss einer Pistole, neben ihm zuckt sein Kollege Dirk zusammen, sinkt in die Knie, hält seinen Bauch, zwischen den Fingern sickert das Blut hindurch, Dirk blickt ihm in die Augen, hilfesuchend, voller Todesangst, er nimmt die Hände vom Bauch, Blut, überall Blut, das schmerzverzerrte Gesicht, und wieder der Blick, ein Blick, wie ein letzter, stummer Schrei, dann die letzten, röchelnden Worte, die krächzend über seine Lippen krochen: „Sag Birgitt, dass ich sie liebe." Dann fällt er zur Seite, krümmt sich am Boden.

„Günter? Was ist los?" Ihre Stimme klang, wie aus weiter Ferne.

Es fiel ihm schwer, wieder in die Realität zurückzufinden. Er blickte sie an, wirkte verwirrt. Ein tiefes Durchatmen. „Vor zwei Jahren erwischte es einen Kollegen von mir. Bauchschuss, ich war dabei; konnte nichts für ihn tun." Seine Stimme wurde leise. „Er ist vor meinen Augen innerlich verblutet."

„Das ist ja schrecklich."

Wagners Blick wurde leer.

„Diese Geschichte hatte mich sehr mitgenommen. Ich war sechs Wochen krankgeschrieben. Damals war ich nervlich am Ende. Erst meine Scheidung und dann der Tod meines Kollegen. Ich hab `s irgendwie nicht verkraftet, war nah dran, alles hinzuschmeißen, den Job an den Nagel zu hängen." Er sah sie an. „Irgendwie hab ich es dann doch noch geschafft, mich wieder aufzurappeln. Trotzdem, war `ne scheiß Zeit."

„Es muss schlimm sein, neben einem Verletzten zu stehen und nicht helfen zu können."

Er antwortete nicht, nickte nur.

Sie blickte ihn fragend an.

„Möchtest du drüber reden?"

„Ja, aber jetzt nicht." Für einen Moment spiegelte sich Niedergeschlagenheit in seinen Augen. „Vielleicht später." Christiane nickte. Ihr wurde bewusst, dass dieser Vorfall ihm ganz offensichtlich schwer zu schaffen machte. Sie verspürte das Verlangen, ihn von diesem leidigen Thema abzulenken. „Ich möchte noch mal auf deinen Kampfsport zurück kommen." Sie blickte ihn von oben bis unten an. „Wenn man dich so ansieht, dann kann man eigentlich nicht glauben, was für ein Kämpfer in dir steckt. Ganz ehrlich, ich kann mir nicht vorstellen, wie du mit Karateschlägen um dich haust. Das passt irgendwie nicht zu dir."

„Wenn du dir so etwas nicht vorstellen kannst, dann sollte ich dir vielleicht mal eine kleine Kostprobe meines Könnens geben."

Der traurige Gesichtsausdruck war verschwunden. Christiane registrierte das kurze Lächeln, welches über seine Lippen huschte, mit Erleichterung.

Er blickte sich um. Dann deutete er auf das Sammelsurium von Treibgut, welches aufgereiht nahe bei den Dünen lag.

„Komm mit, Christiane. Ich weiß, wie ich es dir demonstrieren kann."

Als die beiden den Flutsaum erreicht hatten, suchte sich Wagner aus dem angeschwemmten Treibgut lange Bretter heraus, die er nebeneinander in den Sand legte.

„Stelle dir vor, Christiane, dass jedes Brett ein Mann ist. Diese Männer wollen etwas von mir. Du legst jetzt fest, wo diese imaginären Angreifer stehen sollen."

Sie lachte.

„Ich bin gespannt, was du jetzt vor hast."

Christiane nahm die Bretter auf und zeigte auf die Stellen, an der sie stehen sollten. Wagner schlug die Bretter mit einem Stein in den sandigen Boden. Bald stand eine Gruppe von zehn, zwischen 1,50 und 2 Meter großen Brettern um sie herum. Wagner durchsuchte weiterhin das Treibgut und fand noch einige Utensilien, die er für seine Demonstration benötigte. Es waren alte Plastikeimer und Styroporteile, die er oben an den aufgestellten Brettern befestigte.

„Das sind die Köpfe der Angreifer", gab er zu verstehen.

„Und jetzt, meine liebe Christiane, geh bitte einige Schritte zurück."

Sie lachte.

„Dann werd ich mal in Deckung gehen."

„Bevor ich anfange, Christiane, soll ich diese vermeintlichen Gegner in einer bestimmten Reihenfolge ausschalten oder ist dir meine Vorgehensweise egal?"

„Mach es so, wie du es willst."

„Also gut, dass pass mal ganz genau auf."

Wagner war es eigentlich recht, dass Christiane ihn dazu animiert hatte, ihr seine Kampfkünste vorzuführen. *Das wird sie beeindrucken.*

Er stellte sich vor der Brettergruppe auf und ging leicht in die Knie. Seine Augen glitten kurz über die Bretter und dann ging alles blitzschnell. Mit gekonnten Sprüngen und rasanten Tritten traf er die imaginären Köpfe seiner hölzernen Gegner. Jeder Tritt war ein Volltreffer. Die Plastikeimer und Styroporstücke flogen wild durch die Gegend. Dank seiner antrainierten Schnelligkeit endete Wagners Aktion bereits nach wenigen Sekunden. Er hatte bei allen zehn Brettern Treffer gelandet, hatte sie alle enthauptet. Dann stand er mit leicht gebeugten Knien und geballten Fäusten regungslos da. Bevor Christiane, die mit großen Augen staunend da stand, etwas sagen konnte, legte Wagner ein zweites Mal los. Dieses Mal trat er die Bretter mit so einer Brachialgewalt um, dass einige von ihnen barsten. Nach nur wenigen Sekunden stand kein Brett mehr an seinem Platz.

Nun blickte Wagner Christina mit einem Lob erheischenden Blick fragend an.

Diese stand immer noch da und staunte. Dann hob sie langsam ihre Hände und klatschte Beifall.

„Ich dachte immer", meinte sie, „dass es so etwas nur in Filmen gibt. Wer sich mit dir anlegen will, der hat denkbar schlechte Karten." Bewunderung lag in ihrer Stimme.

„Oder gute Karten, wenn er eine Pistole in den Händen hält, denn dann ist jede Kampfkunst nutzlos."

Christiane blickte auf die verstreut herum liegenden Bretter.

„Einfach unglaublich. Wenn ich das nicht mit eigenen Augen gesehen hätte, dann würde ich es nicht glauben. Du hast dich so schnell bewegt, hast so schnell und zielsicher zugetreten, dass man es mit den Augen fast nicht erfassen konnte. Günter, ich bewundere dich."

Etwa fünfzig Meter von ihnen entfernt, lag, versteckt in den Dünen, ein Mann. Dieser hatte Wagners Kampfdemonstration mit Schrecken verfolgt. Es war Harry Kleever. Er war dem Paar gefolgt. Eigentlich wollte er sich zu ihnen begeben und sie ansprechen, wenn sie etwa die Stelle erreicht hätten, an welcher der Hammersee parallel hinter den Dünen verlief. Er wollte sie um den See herumführen. Dort kannte er einige, durch dichtes Unterholz geschützte Orte, die für seinen Plan genial waren. Doch nachdem er mit eigenen Augen gesehen hatte, wozu Wagner fähig war, gab es für ihn eine neue Devise: Planänderung. Wagner war mit einem Schlag vom Opfer zum Gegner geworden. Kleever wusste, dass er diesem Wagner kräftemäßig haushoch überlegen war und ein gezielter Kinnhaken den Polizisten niederstrecken würde. Dennoch breitete sich eine gewisse Skepsis in Kleever aus. Dieser Wagner war wieselflink. Nie zuvor hatte Kleever einen Menschen gesehen, der sich so schnell bewegen konnte. *Was würde passieren,* fragte sich Kleever, *wenn er es dank seiner Schnelligkeit schafft, meinem Schlag auszuweichen? Wenn ich ihn nicht beim ersten Mal treffe, habe ich keine Chance mehr.* Noch einmal sah Kleever vor seinem geistigen Auge, wie einige Bretter unter der Brachialgewalt von Wagners Tritten zerborsten waren. *Nein, ich hätte keine Chance.*

Während er dem Paar, welches nun am Strand seinen Weg fortsetzte, hinterher schaute, wusste er, dass ein anderer Plan unumgänglich war. Er wusste auch schon, wie er vorgehen würde. Wie ursprünglich geplant wollte er Christiane zu der einsamen Mulde in den Dünen locken, die das Pärchen als ihre Traumstelle bezeichnet hatte. Dort sollte es nun endgültig geschehen.

Er blickte zum Strand hinunter und fixierte Christiane. *Bald, mein Mädchen, bald ist es soweit. Vielleicht noch heute, mal sehen.* Wieder stieg diese aufregende Gier in ihm hoch, diese unbändige Sucht danach, Christiane zu töten. *Ich werd `s langsam tun, ganz langsam, werd mir dabei Zeit lassen, viel Zeit.* Sein Mund öffnete sich zu einem bösartigen Grinsen. Die Gier ließ schaumigen Speichel aus seinem Mundwinkel laufen.

Ein letzter Blick auf Christiane, dann wandte er sich um und machte sich auf den Nachhauseweg.

*   *   *

Der Vormittag war schnell vorübergegangen und nach dem ausgiebigen Strandspaziergang waren die beiden frisch Verliebten wieder in das Dorf Juist zurückgekehrt. Wie geplant, wollten sie sich hier mit Niki treffen.

Sie saßen auf einer Bank im Kurpark, umgeben von zahlreichen Menschen, die ihre Zeit damit verbrachten, gemütlich durch die Grünanlage zu flanieren.

Wagner blickte ungeduldig auf seine Uhr.

„Deine Freundin scheint mit der Pünktlichkeit auf Kriegsfuß zu stehen. Sie wollte schon vor einer viertel Stunde hier sein."

„Vielleicht gibt es im Rathaus viel zu tun und Niki kann nicht pünktlich in die Pause gehen", verteidigte Christiane ihre Freundin.

„Oder sie konnte nichts über Kleevers Erbe herausfinden und kommt deshalb überhaupt nicht."

„Dann hätte sie mich angerufen."

In diesem Moment hallte Nikis grelle Stimme durch den Kurpark.

„Huhu!"

Niki kam mit strammen Schritten auf die Bank zu und winkte dabei mit einer grünen Mappe, die sie in der Hand hielt.

Auch wenn ihr Outfit heute wesentlich dezenter wirkte, so war es immer noch auffällig genug, um sie aus der Masse der Leute im Kurpark herauszuheben. Das einzige, was wirklich dezent erschien, war ihre schwarze Hose. Leuchtend rote Schuhe, die farblich auf die mit großen, feuerroten Blumen auf ihrer weißen Bluse abgestimmt

229

waren, zogen magisch alle Blicke auf sich. Und wer Niki nicht sah, der konnte sie hören.

„Entschuldigt die Verspätung", gab sie laut zu verstehen, als sie noch gute zehn Meter von der Bank entfernt war. „Ich konnte mich nicht eher frei machen."

Dann stand sie vor der Bank.

„Macht euch mal nicht so breit", meinte sie und lachte dabei. Mit einer schnellen, wischenden Handbewegung zeigte sie den beiden auf der Bank an, dass sie zusammenrücken sollten.

„Ihr wollt doch eine alte Frau nicht stehen lassen, oder?"

Die zwei rückten zusammen und Niki nahm neben ihnen Platz. Sie übergab Wagner die grüne Mappe.

„Da ist alles drin, was ich über Frau Gerbers Tod und Kleevers Erbe auftreiben konnte. Ich hab´ von dem ganzen Kram Kopien für euch angefertigt, aber damit eines klar ist, von mir habt ihr diese Unterlagen niemals bekommen."

Wagner schaute auf die grüne Mappe in seiner Hand. Dann blickte Niki an. „Was für Unterlagen? Hat jemand irgendwo eine Mappe mit Unterlagen gesehen?"

Niki grinste.

„Ich muss euch zwei Hübschen leider wieder allein lassen", gab sie zu erstehen. „Mein Chef wartet auf mich. Es gibt dringende Dinge zu erledigen und meine Pause fällt heute aus."

„Du lässt dir deine Pause nehmen?", wunderte sich Christiane.

Niki zuckte kurz mit den Schultern.

„Manchmal lässt sich das nicht vermeiden, aber dafür darf ich heute eher Feierabend machen." Sie deutete auf die grüne Mappe. „Ich weiß, dass ihr auf den Inhalt der Mappe neugierig seid, aber bitte, seht euch die Unterlagen nicht hier im Kurpark an. Es muss ja nicht gleich jeder sehen, was ihr da habt."

Dann stand Niki auf.

„Wenn ihr etwas Aufregendes in den Unterlagen entdeckt, dann ruft mich an." Mit einem lautem „Tschüss", welches fast singend aus ihrer Kehle kam, verabschiedete sie sich und eilte mit zügigen Schritten davon.

Wagner blickte ihr lächelnd hinterher.

„Deine Freundin ist eine ganz besondere Marke."

„Das kannst du laut sagen." Christiane deutete auf die Mappe. „Wo sollen wir uns die Unterlagen ansehen? Vielleicht an einem einsamen Plätzchen am Strand?"

„Ich würde vorschlagen, dass wir zu mir in die Freienwohnung gehen. Diese Unterlagen sind sehr heikel und könnten deine Freundin Niki in große Schwierigkeiten bringen, wenn sie von plötzlich aufkommendem Wind durch die Gegend geblasen werden."

„Du hast Recht."

Christiane stand auf. Sie wirkte ungeduldig.

„Worauf wartest du noch, Günter. Ich will endlich wissen, was in der Mappe ist."

Bald saßen die beiden in Wagners Wohnung. Gemeinsam begutachteten sie nun die Kopien der Dokumente, die ihnen die grüne Mappe offenbarte.

„Das hier ist die Sterbeurkunde", sagte Christiane und deutete auf ein Blatt Papier, „die Sterbeurkunde von Eva Maria Gerber."

„Bei den ermordeten Geschwistern Schumann ging es um die Erbsache Anna Maria Gerber. Das ist doch sehr merkwürdig."

Christiane nahm die nächste Unterlage zur Hand.

„Das hier ist eine Kopie des Testamentes von Frau Gerber."

Die beiden lasen das handgeschriebene Testament aufmerksam durch.

„Ich dachte immer, dass ein Testament durch eine zweite Unterschrift beglaubigt sein muss", meinte Christiane. „Hier steht aber nur die Unterschrift von Frau Gerber."

„Das ist in der Tat merkwürdig. Eigentlich gehört die Unterschrift des beglaubigenden Notars dazu."

Die nächsten Unterlagen, die sie der Mappe entnahmen, beschäftigten sich mit der Abwicklung der Erbsache und den Grundbuchüberschreibungen.

„Das sieht alles nach einer ganz normalen amtlichen Überschreibung aus", stellte Christiane fest.

Wagner nickte.

„Trotzdem stimmt hier irgendwas nicht. Ich werd diesen Notar mal anrufen."

„Was willst du ihm denn sagen?"

„Ich werd ihm sagen, dass gewisse Verdachtsmomente da sind."

Wagner nahm sein Handy und wählte die in den Unterlagen angegebene Rufnummer des Notars, der die Erbsache abgewickelt hatte. Dann stellte er sein Handy auf laut und legte es auf den Tisch, so, dass Christiane das Gespräch mithören konnte.

„Lykenhargen", meldete sich eine männliche Stimme.

„Guten Tag, Herr Lykenhargen. Mein Name ist Wagner. Ich bin von der Mordkommission und führe auf der Insel Juist die Ermittlungen zu einem ungeklärten Mordfall. Es könnte möglich sein, dass eine Erbsache, die Sie abgewickelt haben, der Aufklärung dienlich sein könnte. Dabei geht es um das Erbe von Frau Eva Maria Gerber."

„Frau Gerber?"

„Ja. Können Sie sich noch daran erinnern?"

„Natürlich. Ich war mit Frau Gerber befreundet und sie selbst beauftragte mich, ihr Testament zu verwalten. Was hat denn der Tod von Frau Gerber mit einem Mordfall zu tun? Sie starb nach einer Krankheit."

„Es geht nicht um den Tod von Frau Gerber. Dieses Erbe könnte aber mit einer Mordsache zu tun haben."

„Sie machen mich neugierig."

„Es ist so, Herr Lykenhargen, uns wundert, dass auf Frau Gerbers Testament nur eine Unterschrift zu sehen ist. Es fehlt also die Beglaubigung."

„Die Beglaubigung?" Der Notar schwieg für einen Augenblick. „Ich habe die Beglaubigung wohl ganz vergessen, aber es ist alles rechtens abgewickelt worden. Warum wollen Sie das eigentlich wissen?"

„Es besteht ein gewisser Verdacht, dass mit diesem Testament etwas nicht stimmt."

Es dauerte eine ganze Weile, bis der Notar am anderen Ende der Verbindung wieder etwas sagte.

„Was genau soll denn damit nicht stimmen?"

„Wahrscheinlich gibt es ein zweites Testament, in dem andere Erben eingesetzt sind."

„Sie meinen, dass Frau Gerbers Testament eine Fälschung ist?"

„Es könnte sein."

„Unglaublich." Die Stimme des Notars klang mit einem Mal sehr unsicher. „Wenn das stimmt, dann..." Er schwieg für einen Moment. „Ich muss mir die Unterlagen noch einmal ansehen. Kann ich Sie gleich zurückrufen?"

„Ja natürlich."

„Gut, Ihre Rufnummer sehe ich auf meinem Display. Bis gleich."

Dann war das Gespräch unterbrochen.

„Irgendetwas stimmt da wirklich nicht", stellte Christiane fest. „Der Mann wirkte mit einem Schlag sehr unsicher."

„So sehe ich das auch. Er ist Notar und ich frage mich, was für Unterlagen er sich noch mal ansehen will? Es kann doch nicht sein, dass er etwas beglaubigt, von dem er nicht weiß, ob es echt ist."

Während sie auf den Rückruf warteten, blätterten sie die Unterlagen aus der Mappe durch. Immer wieder gingen ihre ungeduldigen Blicke zum Handy. Es dauerte geschlagene fünf Minuten, bis das Mobiltelefon klingelte.

„Ja", meldete Wagner sich.

„Ich kann es einfach nicht glauben", ertönte die Stimme des Notars. „Es sieht in der Tat nach einer Fälschung aus und ich Ochse bin drauf reingefallen."

Wagners Augenbrauen schoben sich nach oben.

„Worauf sind Sie hereingefallen?", wollte er von dem Notar wissen.

„Da ist man einmal im Leben gutgläubig und schon geht die Sache schief. Dafür werde ich wohl gerade stehen müssen. Es ist so, Frau Gerber und ich waren seit vielen Jahren befreundet. Wir korrespondierten regelmäßig per Post. Ich habe all ihre Briefe immer aufgehoben. Ihr Testament sandte sie mir auch per Post zu. Die Handschrift auf dem Testament und dem Begleitschreiben wirkte echt. Jetzt gerade habe ich diese letzte Korrespondenz noch einmal mit den anderen verglichen. Die Handschrift ist identisch, wenigstens auf dem ersten Blick. Immer, wenn Frau Gerber ein Wort mit dem Buchstaben N abschloss, dann endete der Buchstabe mit einem leichten Schnörkel nach oben. In dem Testament und dem Begleitschreiben fehlt dieser Schnörkel einige Mal. Frau Gerber ließ diesen Schnörkel niemals weg. Mein Gott, das Testament könnte tatsächlich eine Fälschung sein. Wie konnte ich nur so naiv sein? Eigentlich hätte Frau Gerber mich wenigstens angerufen, wenn sie so einen Schritt plante. Ich verstehe das nicht."

Die Stimme des Notars wirkte niedergeschlagen.

„Ich danke Ihnen für die Auskunft", meinte Wagner. „Wenn es etwas Neues gibt, werde ich mich wieder bei Ihnen melden."

Dann brach er das Gespräch ab.

„Langsam wird die Sache immer undurchsichtiger", meinte er zu Christiane. „Kleever könnte dieses Testament gefälscht haben, um an das Haus zu kommen. Das würde bedeuten, dass er auch dafür gesorgt haben könnte, dass Frau Gerber stirbt, denn was nutzt ein lukratives Erbe, wenn der Erblasser noch lebt?"

Er griff erneut zu seinem Handy.

„Wem rufst du an?", wollte Christiane wissen.

„Meine Kollegen. Die sollen mal nachschauen, ob dieser Kleever irgendwelchen Dreck am Stecken hat."

Wenig später stand die Verbindung nach Hamburg.

„Hallo Thomas", meinte Wagner. „Könntest du mir einen Gefallen tun?"

Da auch dieses Mal die Lautsprecherfunktion des Handys aktiviert war, konnte Christiane das Gespräch verfolgen.

„Hallo Günter", sagte die Stimme aus dem Telefon. „Was für einen Gefallen? Ich denke, du bist im Urlaub."

„Bin ich auch. Würdest du mal nachsehen, ob wir etwas über einen Harry Kleever haben? Kleever mit zwei E."

„Augenblick."

Man hörte, wie der Mann am anderen Ende der Leitung laut auf die Tastatur eines PCs herum tippte.

„Kleever, Harry, da haben wir ihn ja schon."

„Und?", fragte Wagner neugierig.

„Ganz offensichtlich ein Psychopath. Er versuchte als Schüler in Berlin eine Mitschülerin zu töten, um, wie er sich bei der Vernehmung äußerte, mitzuerleben, wie jemand stirbt. Kleever wurde daraufhin wegen versuchten Mordes verurteilt, war allerdings nur 'ne Jugendstrafe. Die saß er in der Forensischen ab. Er gab den Psychotherapeuten zu verstehen, dass die Sehnsucht danach, jemanden zu töten, bei ihm immer größer wurde. Irgendwann schlug die Therapie in der Psychiatrie an. Kleever war in der Klinik sehr fleißig, holte dort sogar erfolgreich den Schulabschluss nach und zwar in aller kürzester Zeit. Er galt als hochintelligent. Schließlich wurde er als ungefährlich eingestuft und entlassen. Seitdem war er nicht mehr auffällig. Hat er etwa wieder zugeschlagen?"

„Es wäre gut möglich. Ich danke dir Thomas. Bis dann."

Wagner beendete das Gespräch.

Christiane blickte ihn an.

„Dieses Kleever ist ja gefährlich", stellte sie fest. „Intelligenz und Wahnsinn sind eine brisante Mischung. Er muss sofort verhaftet werden."

„Bisher steht nur fest, dass er mal gefährlich war und nicht, dass er noch gefährlich ist. Trotzdem, alles spricht gegen ihn."

Christiane blickte ihn verständnislos an.

„Wie, es steht nicht fest, dass er noch gefährlich ist? Er ist ein Mörder, hat zwei Frauen umgebracht."

„Gibt es Beweise?"

„Der Notar Lykenhargen gab doch zu, dass er auf ein gefälschtes Testament reingefallen ist. Dadurch erbte Kleever das Haus. Das ist doch Beweis genug."

„Auch wenn das Testament eine Fälschung war, wir wissen nicht, ob Kleever dahintersteckt."

„Wer denn sonst?"

Wagner atmete tief durch.

„Okay, alles deutet darauf hin, dass Kleever tief in dieser Sache drinsteckt. Vielleicht kann man ihn ja auch bezüglich des Testaments wegen Urkundenfälschung und Erbschleicherei belangen. Doch das reicht noch nicht aus, um ihm auch die Morde nachzuweisen."

Christiane stand auf. Unschlüssige lief sie ein paar Mal hin und her. Schließlich blieb sie vor dem Fenster stehen und blickte kurz hinaus. Dann wandte sie sich zu Wagner.

„Ich versteh dich nicht, Günter. Du hörst dich an, als wolltest du Kleever in Schutz nehmen. Wer, außer ihm, hatte einen Grund, die beiden Schwestern umzubringen? Wer sollte sonst der Mörder sein?"

Wagner zuckte mit den Schultern.

„Wenn es dich beruhigt, auch ich halte ihn für den Mörder. Doch ich bin Polizist und weiß, dass man ihn ohne endgültige Beweise nicht verurteilen kann. An den Mordopfern fanden sich nicht die geringsten Spuren, die den Mörder überführen könnten. Mit anderen Worten, wir brauchten Kleevers Geständnis."

„Und wenn man ihn verhaftet und verhört? Vielleicht gibt er ja dann alles zu?"

Sie blickte ihn fragend an.

Wagner schüttelte den Kopf.

„Ich kenn solche Typen, wie Kleever. Die sind abgebrüht, eiskalt. Kleever würde niemals etwas zugeben. Selbst wenn man ihn unter Mordverdacht verhaftet und ihm den Prozess macht, ein reiner Indizienprozess gegen ihn würde nichts einbringen. Wie heißt es so schön: Im Zweifelsfall immer für den Angeklagten und solange nichts nachgewiesen ist, gilt er als unschuldig."

Christiane wandte sich wieder um und blickte aus dem Fenster. Ihr Blick richtete sich auf die andere Straßenseite, genau auf Kleevers Haus. „Vielleicht sitzt er jetzt da drüben in seiner Wohnung und plant bereits den nächsten Mord." Sie befeuchtete ihre Lippen und schluckte. „Nicht auszumalen."

Wagner warf einen nachdenklichen Blick auf die Unterlagen, die Niki ihnen besorgt hatte. Dann schaute er zu Christiane hinüber.

„Eigentlich gibt es für ihn keinen Grund, einen weiteren Mord zu planen. Die Geschwister Schumann, die ihm, wie auch immer, in die Quere gekommen waren, leben nicht mehr. Ich glaub nicht, dass es noch jemanden gibt, der ihm sein Erbe streitig machen will."

Christiane verließ das Fenster und setzte sich wieder neben ihn.

„Und was hast du jetzt vor, Günter? Da draußen läuft ein Mörder rum."

Er zuckte kurz mit den Schultern und wirkte hochkonzentriert.

„Man müsste mehr über diese Erbsache wissen, die in der Kanzlei Drikellang liegt."

„Warum hakst du dort nicht einfach noch mal nach?"

„Weil es da ein unüberwindliches Hindernis gibt."

„Und welches?"

„Das Hindernis heißt Wollbaring Rottenmeier, die Sekretärin der Kanzlei, ein echter feuerspeiender Drache."

„Und wieso gibt sie dir keine Auskunft? Der andere Notar gab dir doch auch Auskunft, als du ihn nach dem Testament gefragt hast."

Wagner verzog das Gesicht und hob die Schultern.

„Diese Frage kann ich dir leicht beantworten. Es gibt nette, kooperative Menschen, wie den Herrn Lykenhargen und es gibt sture Zicken, wie diese Wollbaring Rottenmeier. Du hättest mal hören sollen, mit welcher Arroganz und Impertinenz sie mich am Telefon behandelt hat. Die ist wahrscheinlich potthässlich, hat deshalb keinen Mann mitgekriegt und ist noch Jungfrau. Dieses Weibsbild sollte sich vielleicht mal `nen Kerl nehmen und sich so richtig durchvögeln lassen, damit sie auf andere Gedanken kommt."

Christiane schüttelte den Kopf.

„Man, sei froh, dass sie deine frauenfeindliche, beleidigende und sexistische Äußerung nicht hören konnte. Sie wäre sonst feuerspeiend auf dich losgegangen." Sie lachte. „Ich wusste gar nicht, dass du so böse über andere Leute herziehen kannst. Hätte ich dir nicht zugetraut."

„Das mach ich auch nur, wenn mich jemand ärgert." Er blickte sie an. „Dank dieser Wollbaring Rottenmeier stecken wir jetzt in einer Sackgasse. Wenn ich immer mit so einem verbohrten Weib zu tun hätte, würde es mich an den Rand des Wahnsinns treiben. Das kannst du mir glauben."

„Was nutzt es, wenn du dich über sie aufregst. Das bringt uns auch nicht weiter."

Er nickte und lehnte sich zurück.

„Du hast Recht. Wir stecken bei unseren Ermittlungen in einer Sackgasse."

„Willst du damit sagen, dass du nicht mehr weiter weißt? Dass du aufgibst?"

Schulterzucken.

„Aber Günter, er ist ein Mörder."

„In unseren Augen ja, aber in den Augen der Justiz ist er nicht mal ein mutmaßlicher Mörder."

Christiane nahm die Kopien zur Hand, die Niki ihnen besorgt hatte. Sie las sich das Geschriebene noch einmal aufmerksam durch. „Vielleicht haben wir ja etwas übersehen?", murmelte sie.

„Was sollen wir denn übersehen haben? Dieses Erbe stinkt zum Himmel. Das wissen wir jetzt, aber was diese Erbsache der Geschwister Schumann für ein Geheimnis verbirgt, dass wissen wir immer noch nicht."

„Jetzt reg´ dich nicht wieder über diese Wollbaring Rottenmeier auf." Christiane legte die Schriftstücke wieder beiseite. „Du glaubst also, dass Kleever die beiden Frauen umgebracht hat, weil sie ihm das Erbe streitig machen wollten und dass es für ihn jetzt keinen Grund mehr gibt, weiterhin zu morden."

Wagner nickte. „Ist doch logisch, oder?"

„Ich denke gerade an das Telefongespräch, welches du vorhin mit deinem Kollegen geführt hast, um Informationen über Kleever zu bekommen. Dein Kollege hat wortwörtlich gesagt, dass Kleever ein Psychopath ist, dass er sich danach sehnt, jemanden Umzubringen."

Ein kurzes Lächeln huschte über Wagners Mund.

„Er sagte aber auch, dass Kleever in Therapie war und als ungefährlich eingestuft wurde. Er ist geheilt, sonst hätte man ihn kaum entlassen."

„Auch wenn wir es nicht beweisen können, Kleever hat zwei Frauen ermordet. Was ist, wenn er bei diesen

Morden wieder Blut geleckt hat, wenn seine Sehnsucht danach, jemanden zu töten, wieder da ist?"

Wagner blickte sie mit großen Augen an. „Du meinst...?"

„Ja. Ich glaube er ist ein Psychopath, der bald wieder zuschlagen wird. Wir können nicht zulassen, dass dieser Mörder weiterhin frei herumläuft. Wir müssen was unternehmen."

„Was unternehmen", murmelte Wagner. Dabei beugte er sich nach vorne und stützte die Ellbogen auf seine Knie ab. Er schloss die Augen, atmete tief durch und vergrub das Gesicht in seine Hände. „Was unternehmen", wiederholte er.

Nach wenigen Sekunden nahm er seine Hände wieder herunter. Die Nachdenklichkeit war aus seinem Gesicht gewichen und in seinen Augen spiegelte sich Entschlossenheit.

„Hast du eine Idee, Günter?" Christiane blickte ihn fragend an und schob neugierig ihre Augenbrauen hoch.

„Mir sind zwar die Hände gebunden, doch ich werd meine Kollegen auf ihn hetzen."

„Ich dachte, du wolltest dich bei deinen Kollegen nicht einmischen."

„Wer sagt denn, dass ich mich einmische? Die Polizei wird einen anonymen Hinweis bekommen, dem sie nachgehen wird."

Er stand auf, verschwand im Nebenraum und kehrte mit einem Block, einem Briefumschlag und einem Kugelschreiber wieder zurück. Diese Utensilien legte er vor Christiane auf den Tisch.

„Du schreibst", wies er sie an.

Wie, ich schreibe? Warum soll ich schreiben und was soll ich schreiben?"

„Du schreibst, weil der Inselpolizist mich kennt und irgendjemand meine Schrift ebenfalls erkennen könnte."
Sie blickte ihn ungläubig an.
„Ich versteh´ nicht ganz, was du vor hast."
„Das wirst du gleich sehen. Bitte, nimm den Block und schreibe das auf, was ich dir sage."
Sie zuckte mit den Schultern und nahm den Block und den Kuli zur Hand.
„Also, du schreibst folgendes:
Harry Kleever, wohnhaft auf der Dünenstraße in Juist, ist der Mörder von Kerstin und Silke Schumann. Es besteht der dringende Verdacht, dass er in Kürze einen weiteren Mord begeht. Kleever sofort unter Beobachtung stellen. Infos über ihn im Polizeicomputer abrufen. Das Mordmotiv bezüglich der Opfer Kerstin und Silke Schumann ist eine Erbsache. Näheres darüber finden Sie in einem Schreiben der Anwaltskanzlei Drikellang und Söhne, welches sich im Briefkasten der Hamburger Wohnung des ersten Mordopfers Kerstin Schumann befindet. Weiterhin besteht der dringende Tatverdacht, dass Harry Kleever Frau Eva Maria Gerber ermordete. Es wird eine Exhumierung der Verstorbenen angeraten. Nähere Auskünfte über die Verstorbene, sowie über deren von Kleever gefälschtes Testament, bekommen Sie von dem Notar Franz Lykenhargen in Hamburg, Telefon..." Wagner schob Christiane die Unterlagen zu, auf der die Telefonnummer des Notars stand.
Nachdem sie die Nummer abgeschrieben hatte, blickte sie ihn fragend an. „Das war `s?"
Er nahm den Block und las sich das geschriebene durch. Dann reichte er ihn zurück.

„Schreib noch drunter: Um einen weiteren Mord zu verhindern, bitte umgehend handeln."

Nachdem auch das niedergeschrieben war, nahm Wagner den Block und riss das beschriebene Blatt ab. Er faltete das Papier, steckte es in den Briefumschlag und klebte diesen zu.

„So, Christiane, jetzt schreibst du noch auf den Umschlag: Sofort öffnen, mit drei Ausrufezeichen. Darunter schreibst du: Dringende Informationen für die Sonderkommission Juist zwei."

Als der Umschlag beschriftet war, schaute sie Wagner unschlüssig an. „Das war alles?"

Er nickte.

„Ja."

„Und jetzt willst du diesen Umschlag in der Polizeiwache abgeben?"

„Nein. Ich weiß, in welchem Hotel die Sonderkommission untergekommen ist. Dort wirst du den Brief an der Rezeption abgeben, und zwar mit der Aufforderung, dass dieser Brief unverzüglich bei den Beamten abgegeben wird. Danach verschwindest du wieder."

„Wird das nicht verdächtig aussehen?"

„Nein. Warum auch? Schließlich bist du nur ein Briefbote. In den Hotels kräht kein Hahn danach, wer irgendwelche Post abgibt."

„Und du glaubst, deine Kollegen werden diesem anonymen Schreiben Beachtung schenken?"

„Und ob. Außer dem Inselpolizisten weiß niemand, dass die Sonderkommission Juist zwei heißt, und nicht nur das. Die Hinweise und Infos in dem Schreiben sind nachvollziehbar und so verfasst, dass bei meinen Kollegen die Alarmglocken klingeln werden. Sie werden das Gleiche tun, was ich tun würde, wenn ich so ein Schreiben bekommen hätte. Zunächst werden sie die Daten von Kleever abfragen. Dann werden sie ihre Hamburger Kollegen verständigen und spätestens eine halbe Stunde später über den Inhalt des Schreibens aus Kerstin Schumanns Briefkasten informiert sein. In der Zwischenzeit werden sie sich mit Lykenhargen in Verbindung gesetzt haben und alles über das gefälschte Testament erfahren. Eigentlich bin ich mir sogar sicher, dass Lykenhargen bereits nach unserem Telefongespräch die Polizei über diesen Betrug informiert hat. Wenn ich bei dieser Sonderkommission wäre, würde ich Kleever nicht mehr aus den Augen lassen."

Christiane holte tief Luft und seufzte.

„Du bist aber nicht bei dieser Sonderkommission. Was passiert, wenn deine Kollegen den Brief als irgendeinen bösen Scherz abtun und in den Papierkorb werfen?"

„Keine Angst, das werden sie nicht tun. Niemand kann es sich erlauben, einem solchen Schreiben nicht nachzugehen. Überleg´ doch mal, was passiert, wenn Kleever noch einen Mord begeht? Die Polizisten, die dem Hinweis nicht nachgegangen sind, könnten sich warm anziehen. Es würden Köpfe rollen." Er blickte ihr entschlossen in die Augen. „Glaub´ mir, sie werden der Sache nachgehen."

„Und wann sollen wir den Brief abgeben?"

Er stand auf.

„Sofort."

„Du hast es aber eilig." Sie erhob sich ebenfalls und blickte ihn an. „Sag mal, Günter, darf ich heute Abend wieder bei dir schlafen?"

„Dumme Frage, ich bitte darum." Er nahm sie in den Arm und küsste sie. „Ich wünsche mir, dass du immer bei mir schläfst."

Sie lachte.

„Warum nicht? Ich muss dann allerdings gleich noch mal in meine Pension gehen, um mir ein paar Sachen zu holen."

„Ich werde dich begleiten. Jetzt gehen wir erst mal den Brief wegbringen und danach marschieren wir nach Loog, zu deiner Pension."

Zehn Minuten später stand Wagner vor dem Hotel, in dem die Sonderkommission abgestiegen war und wartete auf Christiane. Sie war allein hineingegangen, um den Brief an der Rezeption abzugeben. Als sie wieder aus dem Hotel kam, blickte er sie fragend an.

„Und? Wie ist `s gelaufen?"

„Die Frau an der Rezeption gab den Brief sofort an einem Hotelmitarbeiter. Ich hab noch gesehen, wie er damit die Treppe raufgespurtet ist. Dann bin ich gegangen."

Wagner grinste.

„Dann werden meine Kollegen den Brief wohl gerade öffnen. Lass uns verschwinden."

Kaum waren sie um die nächste Straßenecke gebogen, da erklang eine Melodie. Wagner zog sofort sein Handy aus der Tasche.

„Eine Erinnerung?", wunderte er sich. „Was hab ich denn jetzt schon wieder vergessen?" Er blickte auf das Handy.

„Ups, gut dass ich mir solche Sachen immer einpro-grammiere. Hätte ich doch glatt vergessen."

Christiane blickte ihn neugierig an.

„Was hättest du vergessen?"

„Den Auftrag meiner Mutter."

Sie schob verwundert ihre Augenbrauen nach oben.

„Was für einen Auftrag?"

„Ich soll ihr zwei Flaschen Sanddornlikör mitbringen, eine für sie und eine für ihre Freundin. Meine Mutter sagt, dass man diese Spezialität nur hier auf den Insel bekommt."

Christian lachte.

„Ich denke, mittlerweile bekommt man alles auch übers Internet. Warum bestellst du ihr diesen Likör nicht einfach dort? Ist meist auch billiger."

Wagner schüttelte lächelnd den Kopf.

„Du kennst meine Mutter nicht. Sie will nicht irgendeinen Sanddornlikör, sie will den von der Insel. Ich hab´ mir längst abgewöhnt, meine Mutter von etwas anderem zu überzeugen. Wenn sie den Likör von der Insel will, dann soll sie ihn auch bekommen." Er kratzte sich am Kopf. „Für uns zwei heißt das: Planänderung. Du musst jetzt wohl oder übel alleine zu deiner Pension gehen, um deine Klamotten zu holen. Ich werde jetzt durch die Geschäfte ziehen und nach Sanddornlikör Ausschau halten. Mutti wäre stinksauer, wenn ich ihren Likör vergesse."

Christiane grinste.

„Hast wohl Angst vor Mutti, was?" Bevor Wagner antworten konnte, fuhr sie fort: „Wann und wo sehen wir uns wieder?"

„Tja." Er schien zu überlegen. „Muss erst mal sehen, wo ich diesen Likör bekomme. Kann also dauern." Wagner blickte auf seine Uhr. „Zwölf Uhr durch. Ich würde sagen, wir treffen uns in drei Stunden, also gegen drei Uhr in meiner Wohnung." Er zwinkerte ihr zu. „Ich werde auch was Leckeres zu essen kaufen. Lass dich überraschen."

„Willst du etwa für uns zwei kochen? Oder macht du nur irgendeine Dose auf?"

Er spitzte für einen Moment die Lippen, legte seinen Kopf zur Seite und schaute sie mit einem unergründlichen Blick an. „Ich sagte doch, lass dich überraschen."

Christiane zuckte mit den Schultern. „Gut, also in drei Stunden in deiner Wohnung." Sie trat an ihn heran und küsste ihn. „Bis nachher."

„Bis nachher."

Dann trennten sich ihre Wege. Wagner marschierte in die Richtung des Dorfzentrums, weil dort die meisten Geschäfte waren und Christiane setzte ihren Weg nach Loog fort.

*   *   *

Harry Kleever grinste.

Endlich. Sie ist allein. Sie spielen mir in die Karten. Mein Plan geht auf.

Er war dem Pärchen die ganze Zeit über gefolgt, sehr zurückhaltend und unauffällig, hatte es sogar geschafft, dabei sein Fahrrad neben sich her zu schieben. Sie hatten ihn nicht bemerkt, denn waren viel zu sehr mit sich selbst beschäftigt. Als Christiane plötzlich in einem Hotel verschwunden war und Wagner draußen wartete, hatte Kleever sein Fahrrad abgestellt, ein Geschäft betreten und das Hotel durch die Schaufensterscheibe beobachtet. Er hatte geduldig gewartet, bis sein auserwähltes Opfer wieder herauskam, um erneut die Verfolgung der beiden aufzunehmen. Weit kam er nicht, denn als er vorsichtig um die nächste Straßenecke geblickt hatte, standen die zwei nur wenige Meter von ihm entfernt und unterhielten sich. Kleever hatte sich zurückgehalten und immer wieder kurz um die Ecke geblickt. Schließlich wollte er sie nicht aus den Augen verlieren. Direkt ihm gegenüber, auf der anderen Straßenseite, lag das Hotel, in dem Christiane vorhin verschwunden war. *Ob sie sich dort ein Zimmer nehmen will?* Sein Standort ließ es sogar zu, dass er das Gespräch der beiden verfolgen konnte. Gerne nahm er zur Kenntnis, dass sie sich jetzt trennen wollten, um sich später wieder zu treffen. Beim nächsten vorsichtigen Blick um die Ecke erkannte er, dass die beiden endlich weitergingen, Wagner bog in die nächste Straße ab und Christiane marschierte geradeaus. *Sie geht nach Loog. Mein Plan geht auf.* Seine Hand ging in seine Jackentasche. Als seine Finger einen Papierumschlag ertasteten, grinste er tiefgründig. *Sieht so aus, als brauch ich meinen Plan nicht mal ändern.*

Im großen Abstand folgte er der ahnungslosen, jungen Frau, die er zu seinem nächsten Opfer auserwählt hatte. Genau wie er es erhofft hatte, führte ihr Weg sie zu ihrer Pension. Aus sicherer Entfernung beobachtete er, wie sie in der Haustür verschwand. Kleever griff in seine Hosentasche und beförderte ein Paar Gummihandschuhe ans Tageslicht. Er zog sich die Handschuhe über und nahm den Papierumschlag aus seiner Jackentasche. Nachdem er ihn geöffnet hatte, fiel sein Blick auf den Inhalt des Umschlags, zwei weitere, kleine Briefumschläge. Gezielt nahm er einen davon heraus. Dann steckte er den großen Umschlag wieder weg. *Jetzt werde ich mal Briefträger spielen. Brief unter die Tür schieben, anklingeln und schnell weglaufen.* Er war sich bewusst, dass dieser Moment die einzige Schwachstelle in seinem Plan war. Ihn durfte niemand sehen und er konnte nur hoffen, dass der Brief in die richtigen Hände geriet.

Gerade wollte er sich auf den Weg machen, als er jemanden aus der Richtung des Dorfes Juist kommen sah. Ein etwa zwölfjähriger Junge mit einem Rucksack auf dem Rücken kam geradewegs auf ihn zugelaufen.

Ist wohl auf dem Weg zur Jugendherberge, ging es Kleever durch den Kopf. Dann durchzuckte ihn eine Idee.

Als der Junge ihn erreicht hatte, sprach Kleever ihn an.

„Möchtest du dir zehn Euro verdienen?"

Der Junge zuckte zurück und blickte den breitschultrigen Mann vor sich misstrauisch an.

Kleever lachte.

„Keine Angst, ich tu dir nichts. Ich suche nur jemanden, der einen Brief da drüben für mich abgibt." Er deutete auf das Haus, in dem Christiane verschwunden war. „Weißt du, Junge, da wohnt eine nette Dame, die ich zum Essen einladen möchte. Soll `ne Überraschung sein. Sie darf mich deshalb nicht sehen."

Kleever griff in seine Tasche und zog ein paar Geldscheine heraus. Er reichte dem Jungen einen Zehner und übergab ihm den Umschlag. „Klingel an und sag, dass du einen wichtigen Brief für Frau Vandekamp hast. Du gibst den Brief ab und verdrückst dich. Sag nicht, von wem dieser Brief ist. Wenn einer fragt, sag, dass es eine Überraschung sein soll. Ich warte hier am Spielplatz auf dich." Kleever deutete auf den Spielplatz am Looger Ortseingang. „Kannst dann noch mehr Geld verdienen."

Angesichts des leichtverdienten Zehneuroscheins in seiner Hand marschierte der Junge ohne zu zögern los. Kleever zog sich hinter den Büschen, die den Spielplatz umgaben zurück. Von dort aus konnte er das Haus beobachten. Er sah, wie der Junge den Klingelknopf drückte, die Tür sich öffnete und der Junge in den Flur trat. Eine Minute später kam der junge zurück.

„Und?", fragte Kleever ihn. „Wem hast du den Brief gegeben?"

„Da war ein Mann. Er holte Frau Vandekamp und ich übergab ihr den Brief. Sie fragte mich, von wem ich den Brief habe, da sagte ich ihr, dass es eine Überraschung sein soll, mehr nicht."

„Das hast du sehr gut gemacht." Kleever zog noch einen Zehneuroschein hervor und drückte ihn den Jungen in die Hand. „Hast du noch etwas Zeit, Junge? Du könntest dir noch zwanzig Euro verdienen. Ich habe noch einen Brief, der zugestellt werden muss."

Der Junge grinste.

„Na klar."

Den zweiten Brief müsstest du allerdings im Dorf Juist abgeben."

„Kein Problem."

„Dann komm mit. Ich zeig dir, wo du den Brief abgeben sollst."

Weitere zwanzig Euro vor Augen machte es dem Jungen nicht das Geringste aus, den ganzen Weg ins Dorf wieder zurückzugehen. Als sie in die Dünenstraße eingebogen waren, blieb Kleever stehen. Er deutete auf ein Haus. „Da gibst du den Brief ab. Sag, er ist für Herrn Wagner. Sollte Herr Wagner nicht zu Hause sein, gibst du den Brief Herrn oder Frau Peterson. Sie sollen den Brief Herrn Wagner geben, sobald er zurück ist." Kleever drückte dem Jungen den Brief und zwanzig Euro in die Hand. „Und denk dran, Junge, du weißt nicht, von wem dieser Brief ist. Es soll eine Überraschung sein."

„Geht klar."

Nachdem Kleever aus sicherem Abstand verfolgt hatte, wie der Junge Peterson den Brief überreichte und ihm etwas erklärte, schwang er sich zufrieden auf sein Fahrrad und fuhr davon.

Wagner, jetzt werden wir sehen, wer von uns mehr auf dem Kasten hat. Jetzt bekommst du das, was du brauchst, du mieser kleiner Bulle. Aus seinem bösartigen Lächeln wurde ein triumphierendes Grinsen.

*   *   *

Christiane ließ sich auf den Stuhl in ihrem Zimmer fallen und blickte abschätzend auf den Brief in ihrer Hand. Ein fremder Junge hatte diesen Brief abgegeben. Als sie den Jungen danach gefragt hatte, von wem der Brief war, hatte dieser nur gegrinst und gemeint dass es eine Überraschung sei. Dann war der Junge wieder verschwunden, hatte nicht einmal auf das Trinkgeld gewartet, was sie ihm eigentlich geben wollte.

Sie öffnete den Umschlag und zog ein, mit dem Computer verfasstes Schreiben heraus.

Das Schreiben begann mit den Worten >Liebe Christiane<. Sofort fiel ihr Blick nach unten auf den Unterzeichner des Schreibens. >In Liebe, Dein Günter<, ebenfalls ausgedruckt. *Nicht mal eigenhändig unterschrieben,* ging es ihr durch den Kopf. Dann las sie sich das Geschriebene durch.

>Liebe Christiane,

ich habe eine tolle Überraschung für Dich vorbereitet. Es ist etwas, was Du garantiert noch nie in Deinem Leben erlebt hast. Keine Angst, es ist keine weitere Vorstellung von mir, wie ich irgendwelche Bretter mit den Füßen zer-

251

trete. Ich habe mir etwas ganz Großartiges einfallen lassen, etwas, was Deinen Urlaub unvergesslich machen wird. Komme heute um 16 Uhr zu unserer Traumstelle. Du wirst sie sofort wiederfinden, denn ich habe dort eine Markierung vor die Düne gesetzt, einen Stock mit einem roten Band. Dort führt der Weg hoch zu unserer kuscheligen Mulde in den Dünen. Ich werde in unserer Traumstelle sehnsüchtig auf Dich warten. Ich weiß, es ist ein weiter Weg von Loog bis zur Traumstelle, aber du wirst sehen, der Weg lohnt sich.

In Liebe, Dein Günter.<

Christiane blickte auf das Schreiben in ihrer Hand und lächelte. *Eine Überraschung.* Jetzt wusste sie, warum er vorhin beim Abschied so unergründlich dreingeschaut hatte. *Er muss es schon lange geplant haben. Den Brief hatte er schon vorbereitet.* In ihren Gedanken sah sie die Traumstelle vor sich, diese seichte, nicht einsehbare Mulde oben in den großen Dünen. *Womit will er mich überraschen? Ein Picknick in den Dünen? Vielleicht sogar ein mehrgängiges Menü, serviert auf einer Decke?* Christiane ließ ihrer Phantasie freien Lauf. *Danach wird er mich verführen, Liebe unter freiem Himmel. Vielleicht bleiben wir bis in die Dunkelheit dort und er hat rund um die Mulde Fackel aufgestellt, die er dann entzündet.* Diese Vorstellung verzückte sie und zauberte ihr ein Lächeln ins Gesicht. Sie schloss für einen Moment die Augen. *Ich freu mich drauf.*

*   *   *

Wagner betrat mit zwei gefüllten Einkaufstüten in der Hand das Haus und wollte gerade die Treppe hinauf steigen, als sich die Wohnungstür seines Vermieters öffnete.

„Einen Moment, Herr Wagner". Peterson winkte mit einem Brief in der Hand und trat an ihn heran. „Das wurde für Sie abgegeben."

Wagner nahm den Brief entgegen und blickte den Umschlag von beiden Seiten an. „Von wem ist der Brief? Steht kein Absender drauf."

Peterson grinste. „Ein Junge hat den Brief bei mir abgegeben. Er sagte, es soll eine Überraschung sein." Sein Grinsen wurde breiter. „Wer weiß? Vielleicht die Einladung zu einem Techtelmechtel?"

Wagner zog die Augenbrauen hoch. „Ich lass mich überraschen. Danke, Herr Peterson." Dann stieg er die Treppen hinauf.

In der Wohnung angekommen, setzte er die Einkaufstüten ab und ließ sich auf das Sofa fallen. Den Brief legte er vor sich auf den Tisch. *Erst mal das Wichtigste erledigen. Die Pizzen müssen in die Kühlung.* Er stand wieder auf und widmete sich den beiden Einkauftüten. In der einen waren die beiden Flaschen Sanddornlikör für seine Mutter drin. Die andere Tüte beinhaltete zwei Flaschen Wein, zwei Pizzen und ein Päckchen Kerzen. Während er die Pizzakartons nahm und in das Gefrierfach des Kühlschranks schob, dachte er lächelnd an Christiane. Heute würde er das Pizzaessen auf dem Balkon mit ihr wiederholen. *Wird bestimmt wieder ein schöner Abend.* Sein Blick fiel auf den Brief. *Mal seh´n, was wir da haben.* Wagner nahm den Brief und ließ sich erneut auf das Sofa fallen. Er riss den Umschlag auf und zog neugierig ein gedrucktes Schreiben heraus.

>Günter, ich habe eine Überraschung für Dich. Dafür, dass ich Dir diesen Brief hier schreibe, gibt es einen guten Grund, den ich Dir allerdings erst später nennen kann. Ich habe etwas vorbereitet, etwas ganz Besonderes. Ich muss immer daran denken, wie Du am Strand mit Karatesprüngen die Bretter zertrümmert hast. Das hat mich sehr tief beeindruckt. Deshalb möchte auch ich Dich beeindrucken. Das, was ich für Dich tun werde, wird nie gekannte Gefühle in Dir wecken. Du wirst eine Flut von Emotionen erleben, von der Du niemals gedacht hast, dass Du sie so intensiv erleben kannst. Habe ich Dich neugierig gemacht? Dann sei bitte heute um 16.15 Uhr am Leuchtturm. Nicht eher kommen, denn ich muss noch etwas vorbereiten. Sollte ich nicht pünktlich sein, hinterlasse ich Dir unter der Bank neben den grünen Schaltkästen am Leuchtturm einen Hinweis darauf, wo Du mich findest. Ich freue mich auf einen wunderschönen, aufregenden Nachmittag. Bitte, sei pünktlich und verderbe uns nicht die Überraschung.<

Wagner starrte ungläubig auf das Schreiben in seiner Hand. *Ich hab sie mit meiner Karatedemonstration so beeindruck, dass sie mich auch beeindrucken will? Was hat sie vor?* Er las den Brief noch einmal. *Das, was ich für Dich tun werde, wird nie gekannte Gefühle in Dir wecken. Du wirst eine Flut von Emotionen erleben, von der Du niemals gedacht hast, dass Du sie so intensiv erleben kannst.* Wagner legte das Schreiben auf den Tisch. *Eine Flut von Emotionen, was meint sie damit? Will sie mich vielleicht mit irgendwelchen Liebesspielen überraschen? Sexualpraktiken, die ich noch nicht kenne?* Er grinste. *Junge, das wär was.* Dann dachte er an den Treffpunkt. *Warum am Leuchtturm? Und warum ausgerechnet um viertel nach Vier? Komische Zeit.* Sein Blick fiel auf das gedruckte Schreiben. *Wann und wo hat sie das geschrieben?* Diese Frage beantwortete er sich sehr schnell selbst. *Sie ist nicht direkt nach Hause gegangen, sondern zu ihrer Freundin Niki. Diesen Brief hat sie mit Nikis PC verfasst.* Er war sich der Sache sicher, dass es genau so gewesen sein muss. *Hätte niemals gedacht, dass man eine Frau durch ein paar Karatesprünge so tief beindrucken kann.* Er sah sie vor sich, wie sie nach seiner Vorführung am Strand stand und ihm applaudierte. *Junge, du warst richtig gut.* Während er das Päckchen Kerzen aus der Tüte zog und auf den Tisch legte, dachte er daran, dass sein geplantes Pizzaessen auf dem Balkon wohl für heute ins Wasser fallen würde. Er versuchte, sich vorzustellen, was Christiane wohl vor hatte, überlegte, warum sie sich ausgerechnet am Leuchtturm mit ihm treffen wollte, doch seine Überlegungen brachten keine Erkenntnis. Sein Blick fiel erneut auf das Schreiben. *Warum hat sie es nicht von Hand geschrieben? Wäre doch viel persönlicher. Warum mit dem Computer?* Für einen kurzen Augenblick flammte Skepsis in ihm auf. Dann aber zog er in Betracht, dass sie vielleicht eine unleserliche Handschrift hatte und deshalb auf den PC zurückgegriffen hatte. Er lächelte. *Egal, was du vor hast, Christiane, ich freu mich drauf.*

*   *   *

Harry Kleever war eigentlich ein geduldiger Mensch. Doch im Moment wurde seine Geduld auf die Folter gespannt. Seit einer halben Stunde spazierte er schon auf dem Deich nahe des Juister Hafens herum. Immer wieder ging sein Blick zum Leuchtturm. Auf der Bank am Leuchtturm, die er sich für seinen Plan auserkoren hatte, saß ein älteres Paar und blockierte sein Vorhaben, den Umschlag, der in seiner Jacke steckte, unter der Bank zu befestigen. Er schaute auf die Uhr. *Noch knapp drei Stunden.* Seine Ungeduld wuchs.

Als das Paar auf der Bank auch nach einer weiteren viertel Stunde noch keine Anstalten machte, die Bank zu verlassen, überlegte Kleever, wie er sie dort weglocken konnte. Vielleicht sollte er einfach hingehen und sagen, dass die Bank frisch gestrichen werden soll und er den Untergrund reinigen muss? Er könnte ihnen auch erzählen, dass im Hafenbecken zwei Seehunde herumschwimmen, die sie sich unbedingt ansehen sollten.

Er atmete tief durch und richtete zum wiederholten Mal den Blick zum Leuchtturm. Was er nun sah, ließ die Anspannung von ihm fallen. Das Pärchen war gerade aufgestanden und spazierte jetzt in Richtung Dorf davon. Ohne zu zögern marschierte Kleever zum Leuchtturm. Dort ließ er sich auf der Bank neben den grünen Schaltkästen nieder. Er lehnte sich entspannt zurück und schaute, scheinbar gelangweilt, zum Hafen. Dort waren nur sehr wenige Leute unterwegs und so kam es, dass niemand sah, wie er sich Gummihandschuhe überzog und dann einen Umschlag aus seiner Tasche nahm. Er zog den Streifen vom doppelseitigen Klebeband, welches bereits auf dem Umschlag befestigt war, ab, blickte sich noch einmal kontrollierend um, und befestigte den Umschlag unter der Sitzfläche der Bank. Während er sich die Handschuhe wieder auszog und diese in seine Tasche schob, lächelte er zufrieden. *Jetzt steht meinem Plan nichts mehr im Weg.* Nun hatte er Zeit, Zeit, um ganz gemütlich zum Strand zu gehen, dorthin, wo die Mulde in den Dünen versteckt war, in der er heute seine missratenen Triebe befriedigen wollte, die Mulde, die heute zu seiner Traumstelle werden sollte. Der Gedanke daran, seine Hände um Christianes Hals zu legen, ließ den Geifer in seinem Mund zusammenfließen.

*   *   *

Christiane marschierte mit strammen Schritten den Strand entlang. Der Weg zog sich dahin, wie Kaugummi. Ein Blick auf die Uhr verriet ihr, dass es schon fast eine Stunde zurück lag, als sie sich von ihrer Unterkunft auf den Weg gemacht hatte. *Zwanzig vor Vier. Hoffentlich bin ich pünktlich da.*
Die Strandkörbe vor dem Juister Hauptdurchgang am ehemaligen Kurhaus waren schon weit in die Ferne gerückt. Der Dünenabschnitt, an der sie ihre Traumstelle vermutete, konnte sie noch nicht ausmachen. In dem Brief hatte Günter geschrieben, dass er die Stelle mit einem Stock mit rotem Band markieren wollte. Davon war noch nichts zu sehen. Sie dachte daran, wie schnell die Zeit verflogen war, als sie gemeinsam mit Günter diesen Weg genommen hatte, und jetzt erschien ihr diese Strecke endlos lang.
Ein paar Mal hatte sie mit dem Gedanken gespielt, ihn anzurufen, ihn zu fragen, was er vor hatte. Ihre Neugier war groß. Aber sie hatte sich nicht die Blöße gegeben, ihm ihre Neugier zu zeigen, hatte brav die Finger vom Handy gelassen und war zu dem Schluss gekommen, dass es bestimmt besser wäre, sich von ihm überraschen zu lassen.

Ihr Blick ging über den Strand. Vor ihr, in weiter Ferne schlenderte ein Pärchen am Ufer entlang. Ihre Umrisse wirkten wie zwei kleine, flimmernde Striche. Die beiden waren die einzigen Menschen, die Christiane an diesem Strandabschnitt ausmachen konnte.

Der auffrischende Wind bot ihr seit einiger Zeit ein ganz besonderes Schauspiel. Er trieb den feinen Sand, gleich schnell dahin huschenden Nebelschwaden, über den gesamten Strand. Oft schien es so, als würde der Boden unter ihren Füßen wandern, als wäre der ganze Strand in Bewegung. Das wirbelnde Spiel des Windes glich einem Sandsturm, der nur wenige Zentimeter über dem Untergrund dahin raste und dabei wild ihre Füße umspülte.

Christiane dachte an die Traumstelle, die Mulde oben in den Dünen. *Hoffentlich ist es da nicht auch so windig. Der Wind könnte die ganze Überraschung verderben.* Obwohl sie nicht genau wusste, was Günter geplant hatte, war sie doch davon überzeugt, dass er ein gemeinsames Picknick vorbereitet hatte.

Ihr Blick ging nach oben. Der tiefblaue Himmel war Wolkenfrei. *Wenigstens spielt die Sonne mit.* Sie dachte wieder daran, dass er sie nach dem Picknick bestimmt unter freiem Himmel verführen wollte und sie freute sich auf ein solches Liebesspiel. Der Gedanke daran, sich ihm hinzugeben, ließ einen angenehm Schauer über ihren Rücken laufen. Ein verträumtes Lächeln huschte über ihr Gesicht. *Meinetwegen kann er das Picknick auch weglassen.* In diesem Moment erfüllte sie die Sehnsucht, jetzt in seinen Armen zu liegen.

Wieder ging ihr Blick nach vorne. In der Ferne dominierte der Anblick der großen Hotelkomplexe auf der Nachbarinsel Norderney, deren Silhouette vom Sonnenlicht in ein schemenhaftes Flimmern verwandelt wurde. Christiane konzentrierte sich erneut auf die großen Dünen, die sich zu ihrer Rechten langgesteckt aneinanderreihten. Für einen Moment glaubte sie, das rote Band zu erkennen, welches an einem Stock befestigt, die richtige Stelle anzeigen sollte. Ihre Augen wurden zu schmalen Schlitzen. Nun sah sie es ganz deutlich. *Da ist es.* Den Stock, an dem das Band befestigt war, konnte sie nicht ausmachen, aber sie sah das Bändchen, welches gleich einer kleinen, roten Fahne im Wind flatterte. Die Entfernung zu der Stelle, an dem der flatternde Hinweis am Fuße der Dünen ihr lockend zuwinkte, konnte sie schlecht abschätzen. *Noch hundert Meter, vielleicht zweihundert Meter?* Es war ihr schon immer schwer gefallen, Entfernungen richtig einzuordnen. Ihre Schritte wurden unwillkürlich schneller. Ein kurzer Blick auf die Uhr. *Fünf vor Vier. Er wird schon auf mich warten.* Sie atmete tief durch. Obwohl sie noch vor wenigen Stunden mit Günter zusammen war, wuchs die Sehnsucht danach, in seinen Armen zu liegen immer mehr. Die Gedanken an ihn ließen ihr Herz höher schlagen. In diesem Moment wurde ihr bewusst, wie sehr sie sich in ihn verliebt hatte, wie intensiv das Gefühl der Leidenschaft war, welche er in ihr erweckt hatte. Voller Erwartung stapfte sie Schritt für Schritt auf das flatternde Bändchen zu. Ihre Emotionen ließen sie für einen Moment in die ferne Vergangenheit reisen. Damals hatte sie Ähnliches gefühlt, als sie als kleines Mädchen Weihnachten voller Sehnsucht auf die Bescherung wartete. *Gleich gibt 's für mich wieder eine Bescherung.* Mittlerweile erkannte sie auch den Stock, an dem das rote Band befestigt war.

*   *   *

Harry Kleever blickte auf seine Uhr. *Eigentlich müsste sie jeden Moment auftauchen.* Er saß hinter einem Busch versteckt und beobachtete durch das dichte Geäst die Sandmulde, die unmittelbar vor ihm lag. Unten in der Mulde, an ihrer tiefsten Stelle, lag ein flatterndes Blatt Papier, beschwert mit einem Stein. Ohne diesen Stein hätte der Wind das Papier längst davon geweht. Kleever hatte es dort deponiert. Es gehörte zu seinem teuflischen Plan.

Bald schon würde er sich wieder seinem Trieb hingeben können. Und nicht nur das. Er würde auch der Polizei neues Kopfzerbrechen bereiten. Er war sich der Sache sicher, dass niemand darauf kommen wird, dass er, Harry Kleever, etwas mit den Morden zu tun hat. Dass er dieses Mal auch noch einem gehassten Polizisten wehtun konnte, machte die Sache noch schmackhafter. Für einen Moment kam ihm seine Zeit in der Klinik in den Sinn. Sie hatten gesagt, er sei paranoid. *Paranoide sind Irre. Ich bin nicht irre, ich bin genial.* Kleever dachte an seine zukünftigen Pläne. Er wollte mit seinen genialen Ideen die verhasste Polizei an der Nase herumführen. Zu diesem Zweck hatte er sich bei Bekannten auf der Insel, die ebenfalls an Feriengäste vermieteten, umgehört, hatte sie unauffällig danach gefragt, woher ihre Feriengäste kommen. Schnell hatte er die richtigen Feriengäste gefunden, drei junge Männer aus Oldenburg, die zwei Wochen Urlaub hier verbrachten. Kleever wollte, nachdem die Oldenburger abgereist waren, ebenfalls nach Oldenburg fahren. Oldenburg war für seine Zwecke genial, war von Juist aus nur ein Katzensprung entfernt. Dort würde er sich seine nächsten Opfer suchen. Wenn der Polizeiapparat so funktioniert, wie er es glaubte, würden sie die Morde schnell mit den Morden auf Juist in Verbindung bringen. Er war sich sicher, dass man überprüfen wird, ob zur Zeit der Morde auf Juist Feriengäste aus Oldenburg hier waren. Die Polizei wird sich an die drei Oldenburger dranhängen und sich die Zähne an diesem Fall ausbeißen. *Ich bin genial.*

Sein Blick war immer noch auf den Durchgang zur Mulde gerichtet. Der breitschultrige Mann war aufgeregt und obwohl sein Opfer noch nicht zu sehen war, spürte er, wie die Aufregung Schweiß in seine Handflächen trieb.

Um den oberen Rand der Mulde herum wuchsen fast überall Büsche. Die wenigen buschfreien Stellen wurden von hohen Gräsern überwuchert. Nur eine einzige Stelle war ohne jeglichen Bewuchs. Dort öffnete sich der sandige Durchgang zum Strand. Genau diese Stelle hatte Kleever im Visier. Dort würde sein auserwähltes Opfer gleich auftauchen. Wieder ein Blick auf die Uhr. Es war kurz vor Vier. *Wo bleibst du, Mädchen?* Kleever fühlte unbändige Erregung, gleich einer unbeschreiblichen Vorfreude. Er rieb die verschwitzten, prankenartigen Hände gegeneinander. Seine wirren Gedanken, erfüllt von unbändiger Mordgier, ließen seinen Körper vor Aufregung zittern, ließen erneut den schleimigen Geifer in seinem Mund zusammenlaufen.

*   *   *

Günter Wagner saß gedankenversunken auf einer Bank im Juister Kurpark. Er war etwas zu früh losmarschiert und wollte auf keinen Fall Christianes Überraschung zerstören, indem er vor der angegebenen Zeit am Leuchtturm war.

261

Zum wiederholten Mal blickte er auf die Uhr. *Noch 'ne viertel Stunde.* Für ihn hieß es jetzt, warten. Wagner ließ seinen Körper nach vorne fallen, so, dass sich beide Ellbogen auf den Knien abstützten. Er führte seine Hände zusammen und trommelte ungeduldig die Fingerspitzen gegeneinander. Trotz der Vorfreude auf das, was Christiane sich ausgedacht hatte, wirkte er sehr nervös, verspürte ein unruhiges Gefühl, welches ihn einfach nicht losließ. Merkwürdiger Weise war es ausgerechnet der Zeitpunkt, den Christiane für ihr Treffen mit ihm ausgewählt hatte, der ihn so nervös machte. *Warum nicht Vier? Warum ausgerechtet viertel nach Vier?* Zum wiederholten Mal sagte er sich, dass sie schon einen Grund dafür haben wird. Wer weiß, vielleicht musste sie für ihre Überraschung noch eine Besorgung machen, die sie nicht eher bekommen konnte? Wagner versuchte sich einzureden, dass es Quatsch ist, sich über so eine Bagatelle Gedanken zu machen. Dennoch konnte er das ungute Gefühl nicht ablegen. Tief in seinem Inneren schlummerte ein Instinkt, der ihm sagte, dass etwas nicht in Ordnung war. Doch was sollte nicht in Ordnung sein? Er stand kurz vor dem Treffen mit der herrlichsten Frau, die er je kennengelernt hatte. Wieder dachte er an die Worte, die sie ihm geschrieben hatte, die Worte, die versprachen, dass sie unbekannte Gefühle in ihm erwecken wollte, Emotionen, von denen er nicht einmal wusste, dass man sie so erleben kann. Trotzdem diese Unsicherheit, warum? Sein Blick fiel auf seine Fingerspitzen, die immer noch nervös gegeneinander trommelten. *Junge, bleib ruhig.* Er richtete seinen gebeugten Körper wieder auf, lehnte sich zurück und schaute sich um. *Was ist, wenn sie gleich genau hier vorbeikommt?* Diese Frage schob er schnell wieder beiseite. Wenn sie so eine tolle Überraschung vorbereitet, dann wird sie schon lange beim Leuchtturm sein. Wieder ein Blick auf die Uhr. Ganze zwei Minuten waren dahingegangen. Er atmete tief durch. Was wäre, wenn er aufstehen würde und langsam in Richtung Leuchtturm schlendern würde. Normalerweise brachte man für den Weg vom Kurpark zum Leuchtturm keine fünf Minuten. Er könnte wenigstens bis zum Damm gehen und hinaufsteigen. Von dort aus kann man den Leuchtturm sehen. Sie hatte geschrieben, dass er nicht eher da sein sollte. Davon, dass er sich den Leuchtturm eher anschauen darf, war keine Rede.

Wagner stand auf. *Vielleicht hat sie ihre Vorbereitungen längst erledigt und wartet schon auf mich.* Sein Beschluss stand fest. Er wollte wenigstens mal um die Ecke gucken, ob er am Leuchtturm etwas erkennen kann. Mit behäbigen Schritten schlenderte er los.

*   *   *

Christiane war stehen geblieben. Zu ihrer rechten Seite erhoben sich die großen Dünen. Sie blickte auf den Stock, der vor ihren Füßen im sandigen Untergrund steckte. Der Wind ließ das rote Bändchen, welches oben um den Stock gebunden war, wild umherflattern.

Sie schmunzelte. *Den Stock hat er extra für mich aufgestellt.* Ihr Schmunzeln verwandelte sich in ein verzücktes Lächeln. *Süß von ihm.*

Obwohl sie ihre blonde Haarpracht zu einem Pferdeschwanz zusammengebunden hatte, blies der frische Wind ihr immer wieder eine Strähne ins Gesicht. Sie hatte bereits unterwegs versucht, die widerspenstige Strähne irgendwie in ihrem Pferdeschwanz unterzubringen, doch es war ihr nicht gelungen. Nun schob sie die störende Haarsträhne zum wiederholten Mal hinter ihr Ohr.

Christianes Blick richtete sich auf die sandige Schneise, die sich zwischen den Dünen hochschlängelte. Deutlich erkannte sie die halb zugewehten Fußspuren, die von der Düne hinab bis zum Stock führten. Ihre Augen folgten den verwehten Spuren nach oben. Dort verschwanden sie hinter der Kuppe, hinter dem schmalen Horizont, den der sandige Rand der Düne vor dem strahlenden Blau des Himmels bildete.

Das verzückte Lächeln in ihrem Gesicht verstärkte sich. *Da oben wartet er auf mich.* Sie atmete tief durch.

Christiane blickte noch einmal zurück, in die Richtung, aus der sie gekommen war. Die Strandkörbe vor dem alten Kurhaus konnte sie nur noch als kleine Punkte ausmachen.

Dann folgte sie den halb verwehten Spuren, die hinauf zur Mulde führten. Bei jedem Schritt gab der rutschige Sand unter ihren Füßen etwas nach.

Der böige Wind wirbelte die Halme des Strandhafers, der links und rechts des sandigen Aufstiegs in dichten Büscheln wuchs, mächtig durcheinander. Die Halme wurden unter der Kraft des Windes heruntergedrückt, bäumten sich wieder auf, um gleich wieder niedergedrückt zu werden. Es war wie ein Kampf, den weder die Sturmgewalt des Windes, noch die, dank ihrer Flexibilität, nachgiebigen Halme gewinnen konnten.

Christianes Aufregung wuchs. Sie hatte sich schon immer gerne überraschen lassen, aber dieses Mal war es etwas ganz besonderes. Sie blickte nach oben. Nur noch wenige Meter, dann hatte sie es geschafft. Als sie schließlich am oberen Rand der Mulde stand und hinunterblickte, fühlte sie Enttäuschung. Von Günter war nichts zu sehen. Zweifel stiegen in ihr auf. *Hab ich mich in der Zeit vertan? Bin ich zu früh?* Jetzt erkannte sie das Blatt Papier, welches durch einen Stein beschwert, auf dem Grund der Mulde lag. Sie lächelte. *Aha, ein Hinweis. Er macht es spannend.*

Christiane stieg in die Mulde hinab und nahm das Papier auf. Verwundert stellte sie fest, dass nichts draufstand, ein leeres Blatt Papier. Sie runzelte nachdenklich die Stirn.

„Was hast du erwartet?" Die fremde Stimme ließ sie zusammenzucken. In diesem Moment trat ein großer, breitschultriger Mann an den Rand der Mulde heran.

Christiane erkannte in ihm sofort den Mann, der Günter von der anderen Straßenseite aus vor der Ferienwohnung gegrüßt hatte. *Kleever,* schoss es ihr durch den Kopf. *Der Mörder!* Sie verstand die Welt nicht mehr. Wo war Günter? Er wollte sie doch überraschen, und nun stand Kleever vor ihr. Ihre Gedanken waren wirr. Bevor sie auch nur irgendeine Reaktion zeigen konnte, sprang Kleever mit wenigen Schritten zu ihr in die Mulde hinab. Er stand vor ihr und grinste.

Christiane schluckte.

„Mein Freund kommt jeden Moment", stotterte sie. „Er ist Polizist und kann Karate."

Sofort merkte sie, dass sie den Hünen, der sich da vor ihr aufgebaut hatte, nicht beeindrucken konnte.

Kleever legte seinen Kopf auf die Seite und lächelte sie an.

„Ich weiß, dass dein Freund ein Bulle ist und ich weiß auch, dass er kommt. Nur, bis er kommt, wird noch viel Zeit vergehen." Kleever blickte kurz auf seine Uhr. „In frühestens einer viertel Stunde wird er erfahren, dass du hier bist. Er wird sich beeilen, hierher zu kommen, wird rennen, bis ihm die Zunge aus dem Hals hängt, doch von dort, wo er jetzt ist, sind es bis hierhin mindestens drei Kilometer, eine Strecke, die er über den sandigen Grund des Strandes zurücklegen muss. Wird ganz schön anstrengend und zeitaufwendig."

Christiane blickte ihn mit großen Augen und leicht geöffnetem Mund ungläubig an.

„Ich versteh´ das nicht", stammelte sie mit unsicherer Stimme.

Das Lächeln in Kleevers Gesicht wurde breiter.

„Du verstehst das nicht? Ist doch ganz einfach. Es bedeutet, dass ich mindestens eine halbe Stunde Zeit habe, in der ich mich nach Herzenslust mit dir beschäftigen kann. Eines ist allerdings bedauerlich. Ich werde das blöde Gesicht deines scheiß Bullen nicht sehen, wenn er hier auftaucht und dich an eurer Traumstelle findet, denn dann bin ich schon über alle Berge."

Christiane spürte, wie das Blut in ihren Schläfen zu hämmern begann.

„Was wollen Sie von mir?"

Kleevers Lächeln verwandelte sich in ein boshaftes Grinsen. „Ahnst du es nicht? Hast du keine Zeitung gelesen? Noch nie etwas von der Bestie von Juist gehört?"

Sie schluckte. Ihre Lippen bebten.

Er beugte sich nach vorne und starrte ihr geradewegs in die Augen. „Ist der Groschen endlich gefallen?"

Christiane schüttelte den Kopf.

„Nein." Ihre Augen waren vor Angst weit aufgerissen. Sie schrie ein weiteres: „Nein!", heraus, lang gezogen und grell.

„Ja, schrei ruhig. Hier kann dich niemand hören."
Sie trat einen Schritt zurück, wandte sich um und wollte zum Rand der Mulde hinauf spurten. Doch bereits nach dem zweiten Schritt spürte sie die prankenartige Hand in ihrem Nacken, die sie wieder hinunterzog. Als sie ins Straucheln kam, ließ Kleever sie wieder los. Trotzdem stürzte sie auf den Boden und landete genau vor seinen Füßen.

Christiane blickte zu ihm auf. Ihr Gesicht war blass, die Augen feucht und dicke Tränen liefen die Wangen hinab.

Der Anblick der hilflosen Frau, die da ängstlich vor ihm saß, erregte ihn. Die Tränen, die Verzweiflung und die Angst, die sich in ihren Augen spiegelte, trieben seine Erregung in die Höhe. *Ja, mein Mädchen, so ist es gut.* Er beugte sich zu ihr hinunter. Mit einer Hand fasste er sie von vorn um den Hals und zog sie hoch, als sei sie eine leichte Feder. Den erstickten Schrei, der gurgelnd aus ihrer Kehle kam, nahm er kaum wahr.

Christiane versuchte, sich loszureißen, doch sie hatte keine Chance, sich dem stählernen Griff des Hünen zu entziehen. Sie versuchte, noch einmal zu schreien, doch die Hand, die gnadenlos ihren Kehlkopf umklammerte, ließ nur ein heiseres Krächzen zu.

Ihre verzweifelten Versuche, sich irgendwie zu wehren, steigerten sein Verlangen, das Leben seines Opfers langsam aushauchen zu lassen. Er spürte, wie ihr Körper vor Angst zitterte, regelrecht bebte, und er genoss es.

„Wenn dein scheiß Bulle gleich kommt, ist dein Körper vielleicht schon kalt."

Dieser Satz ließ die Panik im verzerrten Gesichtsausdruck seines verzweifelt zappelnden Opfers anwachsen.

Ja, wehr´ dich, gibt nicht auf.

Nun steigerte er den Druck auf ihren Hals. Seine Hand glich einem Schraubstock, der langsam zugedreht wurde. Ihr Mund öffnete sich, rang nach Luft. Jeglicher Versuch, zu atmen, misslang. Kleever blickte auf ihre zuckende Zunge und auf ihre weit aufgerissenen Augen, welche die Todesqual widerspiegelten und lächelte. *Ja.*

Christiane hatte das Gefühl, als würde ihre Lunge zerreißen. Sie zuckte noch ein paar Mal, dann schwanden ihr die Sinne.

Kleevers breiter werdendes Grinsen drückte höchste Zufriedenheit aus. *Ja.*

*   *   *

Wagner hatte kurz vor dem Damm, hinter der sich die ausgedehnte Wiese mit dem alten Leuchtturm befand, kehrt gemacht und war zu der Bank im Kurpark zurückgegangen, um dort zu warten. Der Gedanke daran, dass Christiane ihn oben auf dem Damm hätte entdeckten können, während sie mit irgendwelchen Vorbereitungen für ihre Überraschung beschäftigt war, hatte ihn zur Umkehr bewogen.

Nun saß er wieder auf der Bank und wartete. Er lehnte sich zurück. Die Hände lagen auf seinen Beinen, die Finger trommelten nervös auf seinen Schenkeln herum.

Wagner spürte, wie dieses merkwürdige Gefühl wieder in ihm aufstieg, ein Gefühl, das ihm sagte, dass irgendetwas mit Christianes Überraschung nicht in Ordnung war, eine innere Unruhe, die ihn nervös machte. Doch was war der Grund für dieses ungute Gefühl, welches ihm der Sache gegenüber so misstrauisch machte? Er versuchte, dieses Gefühl zu analysieren, versuchte, den Grund für die innere

Unruhe zu detektieren, kam aber zu dem Schluss, dass es eigentlich kein Argument dafür gab, nervös zu werden.

Wagner blickte sich um, versuchte, sich abzulenken. Seine Augen blieben an einem Mann hängen, der oben auf der balkonartigen Terrasse eines Cafés saß und gerade ein großes Glas Weizenbier an den Mund ansetzte, um es mit kräftigen Zügen halb leer zu trinken. Der Mann stellte das Glas wieder auf den Tisch und wischte sich mit dem Handrücken den Schaum von den Lippen. Dieser Anblick ließ Wagner tief durchatmen. *Jetzt so ein leckeres Weizen, wär´ nicht schlecht.* Er blickte wieder auf seine Uhr. *Noch fünf Minuten. Auf geht `s.* Wagner erhob sich und machte sich auf den Weg zum Leuchtturm. Auch wenn die Freude auf Christianes Überraschung überwog, das ungute Gefühl begleitete ihn immer noch.

Nachdem er den Deich hinter sich gelassen hatte, war der Blick auf den Leuchtturm frei. Von Christiane war nichts zu sehen. Er schaute sich um und ließ den Blick über das Hafengelände schweifen, doch Christiane war nicht auszumachen. *Sie wartet hinter dem Leuchtturm.* Mit strammen Schritten marschierte er geradewegs auf den Leuchtturm zu. Als er ihn erreicht hatte, umrundete er das hohe Bauwerk voller Neugier, doch Christiane war nicht da. Vor der Bank, die neben den grünen Schaltkästen am Leuchtturm angebracht war, blieb er stehen. Christiane hatte geschrieben, dass sie unter dieser Bank einen Hinweis hinterlassen wollte, falls sie noch nicht da sein sollte. Unter der Bank lag kein Hinweis, deshalb ging Wagner davon aus, dass Christiane jeden Moment kommen musste. Erneut blickte er sich um. Irgendwo würde sie gleich schon auftauchen.

Die Minuten strichen dahin, doch sie kam nicht. Er wurde nervös, umrundete noch einmal den Leuchtturm, um zu kontrollieren, ob Christianes Hinweis vielleicht unter einer anderen Bank lag, doch das Ergebnis war negativ. Wieder stand er vor der Bank neben den Schaltkästen. Dieses Mal ging er in die Hocke, um unter die Bank zu blicken. Nun erkannte er ihn, den Briefumschlag, der unterhalb der Sitzfläche befestigt war. Ein schneller Griff und er hielt den Umschlag in der Hand. *Dann wollen wir mal seh´n.* Er zog ein Blatt Papier heraus, faltete es auseinander und las. >Auch wenn kein Weihnachten ist, ich habe eine große Überraschung für Dich, Du scheiß Bulle.< Wagner schluckte. Jetzt hatte er Gewissheit. Sein ungutes Gefühl, seine Nervosität, alles hatte einen Grund. >Wenn Du das hier liest, dann bin ich mit Deiner kleinen Freundin vielleicht schon fertig. Du willst bestimmt wissen, was ich mit ihr mache. Du sollst es wissen. Ich lasse ihr Leben langsam aushauchen, langsam und genussvoll.< Wagners Hände zitterten. Er wollte nicht glauben, was er las. >Ich werde Dir sagen, wo Du sie findest. Mit etwas Glück ist ihr toter Körper dann noch warm. Dann kannst Du ein letztes Mal ihre Wärme fühlen, ein allerletztes Mal. Ich weiß nicht genau, wann Du dieses Schreiben hier liest, aber es ist durchaus möglich, dass Deine kleine Freundin jetzt, wo Du liest, noch lebt, allerdings in ihren letzten, qualvollen Atemzügen. Du findest die Kleine an Eurer Traumstelle. Viel Spaß.<
Wagner starrte auf das Papier in seiner Hand. Er wollte nicht glauben, was er da las, versuchte sich für einen Augenblick einzureden, dass jemand einen üblen Scherz mit ihm trieb. Sein Magen krampfte sich zusammen. Dann aber spurtete er los, quer über die große Wiese, vorbei am

Deich, am Kurpark, immer in Richtung Strand. Sein Körper funktionierte, wie eine Maschine, sein Gehirn schien ihn aber vor Verwirrung im Stich zu lassen. Er hetzte vorbei an staunenden Menschen, die den Mann, der wie von wilden Furien gejagt, durch die Straßen hastete, kopfschüttelnd hinterher schauten, deren verwunderte Gesichter er aber nicht wahrnahm. Während Wagner, getrieben von Verzweiflung und Wut, durch den Ort raste, merkte er nicht einmal, dass er beim Überqueren einer Straße eine junge Radfahrerin zu einer Vollbremsung und einem gewagten Ausweichmanöver zwang. Er hastete den Anstieg zum Deich hinauf; rannte dabei fast ein älteres Paar um, welches ihm neben dem alten Kurhaus entgegen kam. Sein Kopf war, wie leergefegt, dennoch brachte ihm ein kurzer, heller Moment die Erkenntnis, dass es besser war, nach rechts auf die Strandpromenade abzubiegen, um sich wenigsten einen halben Kilometer des tiefgründigen Sandstrandes zu ersparen. Er hastete vorbei an Restaurants, am Schwimmbad, am Wasserturm und irgendwie hatte er das Gefühl, als käme er überhaupt nicht von der Stelle, als wäre die Strandpromenade heute endlos lang. Wagner hatte in den letzten Jahren viel durchmachen müssen, hatte schreckliche Schicksalsschläge durchlebt, doch es war das erste Mal in seinem Leben, dass eine Situation ihn in eine solche Panik versetzte. Er spurtete dahin, wie ein gehetztes Tier. Für einen Augenblick schossen wieder die Worte des Briefes durch seinen Sinn und er fühlte eine vorher nie gekannte, unheilverheißende Beklemmung. Dann erreichte er das Ende der Strandpromenade, bog nach links ab, den mit Holzbohlen ausgelegten Abstieg zum Strand hinunter. Die steile Schräge hinab wurden seine Schritte immer schneller, wurden fast unkontrollierbar und am Ende des hölzernen Weges schaffte er es nur mit größter Mühe, seine Geschwindigkeit zu drossel, um nicht weit auf die Strandfläche hinauszuschießen. Wagner hastete nach rechts, immer an den großen Dünen entlang. Seine Gedanken waren ein Gewirr aus Verzweiflung, Angst, Wut und Zorn. *Wenn er ihr auch nur ein Haar gekrümmt hat, werd´ ich ihn zerreißen. Ich werd´ ihn töten.* Dass er ein Beamter war, der eigentlich das Recht und das Gesetzt vertrat, vergaß er in diesem Moment. Das hier war eine persönliche Sache, eine Sache zwischen ihm und diesem Mörder. Er biss die Zähne zusammen, vor Wut und vor Anstrengung.

Hoch über ihm zogen dunkle Wolken auf und verwandelten nach und nach den strahlendblauen Himmel in ein düsteres Firmament, welches zu Wagners Stimmung passte. Es war, als wollte sich die Natur seiner Situation anpassen.

Er wusste nicht, wie lang er schon gelaufen war, als er merkte, wie seine Kräfte nachließen, wie seine Schritte schwerer wurden. Das Pulsieren des Blutes verwandelte sich in seinen Schläfen zu einem wilden Hämmern. Er schaute nach vorn; konnte seinen Blick nicht von der Stelle in den Dünen losreißen, an der er ihre Traumstelle vermutete, die Traumstelle, die für ihn zu einer Alptraum- stelle geworden war. Das Atmen fiel ihm immer schwerer und er glaubte, dass ihm jeden Moment die Luft ausgehen wird. Er spürte Schwäche, torkelte für einen Moment, fand sein Gleichgewicht aber sofort wieder zurück. Sein Lauf war zu einem unsicheren Dahinstolpern geworden. Mit gewaltiger Anstrengung und gesenktem Kopf, der Körper erschöpft, die Gedanken durcheinander, kämpfte er sich

Meter für Meter vorwärts. Als er den Kopf wieder hob, erblickte er in etwa zweihundert Meter Entfernung einen Mann, der direkt neben den großen Dünen stand. Wagner blieb stehen, stützte die Hände erschöpft auf die Knie ab, schnaufte tief durch und versuchte, den Mann besser zu erkennen. Seine Augen wurden zu schmalen Schlitzen. Dort, wo der Mann war, steckten dicke Äste oder Stangen im Sand. Was es genau war, konnte Wagner nicht erkennen, doch er war sich sicher, dass genau dort ihre Traumstelle lag. Dann aber wurde ihm gewahr, was dieser Mann dort tat. Er spannte Bänder zwischen den Stangen auf. Der Anblick der Bänder traf Wagner wie ein Schlag; durchzuckte ihn, wie ein tödlicher Blitz, denn polizeiliche Absperrbänder erkannte er sofort. *Nein,* schoss es ihm durch den Kopf. Er fühlte sich, wie in einem schrecklichen Alptraum. Die Verzweiflung nahm seine Energie und seine Willensstärke. Ein letzter Adrenalinstoß gab ihm die Kraft, weiterzulaufen, auch wenn dieses Laufen immer noch einem unsicherem Stolpern glich. Trotz der Verausgabung und der Verzweiflung gelang es ihm wieder, ein paar klare Gedanken zu fassen. *Ich komm zu spät. Er hat sie umgebracht.* Er dachte daran, dass dieser Mörder nicht nur so dreist war, ihm die Stelle des Mordes zu nennen, sondern auch noch die Polizei von der Stelle unterrichtete, an der sie das Mordopfer finden würde. Mit schweren Schritten stakste er auf den Mann in Zivil zu, der gerade das letzte Band befestigte.

Der Mann blickte den heran stolpernden Wagner an. „Polizei. Was wollen Sie hier? Gehen Sie bitte weiter. Das hier ist nichts für Sie." Er deutete zu den Dünen hinauf. „Da oben liegt eine Leiche."

Wagner blickte ihn an. Seine Augen waren leer. Jetzt hatte er die Gewissheit. Christiane war tot. Er schlug die Hände vors Gesicht und weinte. *Bitte, lieber Gott, lass es ein Alptraum sein.*

Der Polizist hinter den Absperrbändern blickte ihn verwundert an. Er verstand die Reaktion des Mannes vor ihm nicht. Verständnislos schüttelte er den Kopf.

Für Wagner war eine Welt zusammengebrochen. Er nahm die Hände von seinem geröteten Gesicht und schaute zu den Dünen hinauf. *Ich muss sie noch einmal sehen.*

Als Wagner sich gebückt unter das Absperrband hindurch schob reagierte der verblüffte Polizist nicht. Auch als Wagner mit scheinbar neuer Kraft die Dünen hinauf spurtete, blieb die Reaktion des überraschten Polizisten aus.

„Bleiben Sie stehen!", rief er Wagner hinterher. „Sie dürfen da nicht rauf."

Die Worte verhallten in Wagners Gehör, als wären sie nie ausgesprochen worden.

Noch ein paar anstrengende Schritte, dann stand er oben am Rand der Mulde. Seine trüben, tränengefüllten Augen ließen keinen klaren Blick zu. Unter sich, in der Mulde, erkannte er schemenhaft vier Männer. Zwei von ihnen waren über einem leblosen Körper gebeugt, der mitten in der Vertiefung lag. Es war, als lag ein dichter Schleier vor seinen Augen und für einen Moment war er froh darüber, diesen grässlichen Anblick nicht klar wahrnehmen zu müssen.

Genau in diesem Moment riss die dichte Wolkendecke über ihn auf. Zunächst huschte nur ein kurzer, gleißender Sonnenstrahl über die Dünen hinweg. Dann aber erhellte die Sonne mit ihrem warmen Licht die Szenerie, doch die

Finsternis, die Wagners Gedanken gefangen hielt, konnte keine Sonne durchdringen. Wieder schlug er seine Hände vors Gesicht. Dabei sank er langsam auf die Knie. *Vorbei, es ist alles vorbei.* Noch nie im Leben hatte er sich so elend gefühlt, so schwach und so hilflos.

„Was machen Sie denn da oben?" Die Stimme, die aus der Mulde zu ihm hinauf drang, hörte er wie aus weiter Ferne.

Wagner wischte sich mit der Hand die Tränen vom Gesicht und schaute hinunter. Sein Blick war wieder klar und er erkannte jetzt alle Details, auch den leblosen Körper, der auf dem Grund der Mulde lag. Für einen Moment wollte er nicht glauben, was er sah. Der Tote dort unten war ein Mann. Obwohl das Gesicht des Toten von Wagner abgewandt war, wusste er sofort, dass es sich um den massiven Körper von Harry Kleever handelte, der dort im blutgetränkten Sand lag. Wagner blickte sich um. *Christiane? Wo ist Christiane? Was hat er mit ihr gemacht?*

„Hey Sie", rief einer der Männer aus der Mulde ihm zu. „Verschwinden Sie hier. Sie behindern die Polizeiarbeit."

Wagner blickte den Mann an. „Wo ist die Frau, die bei ihm war? Wo ist Christiane?" *Haben sie sie etwa schon in einem dieser schäbig grauen Zinksärge weggebracht?*

„Kennen Sie die Frau?" Der Mann in der Mulde schaute ihn fragend an.

Wagner nickte. „Wo ist sie?" Seine Stimme klang leise.

Der Polizist unter ihm deutete wortlos mit dem Kopf zu hinteren Rand der Mulde, dort, wo die Vertiefung obenherum von einem dichten Saum aus Sanddornbüschen bewachsen war. Neben den Büschen lag eine lichte

Stelle, zu der zahlreiche Fußspuren aus der Mulde nach oben führten.

Ohne sich um die Polizisten und den Toten zu kümmern, durchschritt Wagner wortlos die Mulde und folgte den Fußspuren, die durch den tiefen Sand nach oben führten. Die Männer ließen ihn gewähren.

Es interessierte Wagner nicht, was passiert war und wie es passiert war. Er bereitete sich auf die letzte, schreckliche Begegnung mit Christiane vor, auf einen Moment von grausamer Endgültigkeit und auf den allerletzten, schmerzhaften Abschied.

Als er fast den Rand der sandigen Vertiefung erreicht hatte, trat oben, direkt vor ihm ein Mann an die Mulde heran und blickte zu ihm herab.

„Wir haben Sie bereits erwartet, Herr Wagner."

Wagner schaute auf und erkannte in dem Mann, der eine blaue Uniform trug, sofort den Inselpolizisten. Dieser reichte Wagner die Hand, um ihm den letzten Meter des Aufstiegs zu erleichtern. Der Gesichtsausdruck des Inselpolizisten wirkte versteinert, tief getroffen durch das, was er heute erleben musste. Er zog Wagner hinauf.

„Sie wartet bereits auf Sie, Herr Wagner. Der Arzt ist verständigt. Er wird gleich kommen, um sich um sie zu kümmern."

Wagner schluckte. „Sie lebt?"

„Ja."

In dem Moment vernahm Wagner ein schwaches Röcheln. Dann sah er sie. Christiane lag einige Meter von der Mulde entfernt im Sand. Man hatte ihr eine zusammengerollte Jacke unter den Kopf geschoben. Ihr Mund war leicht geöffnet.

„Christiane." Wagner blickte ungläubig zu ihr hinüber. Erneut schossen ihm Tränen in die Augen. Dieses Mal waren es Freudentränen. „Christiane." Sein bebendes Kinn ließ die Stimme zittern. Er schritt auf sie zu, hatte das Gefühl, zu schweben. Wieder ließen die Tränen keinen klaren Blick zu. Dann stand er vor ihr, beugte sich zu ihr hinunter und strich mit der Hand liebevoll über ihre Haare. „Christiane, es wird alles wieder gut."

Erst jetzt nahm sie ihn durch ihre halb geschlossenen Augen wahr. „Günter." Ihre Stimme klang heiser, kaum hörbar. Das Sprechen fiel ihr offensichtlich sehr schwer. Auch ihr liefen dicke Tränen aus den Augen. Christiane fasste seine Hand und drückte sie gegen ihre Wange. „Ach, Günter." Dann weinte sie hemmungslos.

Er ließ sich neben ihr im Sand nieder, schob den Arm unter ihren Kopf und zog sie vorsichtig an sich heran. „Es ist vorbei, Christiane. Es wird alles wieder gut."

Sie drückte sich an ihn heran, presste ihren Körper gegen den seinen. „Bitte, lass mich nie mehr allein", hauchte sie. „Bitte, nie mehr."

In dem Moment hörten sie Männerstimmen, die auf sie zu kamen.

„Dort ist es. Wir sind da."

Zwei Männer traten an sie heran. Einer davon war offensichtlich der Arzt.

Er fasste Wagner an die Schulter. „Lassen se mich mal an die Kleene ran."

Wagner stand auf und trat bereitwillig beiseite. Jetzt erst sah er das, was sein gerade noch tränenverschleierter Blick nicht klar freigegeben hatte. Christianes Hals war blau und rot verfärbt. *Armes Mädchen, was musst du durchgemacht haben.*

Der Arzt fühlte ihren Puls und tastete sie ab. Dann stand er auf. „Det kriegen wa schon wieder hin." Seine Aussprache konnte die Herkunft aus dem Berliner Raum nicht verbergen. Er wandte sich an den Mann, der ihn begleitet hatte. „Ick muss se allerdings mitnehmen. Holen se bitte die Trage aus dem Auto." Der Angesprochenen wollte gerade losgehen, als der Arzt ihn zurück hielt. „Ach so, den vom Festland anjeforderten Notarzthubschrauber könn se wieder abbestellen. Er wird nicht benötigt."

Dieser Satz ließ sämtliche Anspannung aus Wagners Körper weichen. Er atmete erleichtert durch. Plötzlich überkam ihn ein leichtes Schwindelgefühl. Er bemerkte ein kurzes, merkwürdiges Flimmern vor seinen Augen, welches sich abrupt in eine tiefgründige Schwärze verwandelte. Dann verließen ihn die Sinne und er plumpste, wie ein nasser Sack, auf den sandigen Untergrund.

Als er die Augen wieder öffnete, fühlte er Erleichterung. Über sich gebeugt erkannte er das Gesicht des Arztes. „Da is´ er ja wieder", klang dessen Stimme wie aus weiter Ferne. Der Arzt blickte ihn an und lächelte. „War wohl allet ein bisken zu viel für Sie."

Wagner setzte sich langsam auf und schaute sich um. Unmittelbar neben ihm lag Christiane. Man hatte sie bereits auf eine Trage verfrachtet. Sie schenkte ihm ein schwaches Lächeln.

„Ick lass die Kleene erst mal in meene Praxis bringen", meinte der Arzt. Er blickte Wagner an. „Wenn se wollen, können se mitkommen."

Wagner nickte und stand langsam auf. Er fühlte sich körperlich gut. Es war, als hätte dieser Schwächeanfall ihm neue Kraft verliehen.

Der Arzt beäugte ihn mit einem skeptischen Blick. „Geht et wieder? Nicht, dass se mir noch mal umfallen."

„Danke, es geht schon wieder."

Drei Männer nahmen die Trage auf, zwei das Kopfende und einer das Fußende. Dann schleppten sie Christiane vorsichtig durch die sandige Dünenlandschaft. Der Arzt und Wagner folgten ihnen.

*   *   *

"Sie können jetzt zu ihr, junger Mann." Die Sprechstundenhilfe deutete auf die offene Zimmertür, aus der sie gerade gekommen war.

Der Arzt hatte Wagner aus dem Raum geschickt, weil er Christiane noch einmal gründlich untersuchen wollte. Eine viertel Stunde hatte Wagner im Flur der Arztpraxis gestanden und ungeduldig gewartet. Er war froh, jetzt wieder zu ihr zu dürfen. Beim Betreten des Zimmers kam ihm der Arzt entgegen.

Wagner blickte ihn fragend an.

„Ist alles in Ordnung, Herr Doktor?"

Der Arzt nickte. „Se klagt über Nackenschmerzen. Bleebt ja och nicht aus, der Hals besteht nur noch aus Hämatome." Er fasste Wagner an die Schulter. „Sonst aber fehlt der Kleenen nichts. Ick warte noch die Röntgenbilder ab, aber wie et aussieht, können se beede gleich nach Hause jeh´n."

Dann verließ der Arzt den Raum.

Wagner blickte zu Christiane. Sie lag auf einem Bett, dessen Laken durch die kalte, grelle Deckenbeleuchtung in ein schneeweißes Licht getaucht wurde. Er trat an sie heran und setzte sich auf die Bettkante.

Ein sorgenvoller Blick. „Geht es dir jetzt besser?"
Die Antwort war ein Lächeln, welches Müdigkeit und Glück gleichzeitig widerspiegelte.
Er nahm ihre Hand, blickte sie fragend an. „Wie ist das passiert?" Er sprach leise und zurückhaltend.
Christiane befeuchtete ihre Lippen und schluckte. „Als ich zu unserer Traumstelle kam, stand er plötzlich vor mir." Ihre Stimme klang matt und entkräftet. „Ich wollte weglaufen, da hat er mich gepackt." Ihre Hand ging zum Hals. „Er hat mir die Kehle zugedrückt, immer fester." Ihr Gesicht verzerrte sich. Die Erinnerung ließ die Schmerzen, die durchleben musste, wieder real werden. Tränen schossen ihr in die Augen.
Wagner ergriff ihre Hände und hielt sie fest. „Es ist alles wieder gut. Der Kerl kann dir nichts mehr tun." Dann ließ er ihre Hände wieder los und strich mit seinen Fingern die Tränen von ihren Wangen.
Sie atmete tief durch. „Es war so schrecklich. Er hat zugedrückt und dabei zufrieden gelächelt."
Wagners Gesichtsausdruck verfinsterte sich.
„Und dann?"
Sie zuckte leicht mit ihren Schultern.
„Ich kann mich an nichts mehr erinnern."
Ein kurzes Zucken huschte über seine Mundwinkel. „Ist vielleicht auch besser so."
Christiane blickte ihn unsicher an. „Wurde Kleever schon verhaftet?"
„Du weißt es noch nicht?"
„Was?"
„Kleever ist tot. Er wurde von der Polizei erschossen."
„Erschossen?"

Wagner nickte. „Ja. Meine Kollegen haben ihn nieder-gestreckt." Für einen kurzen Moment ballte er die Fäuste. „Es war auch besser für dieses Schwein, denn wenn ich ihn in die Finger bekommen hätte, wäre er nicht so einfach davongekommen. Er hätte leiden müssen."

Dann erhob er sich von der Bettkante und machte ein paar unruhige Schritte hin und her. „Wenn ich mir vorstelle, was er dir antun wollte,..." Er brachte den Satz nicht zu Ende.

Als er zum Bett blickte, bemerkte er, dass Christiane sich gerade aufsetzte. „Du sollst doch liegenbleiben."

„Das hat mir niemand gesagt." Sie schob ihre Beine zur Seite und ließ sie aus dem Bett baumeln. Dabei lächelte sie ihm zu. „Mir geht es doch gut. Immerhin hab ich die Bestie von Juist überlebt."

Wagner fand ihr Aufflammen von Galgenhumor mehr als unangebracht. Er setzte sich neben sie.

In dem Moment öffnete sich die Tür und der Arzt trat ein. Er grinste. „Sitzen beede auf dem Bett, als ob se et jeahnt hätten, det se nach Hause dürfen. Ick wollte mich nur verabschieden." Er blickte Christiane in die Augen. „Und det nächste Mal jehn se nich alleene durch de Botanik, Fräuleen, kann für ne Frau gefährlich sein." Er reichte zunächst Christiane, dann Wagner die Hand. „Also, machen se et jut." Er schritt zur Tür, um den Raum zu verlassen. „Det hat man davon, wenn man die Urlaubsvertretung für den Inselkollegen übernimmt", mur-melte er. „Direkt een Mordversuch. Ick glaub, dat mach ick nich noch Mal." Dann verschwand er.

Wagner stand auf und nahm ihre Hand. „Lass uns von hier verschwinden."

Sie nickte und rutschte vom Bett herunter. „Nimmst du mich mit?"

„Wohin?"

„Zu dir."

Er lächelte und küsste sie vorsichtig auf den Mund. Dann verließen sie Hand in Hand das Zimmer.

Draußen auf dem Flur kamen ihnen zwei Männer entgegen. Der eine war der Inselpolizist und der andere gehörte zu den Polizeibeamten, die Wagner in der Mulde gesehen hatte.

Der Inselpolizist machte große Augen, als er das Paar Hand in Hand auf sich zukommen sah. „Dürfen Sie etwa schon nach Hause?"

Wagner nickte. „Gut, dass ich Sie treffe. Ich hätte da noch ein paar Fragen."

Der Polizist grinste. „Das kann ich mir vorstellen. Dann fragen Sie mal, Herr Wagner."

„Was ist passiert? Christiane kann sich an nichts mehr erinnern. Wieso waren Sie am Tatort?"

Der Inselpolizist wechselte mit seinem Begleiter einen kurzen Blick. Dann wandte er sich wieder an Wagner. „Es war Kommissar Zufall und Ihr Hinweis, der Frau Vandekamp das Leben rettete."

Wagner legte seine Stirn in Falten. „Kommissar Zufall?"

„Als Frau Vandekamp in den Dünen wieder zu sich kam, erzählte sie mir, dass sie, Herr Wagner, ihr den Brief mit den Hinweisen auf Kleever diktiert hatten. Von ihr erfuhr ich auch, dass sie selbst den Brief im Hotel abgegeben hatte. Wie der Zufall es wollte, war ich ebenfalls im Hotelzimmer, als der Brief bei der Sonderkommission abgegeben wurde. Nachdem der Inhalt des Schreibens bekannt war, blickte ich sofort aus dem Fenster, in der Hoffnung, denjenigen, der den Brief abgegeben hatte, noch davoneilen zu sehen. Doch was sah ich? Harry

Kleever. Er stand auf der anderen Straßenseite und benahm sich recht merkwürdig, blickte immer wieder vorsichtig um die Hausecke. Ich machte die Kollegen von der Sonderkommission natürlich sofort darauf aufmerksam, dass der Mann auf der anderen Straßenseite genau der Mann ist, der in dem Schreiben als der Mörder bezeichnet wurde. Die Kollegen hatten sich natürlich sofort an seine Fersen geheftet. Er wurde von fünf Männern abwechselnd beschattet. So wurde auch beobachtet, wie Kleever den Brief unter die Bank am Leuchtturm klebte. Den Brief haben wir natürlich gelesen und danach wieder an die Bank geklebt. Wenn wir gewusst hätten, wo sich diese Traumstelle befand, dann hätten wir sie überwacht. So aber hat sich die ganze Sonderkommission unauffällig an Kleever gehängt, immer bereit, einzugreifen. Spätestens, als er die Dünen in Richtung Strand durchquerte, wussten wir, dass es bald einen akuten Einsatz geben würde. Als Frau Vandekamp auftauchte und in die Mulde stieg, verschwand auch Kleever darin. Für uns hieß es Zugriff, und zwar im letzten Moment. Als wir an der Mulde auftauchten, hatte Kleever Frau Vandekamp schon zur Bewusstlosigkeit gewürgt. Wir schrieen ihn an und als er uns sah, ließ er sein Opfer los und stürmte wütend auf den Kollegen los, der als erster in die Mulde gerannt war. Der Kollege hatte keine Chance, denn Kleevers Kinnhaken streckte ihn nieder. Plötzlich hielt Kleever ein Messer in der Hand, hob es über den Kollegen, der vor ihm auf dem Boden lag, hoch und wollte zustechen. Zwei Kollegen reagierten fast gleichzeitig. Finaler Rettungsschuss. Kleever brach mit zwei Kugeln in der Brust zusammen." Der Inselpolizist blickte Wagner an. „Ich sagte ja, Kommissar Zufall. Es war Zufall, dass ich im richtigen Augenblick bei den Kollegen im Hotel gewesen bin und aus dem Fenster geschaut habe, denn ich war der einzige, der Harry Kleever kannte."

Wagners Blick ging für einen Moment nachdenklich nach unten. „Das hätte auch anders ausgehen können." Er atmete tief durch. „Glück gehabt."

Nun trat der Begleiter des Inselpolizisten an Wagner heran und reichte ihm die Hand. „Mein Name ist Mölders. Ich leite die Sonderkommission. Kollege Wagner, ich hätte da eine Frage."

Wagner blickte ihn an. „Fragen Sie."

„Herr Wagner, ich frage mich, warum ein Kollege aus Hamburg, der absolut nichts mit diesem Fall zu tun hatte, wusste, dass im Briefkasten eines der Mordopfer ein Brief bezüglich einer Erbangelegenheit von einem ganz bestimmten Notariat lag? Wir ließen das natürlich sofort überprüfen und der Brief war tatsächlich da. Ich meine, Sie waren hier auf Juist und der Brief lag in einem Hamburger Briefkasten. Woher wussten Sie von diesem Brief? Einige der Kollegen behaupten schon, dass Sie ein Hellseher sind."

Wagner presste für einen Moment die Lippen zusammen. „Zunächst, Herr Kollege, möchte ich mich bei Ihnen allen für die überragende Arbeit bedanken. Ich darf gar nicht dran denken, was ohne Ihren schnellen Zugriff passiert wäre." Er kratzte sich nachdenklich am Hinterkopf. „Was diesen Brief mit der Erbangelegenheit angeht, nun, Ihre Kollegen meinen, dass ich ein Hellseher bin." Wagner schmunzelte. „Nun, vielleicht haben Ihre Kollegen Recht."

Er legte seinen Arm um Christianes Hüfte. Mit den Worten: „Noch mal, vielen Dank", und einem tiefgründigen

Lächeln auf den Lippen, ging er gemeinsam mit Christiane davon.

Die beiden zurückgebliebenen Polizisten blickten dem davon schlendernden Pärchen hinterher.

Mölders, der Leiter der Sonderkommission schüttelte den Kopf. „Warum habe ich das Gefühl, dass der Kollege Wagner uns etwas verheimlicht, was nicht ganz astrein ist? Irgendetwas stimmt mit diesem Wagner nicht."

Der Inselpolizist lächelte. „Glauben Sie mir, Herr Mölders, mit Wagner ist alles in Ordnung. Er ist ein ausgekochtes Schlitzohr. Wenn es mehr Polizisten seines Kalibers geben würde, dann hätte es das Verbrechen sehr schwer in unserem Land."

„Mag sein, aber ich würde trotzdem gerne wissen, woher er seine Informationen hat."

Der Inselpolizist atmete tief durch und schmunzelte.

„Manchmal, Herr Kollege, ist es besser, wenn man nicht alles weiß."

*　　*　　*

Ebenfalls im BoD-Verlag erschienene Bücher von
Dieter Ebels

Krimi
Das Geheimnis des Billriffs
Inselkrimi Juist

Krimi
Ruhrmord
Duisburg - Krimi

Krimi
Der schwarze Golk
Inselkrimi Wangerooge

Thriller
Scador – Die
vergessene Legende

Jugend-Fantasy
Ghandoya
Das geheime Land

Humoreske
Lola …oder wie man eine auf-
blasbare Sexpuppe ermordet

Buchtipp

Helene – Eine Kriegskindheit

Eine wahre Geschichte, tiefgründig und erschütternd. Dieser, bereits 2007 auf der Frankfurter Buchmesse neu vorgestellte Erfolgstitel gehört mittlerweile zu den absoluten Buch-Klassickern. Es ist eine erschütternde Ode gegen den Krieg. Der Krieg, gesehen mit Kinderaugen und gefühlt von Kinderherzen.

Dieter Ebels
Helene – Eine Kriegskindheit
BoD-Verlag
ISBN 978-3-7481-0295-3